보한집

최자/이상보 주해

범우사

차 례

최자(崔滋 : 1188~1260)는 고려 명종 18년에 태어나서 원종 1년에 73세의 삶을 누리고 죽은 문신으로, 시인이요 평론가이며 수필가이다.

그의 본관은 해주(海州)로 첫이름은 종유(宗裕) 또는 안(安)이요, 자는 수덕(樹德), 호는 동산수(東山叟)이며, 시호는 문청(文淸)이니 문헌공(文憲公) 충(沖)의 후손이다.

강종 때 문과에 급제하여 상주(尙州)의 사록(司錄)이 되어 잘 다스렸으므로 국학학유(國學學諭)에 보직되고, 이규보(李奎報)의 추천으로 문한(文翰)을 맡았다. 뒤에 급전도감녹사(給田都監錄事)로 성적을 올렸고, 고종 37년(1250)에 사신으로 몽고에 다녀와 전중소감 보문각대제(殿中少監寶文閣待制)·중서시랑 평장사(中書侍郎平章事) 등의 벼슬을 지냈다.

그는 시문에 뛰어나 그 때에 문명을 떨쳤으며, 학식과 행정력을 아울러 갖추어 많은 업적을 쌓았으나 일찍이 고종에게 몽고에 항복하기를 권하고, 김인준(金仁俊)의 아들을 청하여 연회를 베풀었으므로 사람들에게 조소를 받았다.

이 《보한집(補閑集)》은 고려 고종(高宗) 때에 최자가 엮은 시화(詩話) 평론집(評論集)이다. 원명은 《속파한집(續破閑

集)》이니 모두 3권 1책으로,《보한집》서문에서 그 책을 엮게
된 동기를 스스로 밝혀 놓았다.

곧 최자의 《보한집》은 본래 이인로가 엮은 《파한집》을 이
어 보충하는 입장에서 쓰여졌다.

그는 이인로보다 36세나 아래이며, 진양공(晋陽公) 최우
(崔瑀)의 명(命)에 좇아 《보한집》을 짓게 되었다.

《보한집》 서문을 쓴 해는 갑인년(甲寅年)으로, 고종 41년
(1254)에 해당하니 그가 죽기 7년 전인 66세 때였다.

'진양공이 그 책(파한집)이 광범위하지 못하여 내가 이어
보충할 것을 명했다(晋陽公以其書未廣 命令續補)'는 서문으
로 보아 최우가 죽은 해인 고종 36년(1239) 이전에 《보한집》
의 집필에 착수했고, 출판되기는 최항(崔沆) 때인 것 같다.
그러므로 《보한집》은 최자의 만년에 씌어진 것이므로 확고한
문학관(文學觀)에서 그때의 모든 시(詩)와 문인(文人)들을
정확히 비평할 수 있었다.

《보한집》 권중(卷中)에는 그때의 사정이 다음과 같이 적혀
있다.

급제(及第)한 김태신(金台臣)이 허언국(許彦國)의 우미인초가
(虞美人草歌)를 화답하여 문순공(文順公)에게 바쳤다. 그때 사관
(史館) 이윤보(李允甫)가 가서 공을 찾아보았는데 공이 그것을
내보였다. 사관이 그 시를 쓴 두루마리를 빌려 왔는데, 내가 사관
의 집에 가서 그 시를 보고 일곱 수를 화작(和作)해 드렸다. 사관
이 내가 지은 일곱 수의 시를 공에게 보이니, 공이 잘됐다고 인정
하고, 특별히 긴 편지를 써서 한림(翰林) 하천단(河千旦)을 시켜

편지를 보내 이르기를, "이 시는 운(韻)이 강해서 무릇 시를 짓는 사람이면 화작하기가 매우 어렵소. 그대가 지은 것을 보니 문사(文辭)와 뜻이 절묘(絶妙)하여 비록 이백(李白)과 두보(杜甫)가 지어도 더 보탤 것이 없겠소"라고 했다. 또 장편(長篇)을 보였더니 매우 지나치게 칭찬했으며, 내가 감사하러 찾아갔더니 신발을 거꾸로 끌고 맞아 주고, 굳이 만류하여 술을 내놓고, 시의 원고를 다 내보이면서 말하기를 "알게 된 것이 늦은 것을 깊이 부끄럽게 생각하오. 전에 전이지(全履之)가 글을 잘했으나 그때 사람들이 알지 못했고, 나만이 홀로 그것을 알았소. 지금 그대의 얼굴을 보고서는 뛰어난 재주가 있음을 모르겠으나 그대는 참으로 덕을 숨기고 사는 사람이오"라고 했다. 그 후 몇 해가 지나 국자좨주(國子祭酒)를 제수했는데 그때 나는 국학학유로 있었다. 하루는 공이 공사(公事)로 청사(廳舍)에 나와 앉아서 말하기를 "전날에 유간의(諫議) 집에서 술잔치를 가졌을 때 (내가) 붓을 달려 수정배사(水精盃詞)를 짓자, 사람들이 모두 화작해 주었는데 그대만이 화작하지 않았으니 어찌된 일이오?"라고 했다. 나는 놀랍고 황송하여 곧 일곱 수를 화작하여 바쳤더니 공은 칭찬하고 감탄하기를 마지않으며, 그것을 고원(誥院)에 내보이고 말하기를, "이 시는 지금 세상 사람이 지은 것이 아니다"라고 했다.

이와 같이 이규보에게 인정을 받아 그의 추천으로 급전도감녹사가 되어서는 민첩·근면하게 일을 처리하여 벼슬길에서도 승진하게 되었다.

고종 때에는 정언(正言)을 거쳐 상주목사가 되어 선정을 폈고, 이어 전중소감, 보문각대제가 되었다. 그리고 충청도

와 전라도의 안찰사를 역임한 뒤에 국자대사성, 지어사대사
로 중용됨을 비롯하여 상서우복야, 한림학사, 승지를 거쳐
고종 43년에는 중서시랑평장사가 되고, 수태사, 문하시랑을
지낸 뒤에 동중서 문하평장사 판이부사에 올라 고종 46년에
치사(致仕)했다.

벼슬에서 물러난 뒤로 스스로 동산수라 일컫고 원종 1년
(1260)에 73세로 죽으니 시호를 문청공(文淸公)이라 했다.

최자가 생존했던 당시 한시단(漢詩壇)에는 임춘(林椿)과
이인로(李仁老)의 계열에 속하는 일파(一派)와 이규보(李奎
報)의 계열에 따르는 파의 두 갈래로 크게 나누어져 있었다.
그리하여 이인로의 《파한집》은 자신과 그 계열의 시인들의
시법(詩法)을 다루어 '표절각획(剽竊刻畫)'하고 '과요청홍
(誇耀靑紅)'하며 탁자(琢字)와 연대(鍊對)에 몰두하고 사어
(辭語)와 성률(聲律)을 앞세운 점이 많았다.

최자는 《보한집》에서 그것을 지적하여 비판하고 사어와 성
률보다는 기골(氣骨)과 의격(意格)을 앞세우는 이규보의 계
통을 옹호하며 추종하고 있다.

그는 시의 기·성·정·의(氣性情意)와 재(才)와 정(情)의
관계 등을 논하여 좋은 시는 선천적 자질과 후천적 소양과의
조화에서 이루어짐을 말했다.

그가 후진시인(後進詩人)들의 글을 짓는 태도에 대하여 비
평한 말을 《보한집》 권중(卷中)에서 인용해 보면 더욱 그의
시관(詩觀)을 잘 알 수 있다.

무릇 글을 짓는 이는 마땅히 먼저 글자의 근본을 살펴야 한다.

무릇 경사백가(經史百家)에 씌어 있는 것에 비추어 참작해서 붓
이 나가는 데 따라 쓰면 문사(文辭)가 정밀하고 강해져서 능히
얻기 힘든 교묘한 말을 발할 수 있다. 문사가 만약에 정밀하고 강
하지 못하면, 비록 뛰어난 정감(情感)과 호탕한 기상(氣象)을 가
지고 있어도 그것을 펴낼 도리가 없어 마침내는 졸렬(拙劣)한 시
문(詩文)이 되고 만다. 사관(史觀) 이윤보(李允甫)는 학식이 정밀
하고 넓어서 시문이 모두 근거가 있었다. 일찍이 후학들이 글자
를 쓰고 문서를 만드는 것을 보고 웃으며 말하기를 "과거(科擧)
의 글 다루는 버릇을 다 씻어 버린 뒤에라야 문장을 가르칠 수 있
다"고 했다. 오늘날의 후배들은 그때보다도 훨씬 못하니, 으레
책 읽기를 일삼지 않고 출세를 빨리 하려고 과거의 글을 익히며
쉬운 글에만 밝다. 요행히 급제하면 여전히 학업에는 힘쓰지 않
고, 오직 푸른 것을 뽑아 흰 것과 비기고, 하나를 세워 둘로 대
(對)를 만들며, 생경(生硬)한 것을 다듬고, 냉랭한 것을 깎는 것
을 가지고 잘하는 일로 여길 뿐이다. 그러므로 이들은 전 사람의
시문을 보고 아정간고(雅正簡古)하면 곧 질박(質朴)하여 본받기
어렵다고 여기고, 웅심기험(雄深奇險)하면 곧 비뚤어져 알기가
어렵다고 여기며, 굉섬화유(宏贍和裕)하면 곧 소활(疎闊)하여 잘
되지 못했다고 여겨 도무지 생각을 해보려고 하지 않는다. 요즘
사람의 시문을 보면 고금(古今)에 이미 쓰인 말과 뜻을 모아서
다시 그 문사를 얽어매는 짓을 한 것이 있는데, 생경하고 비약(卑
弱)하며 비속(鄙俗)하고 이잡(俚雜)한 것이며, 다 청완(淸婉)하다
고 여기거나 혹은 경고(警告)한다고 여긴다. 특히 시와 문장에
굴곡이 있어 자기의 정감(情感)에 공명해 오지 않는 것은 자기가
도달해 보지 못했던 곳이라 생각하고 반복(反復)하여 상세히 읽

어 그 맛을 터득하기에 이르고야 만다는 것은 전혀 모른다.

이러한 그의 시관(詩觀)은 대체로 이규보의 정신을 계승한 것이다.

또 그는 《보한집》에서 시의 풍격(風格)을 12종의 평어(評語)로 나타냈는데 각 평어마다 그것에 해당하는 시구(詩句)를 예로 들었다.

곧, 신경(新警), 함축(含蓄), 완려(婉麗), 청초(淸峭), 준장(俊壯), 부귀(富貴), 정채(精彩), 표일(飄逸), 청원(淸遠), 기교(奇巧), 지우(志寓), 우유(優游), 감회(感懷), 호이(豪易), 청사(淸絮), 유박(幽博), 명미(明媚), 상활(爽豁), 화염(華艶), 교장(佼壯), 장려(壯麗) 등이다.

그리고 이들 평어의 예시(例詩)는 모두 칠언율시(七言律詩) 대구(對句)로서 13명의 시인이 인용되었는데, 이규보의 시는 12구나 인용한 것으로 보아서도 그가 이규보를 얼마나 높였던가를 보여 준다.

그는 또 권하(卷下)에서 상(上)·차(次)·병(病)의 3종으로 크게 나누어 시의 우열(優劣)을 평했는데 그 평어는 모두 17종이다.

〔상(上)〕
1. 신기절묘(新奇絶妙)
2. 일월함축(逸越含蓄)
3. 험괴준매(險怪俊邁)
4. 호장부귀(豪壯富貴)

5. 웅심고아(雄深古雅)

〔차(次)〕

1. 정준주긴(精雋遒緊)

2. 상활청초(爽豁淸峭)

3. 표일경직(飄逸勁直)

4. 굉섬화유(宏贍和裕)

5. 병환격절(炳煥激切)

6. 평담고막(平談高邈)

7. 우한이광(優閑夷曠)

8. 청완교려(淸玩巧麗)

〔병(病)〕

1. 생졸야소(生拙野疎)

2. 건삽한고(蹇澁寒枯)

3. 천속무잡(淺俗蕪雜)

4. 쇠약음미(衰弱淫靡)

　그런데 이러한 풍격의 우열은 대체로 기골과 의격이 뒷받침이 되어 우러난 것을 상품(上品)으로 하고, 사어(辭語)와 성률의 효과가 뒷받침이 되어 만들어진 것을 버금〔次〕으로 하며, 그 어느 쪽도 다 갖추지 못한 것을 병(病)들었다고 본 것이다.

서 문

글이란 바른 도리를 밟아나가는 문(文)이므로 도리에 맞지 않는 말을 쓰지 않는다. 그러나 기운을 돋우어 말을 멋대로 함으로써 듣는 사람들을 감동시키려고 때로는 엄악하고 괴이한 것도 말하게 된다. 더구나 시를 짓는 것은 비유와 흥취와 풍류에 근본함에 있어서랴? 그러므로 반드시 기괴함에 의탁한 다음에야 그 기운이 씩씩하고, 그 뜻이 깊으며 그 말이 뚜렷해진다. 그래서 사람의 마음을 감동시켜 깨닫게 하고, 깊고 미묘한 뜻을 드러내어 마침내 올바른 데로 돌아가게 할 수 있다. 또 선비는 남의 글을 훔쳐 베끼거나 지나치게 꾸미는 것을 하지 않는다. 비록 시인에게는 다듬고 연마하는 네 가지 격식이 있으나, 그 중에서 취하는 것은 시구를 다듬고 뜻을 연마하는 것뿐이다. 그러나 요즘의 후진들은 소리고르기와 글귀만 좋아하여 글자를 다듬는 데는 반드시 새롭게 하고자 하기 때문에 그 말이 산뜻하지 못하고, 대구(對句)를 다지는 데는 반드시 비슷한 것을 가지고 맞추려 하기 때문에 그 뜻이 졸렬해져서 크게 뛰어나고 의젓한 기품이 이로 말미암아 잃게 되었다.

우리 나라(고려)는 글로써 가르쳐 감화하여 어질고 뛰어난 인물들이 뒤따라나와 도덕이 잘 지켜지게 했다.

광종(光宗) 9년(958)에 비로소 나라에서 시험을 쳐서 어질고 글을 잘하는 선비들을 뽑으니 학자와 문인들이 모여들었다. 그때 왕융(王融)·조익(趙翼)·서희(徐熙)·김책(金策) 등이 재주가 뛰어난 사람들이었다.

그리고 경종(景宗)과 현종(顯宗)을 거치는 몇 대 사이에는 이몽유(李蒙游)·유방헌(柳邦憲)이 문장으로 유명했고, 정배걸(鄭倍傑)과 고응(高凝)은 시를 잘했으며, 문헌공(文憲公) 최충(崔沖)은 유학을 일으킨 것으로 세상에 이름을 떨쳐 우리의 도리가 크게 발전하게 되었다.

문종(文宗) 때에 와서는 훌륭한 문물이 빛나도록 갖추어졌다. 그때의 재상인 최유선(崔惟善)은 왕을 돕는 인재로서 저술이 정묘했고, 평장사(平章事) 이청공(李請恭)과 최석(崔奭), 참정(參政)인 문정공(文正公) 이영간(李靈幹)과 정유산(鄭惟産), 학사 김행경(金行瓊), 노탄(盧坦) 등 많은 인물들이 어깨를 나란히 나타나 문종은 그들의 힘으로 나라를 평안하게 했다.

그 뒤에 박인량(朴寅亮)·최사제(崔思濟)·최사량(崔思諒)·이오(李䫨)·김양감(金良鑑)·위계정(魏繼廷)·임원통(林元通)·황영(黃瑩)·정문(鄭文)·김연(金緣)·김상우(金商祐)·김부식(金富軾)·권적(權適)·고당유(高唐愈)·김부철(金富轍)·김부일(金富佾)·홍관(洪瓘)·인빈(印份)·최윤의(崔允儀)·유희(劉義)·정지상(鄭知常)·채보문(蔡寶文)·박호(朴浩)·박춘령(朴椿齡)·임종비(林宗庇)·예낙동(芮樂同)·최함(崔諴)·김정(金精)·문숙공(文淑公)·최유

청(崔惟淸)의 부자와 오세재(吳世才) 선생 형제와 학사 이인로, 문공(文公) 유승일(兪升日), 정숙공(貞肅公) 김인경(金仁鏡), 문순공 이규보, 승제(承制) 이공로(李公老), 한림 김극기(金克己), 간의(諫議) 김군완(金君綬), 사관 이윤보, 보궐(補闕) 진화(陳澕), 유충기(劉沖基)·이백순(李百順)·양사성(兩司成)·함순(咸淳)·임춘(林椿)·윤우일(尹宇一)·손득지(孫得之)·안순지(安淳之) 등 쇠북과 경쇠에 비길 인물들이 뒤따라 일어나 별과 달처럼 서로 그 빛을 드러냈다. 이리하여 한문과 당시(唐詩)가 더욱 성행하게 되었다.

그러나 고금의 여러 어진 선비 중에 문집을 엮어놓은 사람은 오직 수십 명밖에 안 되었다. 그 나머지의 좋은 문장이나 두드러진 시구는 모두 없어져 버리고 전해지지 않는다.

학사 이인로가 그런 시문들을 대충 모아서 책을 엮어《파한집》이라고 이름했다. 진양공(晉陽公) 최이(崔怡)는 그 책에 실린 범위가 넓지 않다고 하며 내게 그 책을 이어 보완하라고 시켰다. 그래서 없어지고 잃어버린 나머지를 억지로 주워모아 근체시 몇 편을 얻었다. 간혹 중이나 아녀자들의 이야기에 이르러서는 한두 가지의 일이 웃음거리의 자료가 되는 것은 그 시가 비록 좋지 않더라도 아울러 실었다. 모두 1부 3권인데 아직 출판할 기회를 갖지 못했었다. 이제 시중상주국(侍中上柱國) 최공(崔公 : 최항[崔沆]을 일컬음)이 선친의 뜻을 추모하여 그 책을 찾으므로 삼가 베껴서 바친다.

때는 갑오년(고종 21년 1234) 4월 어느 날, 수태위(守太尉) 최자가 서문을 쓴다.

상 권

1

지추(知樞) 손변(孫抃)이 태조(太祖)가 지은 글을 내게 보여주면서,

"마땅히《보한집》에 실어야지요"

라고 말했다. 나는,

"이 책은 그저 자질구레한 글을 모아 한가로운 시간을 보내는 데 쓰려는 것이지 훌륭한 책을 만들자는 것이 아니오"

라고 대답했다. 지추는 다시 묻기를,

"신하가 되어 임금의 글을 엮는 것을 사양함이 옳은가요?"

라고 했다. 나는 지추의 이 말을 듣고, 이 글을《보한집》의 첫머리에 싣는다.

태조가 전쟁을 하고 나라를 세우려던 때에 음양설(陰陽說)과 불교에 관심을 가지고 있었다. 그때 참모로 있던 최응(崔凝)이 태조에게 간하였다.

"전해오는 말에 '혼란할 때에는 문치(文治)에 힘써서 민심을 얻어야 한다'고 했으니 임금자리에 있는 사람은 비록 전

쟁을 할 때라도 반드시 문덕(文德)을 닦아야 합니다. 음양설이나 불교에 의지하여 천하를 얻은 사람이 있다는 말을 들어본 일이 없습니다."

태조는 최응의 말에 대답하기를,

"그 말을 내가 어찌 모르겠는가? 그러나 우리나라의 산수가 영험하고 기이하지만 황폐하고 편벽된 곳에 놓여 있으므로 백성들의 성질이 불신(佛神)을 좋아하여 그로 인하여 복리를 얻고자 하오. 지금은 전쟁이 끝나지도 않았고, 앞날에 대한 예측조차도 할 수 없는 실정이라, 아침저녁으로 다가오는 두려움과 어려움을 어떻게 처리해야 할지를 모르고 있소. 그래서 불신(佛神)의 도움과 산수의 영험스런 기운이 혹시 일시적인 효과라도 있을까 하는 생각을 했을 뿐이오. 어찌 음양설이나 불신으로써 나라를 다스리며 민심을 얻는 대도로 삼으리오? 전쟁이 평정되고 백성들이 평안을 찾게 되면 바로 풍속을 고쳐서 아름답게 교화(敎化)해야 할 것이오"
라고 했다.

태조 17년(934)에 태조가 후백제를 쳐서 큰 승리를 거두고, 그 지역의 30여 고을을 차지했다. 또한 발해사람들도 모두 귀순해 왔다. 그래서 태조는 곧 유사(有司)에게 명령하여 개태사(開泰寺)를 세워 화엄도량(華嚴道場)으로 삼았으며, 친히 발원문(發源文)을 짓고 직접 붓을 들어 썼다. 그 글은 대략 이러했다.

사람이 태어나서 수많은 재앙을 만나니 이러한 재앙을 이겨나가기는 힘든 일입니다. 현토군(玄菟郡) 지방도 군사들이 에워싸고, 진한(辰韓)지방도 소란하기만 합니다. 사람들은 자기가 원하는대로의 생애를 보내지 못하고, 울타리가 완전한 집이라고는 한 채도 없습니다. 하늘에 맹세하노니 도적의 두목을 평정하고, 어려움에 빠진 백성들을 구할 것이며, 모든 마을에 농업과 잠업을 장려하겠습니다. 위로 부처의 힘을 믿고, 다음으로 하늘의 위대한 힘에 의지할 것입니다.

나는 24년 동안 물에서 싸우고, 불로써 싸워 내 몸에 화살과 돌을 맞으며 천리 사이를 원정길에 올라 남부를 정복하고 동부를 토벌했으며 창과 방패를 베개삼아 잠을 이루었습니다. 병신년(丙申年) 가을 구월에 숭선성 부근에서 백제의 군사들과 접전할 때는 한번 함성을 울리면 흉악한 무리들이 무너졌으며 다시 북을 치면 사나운 무리들이 얼음녹듯이 쓰러져 갔습니다. 승리의 함성이 하늘에 퍼지고 환호의 부르짖음이 땅을 울렸습니다 …… 관포(지금 경북 선산군의 일부)에서 날뛰던 도둑의 무리와 계동(鷄洞)의 조무라기 흉적들이 저들 스스로의 죄과를 깨닫고 새로운 마음으로 귀순해 왔습니다. 나는 간교함을 물리치고 악을 제거하려고 애썼으며, 약한 자를 구제하고 기울어지려는 자를 일으켜세웠습니다. 추호도 그들을 처벌하지 않았고, 작은 풀 한 포기도 상하게 함이 없었습니다 …… 거룩한 부처님이 붙들어주심에 보답하며 산신령의 도움에 보답하고자 공조에게 특명을 내려 절을 짓게 했으니 산 이름을 천호산(天護山)이라 하고 절 이름을 개태사라 했습니다 …… 불신의 위엄이 우리를 지켜주시고, 하늘이 돌보아주시기를 간절히 바랍니다 …….

태조 18년(935)에 신라의 경순왕(敬順王)이 태조를 뵙고 글을 올렸다. 그 글의 내용은 대강 이러하다.

이 나라에 난리가 앞으로 일어나려 하니 천운도 이미 다한 듯합니다. 그런데 다행히도 천자의 밝은 빛을 보게 되었으니 바라건대 저를 신하의 예우로 대해주십시오.

태조 19년(936)에 백제왕 견훤(甄萱)이 조정에 들어왔다. 태조는 그로 하여금 남궁에서 살도록 허락하고 그의 아들 신검(神劍)의 죄를 물었다.
뒤에 최원(崔遠)이 표문(表文)을 지어 바쳤는데 그것은 대략 이러했다.

신검은 멸망의 길을 스스로 취했사오니 그의 죄는 천지간에 용납할 수 없습니다. 신라의 왕이 스스로 복종하고 찾아온 것은 훌륭한 덕이 먼 곳까지 미쳤기 때문입니다 …… 지혜로운 나라의 벼슬아치들은 일찍이 우리나라에 몰려오고 반역한 신하가 일으킨 변란은 이제 남부지방에서 가라앉고 있습니다. 폐하께서 이웃의 위급함을 들으시고 빨리 가서 그들을 구해주신 것은 어질고 용맹스러운 것이오며, 이웃 왕이 오자 그를 극진히 대우하시고 온갖 친절을 베푸신 것은 지혜와 믿음을 갖춘 것입니다. 견훤이 폐하를 의심했음에도 불구하고 그에게 은혜를 베풀고 신뢰한 것은 너그럽고 어진 것이며, 반역한 아들을 벌주고 고생하는 백성들을 위로하고 아껴준 것은 의리가 밝고 사랑이 넉넉한 것입니다 이와 같이 국가창업의 정신을 인·의·예·지·신으로 전하시니 어찌 만세 후대에 선조의 뜻을 받드는 자손이 없겠습니까?

　태조의 문장과 필법은 이와 같이 태어날 때부터 훌륭했다.
그러나 문장필법이란 제왕가에 있어서는 그다지 중요한 일
로 여기지 않았기 때문에 문장과 필법이 아무리 절묘해도 그
것을 아름다운 일로 여기지 않았다. 친히 쓰신 글월과 가르
치신 글, 그리고 최원의 표문을 보면 그 덕성이 훌륭했음을
충분히 알 수 있다.

2

　광종(光宗)은 선비의 우아함을 좋아하였기 때문에 어진 사
람과 문인들을 들어썼다. 때때로 함원전(含元殿)에 검은 학
들이 날아오면 문사들이 모두 검은 학을 찬양하는 글을 지었
다. 학사 조익(趙翼)은,

높이 날아오르는 저 학은
태양의 정기를 품은 듯하다.
하이얀 깃털은
오직 너의 영원한 모습이고
희지도 않고 누렇지도 않아
검은 것은 곧 너의 옷이로다.
날짐승의 색깔이
어찌 좋은 징조를 나타낼까마는
오직 내 임금의 덕이
백 명의 왕들보다 더욱 빛나서

글을 숭상하고 도리를 귀중하게 여기시어

어진 인물을 급히 들어쓰시니

네 모습의 온통 검은 빛깔이

분명히 좋은 징조를 나타내고 있구나.

함원전을 공손히 대하고 나서

하늘을 바라보며 높이 날아가니

문덕의 찬란함을 바라본 것이

어찌 주나라의 봉황뿐이랴?

마시고 쪼는 행동도 법도를 따르고

날아가는 깃에도 빛이 나누나.

많은 복이 모두 깃들어서

천지사방에 번창하리니

아! 만년토록 무한한 복이 펼쳐지리라

하고 기리는 노래를 지었다.

학사 쌍기(雙冀)가 과거시험장에서 시험을 관장했는데, 또한 이 '현학이 상서로움을 가져온다〔玄鶴呈祥〕'로써 그 시제를 삼았다.

3

왕륜사(王輪寺)의 삼중(三重) 스님이 좀이 슬어 떨어진 한 편의 책을 소매에 넣어가지고 와서 내게 보였다.

그 책은 바로 광종때의 시중(侍中)인 문정공 최승로(崔承

老)의 것으로서 궁중의 잡저와 시 원고였다. 이 나라 초기의 글이 다행히도 없어지지 않고 오늘까지 전해온 것이 있음을 아깝게 여겨서 그 가운데서 사운절구(四韻絕句) 네 수를 여기에 싣는다.

〈장생전 뒤의 백 잎 두견화(長生殿後百葉杜鵑花)〉란 제목의 응제시(應製詩)를 보면,

지난해 일찍이 붉은 난간에 가득 피었더니
오늘도 꽃다운 모습 또한 같구나.
바라건대 이 꽃이 만 년까지 길이 피어서
미천한 신하로서 임금의 기쁨을 길이 받들었으면

이라 했고, 〈동쪽 연못의 새 대나무(東池新竹)〉란 제목의 시를 보면,

비단같은 대껍질에 고운 가루 처음 맺히니
마디마다 분바른 듯 맑은 모습
몸을 굽혀 바라보니 임금이 다니시는 길에는
무성한 녹음이 깔려 있네.
임금이 노시는데 하필 풍악을 가져올 것인가?
가을 바람에 옥을 굴리는 소리가 여기서도 들릴 것인데

라고 했다. 〈백제에서 흰까치를 보내옴을 기려(百濟進白鵲讚)〉에서는,

희고 흰 날개로 울며 날기를 좋아하는가
강남에서 날아오기 겨우 열흘 길었네.
너의 깃털은 맑고 깨끗함을 갖추었는데
다만 상서롭게 날아와 이 시절을 맑게 하네

라고 했다. 〈사선장입당문자겸반내고주과(謝宣獎入唐文字兼
頒內庫酒果)〉에서는,

다행히도 천 년만에 지극히 존귀한 분을 만나
재주 없어 직책을 더럽히며 중서성 벼슬에 있네.
문장이야 어찌 여러 어진 선비들을 바라보랴만
임금의 총애 깊으니 모름지기 후세에 자랑삼아 보여주리.
깊은 감명이 지극하여 다만 눈물을 흘리고
기쁨이 깊은 곳에 오히려 말할 수 없네.
보답할 길 생각해도 끝내 찾아내지 못하니
오직 오래 사심을 빌며 성은에 절할 뿐이로다

라고 했다. 또 중양절(重陽節)의 연회에서 임금께서 친히 지
은 작품이 있는데 그것은 붓을 달려 아름다움을 노래한 시였
다. 이러한 사실로 보아 광종은 붓을 빨리 휘둘렀고, 문장에
도 광채가 있었음을 알겠다.
　그때는 세상이 태평하지 못했고, 학문에 정진할 여가도 주
어지지 않은 시기였다. 그러나 임금이 글을 공부한 정도가
이와 같았다. 그러므로 평화가 오래 계속되어 임금이 대대로
태평한 시절을 맞이했더라면 좋은 시와 훌륭한 글을 많이 남

졌을 것이다.

　그러나 《보한집》에 싣는 글은 모두 높은 벼슬아치와 스님과 선비들의 작품이니 어찌 임금의 글을 이들과 같은 자리에서 평할 수 있겠는가? 마땅히 달리 책을 내서 싣고 하늘을 바라보듯 그 뛰어난 작품을 대해야 할 것이다.

4

　성종(成宗) 15년 8월에 임금이 동경에 행차하여 죄수들에게 사면령을 내리고, 맡은 관리에게 칙령을 내려 뛰어난 재능이 있으면서도 숨어 있는 사람들을 남김없이 찾아보도록 했다. 또한 호적을 모아 정리하고, 안팎의 의로운 지아비와 정절을 지킨 지어미, 효자와 순손들을 찾아 그 집의 문과 동네 입구에 사실을 기록하여 그들의 선행을 표창하고, 그 물건을 차등 있게 상으로 하사했다.

　그때 경순왕이 임금께 뵈옵는 날에 오지 않았던 이유는 그가 이미 노쇠했기 때문이었다. 그는 벼슬이 없이 지내는 은둔거사들을 위해 시를 짓고, 이를 내상 왕융(王融)에게 주었다.

　　드높은 하늘에서 움직이는 빛난 별을 굴리고

　　해와 용의 깃발이 바다를 떠도네.

　　낙엽진 계림(鷄林)은 일찍이 삭막했는데

　(우리 태조가 일어났을 때에 신라의 최치원은 이미 천운이 태조에게 있

　음을 알고 글을 지었다. 그 가운데에 '계림은 낙엽이요, 작령[鵲嶺]은

푸른 소나무라' 고 한 말이 나온다. 신라 왕은 이 글을 듣고 최치원을 미워했다. 그러자 최치원은 즉시 가족을 이끌고 가야산 해인사로 들어가 은거했으며, 그곳에서 여생을 보내다 죽었다. 글 가운데 나타난 그의 탁월한 지혜를 보고 신라 사람들은 탄복을 금치 못했으며 그를 따르게 되었다. 그리고 그가 살았던 곳을 이름지어 상서장〔上書莊〕이라고 불렀다. 뒤에 높은 선비 이능봉〔李能逢〕·오세재〔吳世才〕·안순지가 계속해서 그곳에서 살았다.)

　이제 다시 언덕에는 안개꽃 피는 봄일세.

또 읊기를,

　　여염집의 광채는 충효를 나타내고
　　골짜기의 소란함은 은사들을 찾는 소리일세.
　　옛적 백이가 가던 길을 따르지는 못하지만
　　한의(漢儀)[1]의 새로운 모습 이제 다행히 볼 수 있네

라고 했다. 임금이 동경을 출발하여 흥례부(興禮府)를 지나다가 대화루(大和樓)에서 여러 신하들과 잔치하면서 이 글을 노래로 부르니 세상에 널리 퍼진 것이다.

---

　1) 한의 : 한나라 때 숙손통이 지은 책으로, 중국 전체의 예법이 적혀 있다.

5

　인헌공(仁憲公) 강감찬(姜邯贊)은 경종 2년(977) 임오에 갑과(甲科)에 장원급제했고 현종 즉위년(1009) 기유에 한림학사(翰林學士)가 되었다.

　이해 11월에 거란의 성종(聖宗)이 직접 군사를 이끌고 침입해 왔다. 임금은 금성(錦城 : 지금의 전라남도 나주)으로 피난하고 하공진(河拱辰)으로 하여금 그들을 돌아가도록 강화케 하니 성종은 군대를 거두어 돌아갔다. 이 모든 책략이 강감찬으로부터 나온 것이었다. 임금은 시를 지어 그를 위로하고 치하했다.

　　경술년에 오랑캐의 소란이 있어
　　무기가 깊숙이 한강(漢江)가에까지 이르렀구나.
　　그때에 강군(姜君)의 책략을 쓰지 않았더라면
　　나라 사람이 오랑캐옷을 입을 뻔했구나.

　오늘날 그의 출생에 대해 세상에 전하는 이야기가 있다. 곧 한 사신이 밤에 시흥군(始興郡)으로 들어서는데, 큰 별이 한 집으로 떨어지는 것을 보았다. 사신은 관리를 보내어 그 집을 잘 살펴보도록 하니 그 집에서는 마침 부인이 사내 아이를 낳고 있었다. 사신은 이 일을 이상하게 생각하여 그 아이를 데려다가 기르게 되었으니, 이 아이가 곧 강감찬이며 후일에 정승의 지위에까지 올랐다는 것이다.

송(松)나라 사신 가운데 학식이 깊은 사람이 있었다. 그가 강감찬을 보러 와서는,

"문곡성(文曲星)이 사라진 지가 오래되어 그 별이 어디 있는지를 알 수가 없더니 오늘 강공을 뵈오니 바로 문곡성이시군요"

하고 곧 계단 아래로 내려가서 절했다 한다.(이 이야기는 실로 황당하기는 하지만 고금의 벼슬아치들에 의해 전해 왔고, 또한 임 상국〔相國〕댁에 그러한 기록이 있기에 여기 싣는다)

6

문헌공(文憲公) 최충(崔沖)은 두 아들이 있었는데 항상 그들에게 훈계하기를,

"선비가 세력을 얻어 출세하면 끝까지 아름다움을 거두기가 힘들지만 글을 닦아 학문을 쌓으면 경사를 거둘 수 있는 것이다. 나는 다행히 글로써 나타냈고, 밝고 근신하는 것으로 세상을 마칠 수가 있게 되었다"

하고 곧 자손을 훈계하는 글을 써서 후세에 전했다. 그러나 중간에 그 책은 잃어버렸고 시 두 편이 남아 있다. 그 하나는,

> 집에는 대대로 훌륭한 물건 없고
> 오직 지극한 보물 한 가지 간직해 왔네.
> 문장(文章)은 비단과 같고
> 덕행(德行)은 규장(珪璋)과 같은 것.

오늘날 부탁하는 것

후일에 잊지 말도록.

조정에 잘 쓰이는 사람이 되면

대대로 더욱 번창하리라

고 했다. 문헌공의 손자인 중서령(中書令) 사추(思諏)는 검소할 것을 가르치는 글을 지어 아들인 평장사(平章事) 진(溱)에게 주었다. 진의 손자 지(持)는 그 훈검문을 내게 보여 주었으나 이미 그로부터 30여 년이 흘러갔다. 다만 기억나는 것은,

"오조영공상용목기(吾祖令公常用木器 : 나의 할아버지는 항상 목기만을 사용하셨다)"

라는 여덟 자뿐이다. 그 나머지는 잃어버렸고, 그 두루마리 책자를 지금은 누가 간직하고 있는지 알 수가 없다.

7

문헌공 최충은 성종(成宗)이 왕위에 오른 지 25년(1005) 을사에 춘관에서 시행하는 과거의 갑과(甲科)에 장원으로 급제하여 벼슬이 내사령(內史令)에 이르렀다. 그의 아들인 문화공(文和公) 유선(惟善)은 현종(顯宗) 21년(1030) 경오에 어시을과(御試乙科)에 혼자 장원으로 급제하였다.

문종(文宗) 7년(1053) 계사에 내사(內史)를 중서(中書)로 개칭하니 부자가 모두 중서령을 지내게 되었다. 둘째 아들인 유길(惟吉)은 훌륭한 가문을 배경으로 영전을 거듭하여 사공

(司空)과 좌복야(左僕射)를 지내고 마침내 상서령(尙書令)이
되었다.

21년(1067) 정미에 임금은 나라의 원로들에게 연회를 베
풀었다. 문화공 형제는 문헌공을 부축하며 들어왔다. 이와
같은 행동은 당시 사람들이 부러워하는 바가 되었다. 한림학
사 김행경(金行瓊)이 시를 지어 그들을 축하했다.

자수(紫綬)[2]와 금장(金章)[3]이 아들과 손자에게까지 매어지고
함께 구장(鳩杖)[4]을 모시니 황은(皇恩)에 취해 있구나.
상서령이 중서령을 시중들고
을과(乙科)의 장원이 갑과(甲科)의 장원을 부축하누나.
세상에 드문 네 사람의 출현만을 듣고
지금 한 가문에 두 사람이 남아 있네.
집안에 한 재상이 있기도 오히려 드문 일인데
대대로 장원급제하니 진실로 존경할 만하구나.
관리들은 날마다 그들의 이야기로 수군거리고
오늘 아침 거리마다 더욱 시끄러울 정도로다.
청사(靑史)에 빛나는 그들의 뛰어난 업적은
비록 천 개의 붓으로도 다 기록할 수 없으리.

---

2) 정삼품(正三品) 당상관(堂上官) 이상의 관리가 차던 호패(號牌)의
자줏빛 술.
3) 쇠로 만든 인장(印章). 높은 관리를 뜻함.
4) 비둘기의 장식이 붙은 노인의 지팡이.

중승(中丞) 정서(鄭叙)의 《잡서(雜書)》에 시중(侍中) 최유선(崔惟善)의 시 〈규정(閨情)〉이 실려 있다.

시름 속에 비오는데 꾀꼬리가 새벽에 울고
푸른 버들은 한들거리며 한봄을 놀리는 듯 쳐다본다.

또 빗을 노래한 시에는,

쓰려면 마땅히 머리에 꽂아야 하는데
어찌하여 갑 속에 넣어 두는가

하고 읊었다. 이 시를 보면 특출한 재주가 있을 뿐만 아니라, 벼슬이 가장 높게 되리라는 것을 충분히 알 수 있다.

이제 《시중집(侍中集)》을 보면 머리에 빗을 더하여 꽂는다는 구절이 많은데 정 중승은 왜 하필이면 이 구절을 선택하여 기록하고, 지위가 높게 되리라는 것을 알았는가. 정공(鄭公)이 현종 22년(1030)에 염전시(簾前試)에 응시하자 임금은 시신(侍臣)을 보고 말하기를,

"나라를 영화롭게 할 만한 문장이다. 꽃과 달의 아름다움도 이 문장의 말미(末尾)하고나 어울릴 수 있겠다. 짐은 이제 그의 빠른 문장을 시험해 보고 싶다"

고 하고, 이에 먼저 '그대는 배와 같다〔君猶舟〕'라는 부(賦)

의 제목을 내주었다. 정공이 바로 부를 모두 짓고 바야흐로
옮겨 쓰려 하는데 곧 '나라 동산에 선도를 심다' 라는 시제(詩
題)가 또 발표되었다. 정공은 즉시 답지에 제목에 맞추어 시
를 썼다.

나라 동산에 복숭아를 새로 심으니
이는 낭원(閬苑)5)의 신선을 따라 옮긴 것이라.
붉은 땅 위에 그 뿌리를 맺고
자줏빛 뜰 앞에 그림자가 어지럽다.
어린 잎은 한 폭의 그림처럼 보이고
번성한 꽃망울은 마치 불타오르려는 듯이 보인다.
기품이야 계성수(鷄省樹)6)보다 훨씬 더 높고
향기는 수로연(獸爐烟)7)보다 더욱 짙도다.
하늘이 가까워 봄은 먼저 무성하고
새벽 기운 맑으니 이슬 머금은 모습 신선하다.
이는 분명 서왕모(西王母)가 준 것이니
임금의 수(壽)는 천 년을 더 사시리.

이리하여 시와 부가 모두 임금의 마음에 들었다. 현종은
친히 글을 채점하고 장원으로 급제시켰다. 그리고 한림에 들
게 하여 바로 칠품(七品) 벼슬을 내렸다.
이듬해 경진(庚辰, 1040)에는 예부원외랑(禮部員外郞)과

---

5) 낭원 : 신선이 산다는 곳.
6) 계성수 : 중서성을 말함.
7) 수로연 : 짐승의 모양처럼 만든 화로.

장고(掌誥)를 겸직하고 여러 번이나 직위를 옮기다가 중서령
에 이르러 죽으니, 뒤에 묘당(廟堂)에서 제사를 지내 주었다.
　이렇게 그의 지위가 신하들 중에서 가장 뛰어나게 된 징조
로는 이 시가 있었기 때문이라 한다.

9

　경원(慶源) 이씨(李氏)는 개국 때부터 대대로 높은 관직을
지내오다가 창화공(昌和公) 자연(子淵)에 이르렀다. 그에게
는 아들이 있었는데 그중 호(顥)는 경원백(慶源伯)이 되었으
며, 정(䫨)·의(顗)·안(顔) 삼형제는 모두 재상에 올랐다.
딸은 셋을 두었는데 인예태후(仁睿太后)가 곧 그 중의 하나
이며, 나머지 두 딸도 모두 비(妃)가 되었다.
　이자연의 동생인 이자상(李子祥)은 복야(僕射)를 지내고
아들 둘을 두었다. 두 아들은 예(預)와 오(頵)로서 모두 재상
이 되었다. 그들의 자손은 모두 종실(宗室)과 혼인했다. 그래
서 귀족의 번성함이 고금에 비할 수 없었다. 의(顗)가 처음으
로 간원(諫垣)[8]에 있을 때 음양설(陰陽說)을 믿는 사람들이
각각 제대로의 도참(圖讖)을 주장하고 그와 관련해서 보비설
(補裨說)을 또한 주장했다.
　임금이 이러한 것을 보고 그에게 물었다. 의는 대답하기를,
　"음양이란 본래 역(易)에서 나온 것입니다. 역에는 지리

---

8) 간원 : 사간원(司諫院)을 말함.

(地理)가 후세를 이용케 해 준다는 말은 없습니다. 후세에 와서 거짓된 자들이 그것을 곡해(曲解)하고 문자화(文字化)시킴으로써 많은 사람들을 현혹하고 있습니다. 더구나 도참이란 것은 황당무계하기 짝이 없는 것으로서 단 하나라도 취할 바가 없습니다"

하자 임금도 그렇다고 생각했다. 정·의·오의 자손들은 오늘날 더욱 많이 번영하여 이름을 날리고 있다. 창화공(昌和公)은 장원급제함으로써 재상이 된 사람이므로 언제나 시험을 보아서 인재를 등용했다. 평장(平章) 최석(崔奭)·김양감(金良鑑), 참정(參政) 최사훈(崔思訓)·박인량(朴寅亮), 학사(學士) 최택(崔澤)·위제만(魏齊萬) 등이 모두 그의 문하생이었다. 이에 어느 사람이 시를 지어 읊었다.

> 뜰 아래의 지란(芝蘭)[9]은 세 명의 재상이요
> 문 앞의 도리(桃李)[10]는 열 명의 공경(公卿)일세.

10

최 문헌공(文獻公)이 과거를 관장할 때 14명을 뽑았는데, 그 중에서 을과(乙科)에 세 사람이 급제했으니 김무체(金無滯)·이종현(李從現)·홍덕성(洪德成)이 그들이며, 그들은

---

9) 지란 : 좋은 지초(芝草)와 향기 있는 난초를 말하는 것으로서 착한 사람을 가리킴.
10) 도리 : 과거에 급제하여 등용된 어진 선비를 말함.

모두 상서(尙書)를 제수받았다.

　이상정(李象廷)·최상(崔尙)·최유부(崔有孚)는 참정(參政)이 되었고, 김숙창(金淑昌)·김정(金正)·김양지(金良贄)·오학린(吳學麟)은 모두 학사(學士)가 되었다. 사람들은 이들을 상서방(尙書牓)이라고 불렀다.

　대강(大康) 9년 계해(癸亥)에는 같이 과거에 급제한 사람 가운데 관직에 오른 자가 하나도 없었다. 이자현·곽여는 모두 관직을 버리고 처사(處士)가 되었다. 이때에 사람들은 그들을 처사방(處士牓)이라고 불렀다.

　《승희거자(僧戲擧子)》라는 어떤 골계집(滑稽集)에서는,

　'상서방을 할 것이지, 처사과를 해서 무엇하리오'

라고 했다.

11

　양숙공(良淑公) 임유(任濡)의 문하생은 네 번 과거에 급제했다. 문정공(文正公)·문안공(文安公)·문순공(文順公)과 한(韓)·진(陳)의 두 추밀(樞密)·사성(司成) 유충기(劉沖基)와 아경(亞卿) 윤우일(尹于一)은 같은 나이로서 급제했으며, 평장(平章) 김창(金敞), 추밀 이중민(李中敏), 복야 최승선(崔承宣)은 형제로서 급제했다. 왕이(王儞)·김규(金珪)·갈남성(葛南成) 등 세 명의 경(卿)은 또한 운치(韻致)가 있는 사람들이었으며, 모두 같이 급제했고, 오늘날의 참지정사(參知正事) 최인(崔璘), 지문하성사(知門下省事) 홍균(洪鈞), 수사

공좌복야(守司空左僕射) 손변, 추밀원사(樞密院使) 조수(趙
脩), 우복야한림학사(右僕射翰林學士) 이순목(李淳牧), 우승
선한림학사(右承宣翰林學士) 윤유공(尹有功), 형부상서학사
(刑部尙書學士) 송국첨(宋國瞻), 병부상서학사(兵部尙書學士)
김효인(金孝印), 좌간의대부위위경(左諫議大夫衛尉卿) 하천
단(河千旦), 그리고 나 자신까지 모두 영렬공(英烈公)이 관장
했던 과거에 급제했으니 세인(世人)이 번성한 문하생이라고
말했다.

12

문생(門生)[11]은 종백(宗伯)[12]에게 가서 부자(父子)간의 예
를 지켰다.

당(唐)나라 때 배호(裵鄘)는 세 번이나 지공거(知貢擧)를
지냈다. 그의 문생 가운데 마윤손(馬胤孫)이란 사람이 있었
는데 그 또한 과거를 관장하게 되었다. 그 과거에서 새로운
문생을 얻자 마윤손은 그를 데리고 스승인 배호를 찾아가 인
사를 하도록 했다. 이때 배호는 한 구(句) 글을 지었다.

"세 번이나 과거를 관장했더니 나이는 80이 되어, 제자의

---

11) 문생 : 과거를 관장하는 관리가, 자기가 관장하던 과거에 급제
하는 사람을 스스로의 문하에 두었는데 이들을 그의 문생이라고 한
다. 또 이 문생이란 말은 일반적으로 그저 제자라는 뜻으로도 통용
한다.
12) 종백 : 의식(儀式)이나 제사를 관장하는 관직의·이름.

문하에 또 제자를 보는구나."

　우리 조정의 학사 한언국(韓彦國)이 문생을 데리고 문숙공 최유청(崔惟淸)을 찾아 뵈었다. 공은 시를 지어 말하기를,

　　연이어 나를 찾으니 얼마나 즐거운 일인가
　　제자와, 제자를 즐거이 보는도다

라고 했다. 양숙공은 3대에 걸쳐 국구(國舅)[13]가 되었고(의종〔毅宗〕·명종〔明宗〕·신종〔神宗〕의 3대) 그의 직위는 재상에 올랐다.

　그의 문하생인 조 문정공이 벼슬이 사성이었으므로 과거를 관장하게 되었다. 따라서 그에게 새로이 생긴 문생을 데리고 양숙공을 찾아 인사했다. 이인로는 이것을 경하하는 시를 지었다.

　　십 년이나 황각(黃閣)[14]에 있으면서 세상을 태평하게 이끌고
　　네 번이나 과거를 홀로 관장했네.
　　본래 국사(國士)는 국사라야 알아보는 것이니
　　문생이 다시 문생을 얻는도다.

　양숙공의 아들인 평장사(平章事) 경숙(景肅)은 네 번이나 과거를 관장하더니 수년이 못 되어 그의 문하생 중에 관직을

---

13) 국구 : 임금의 장인.
14) 황각 : 재상이 사무를 보던 관청. 혹은 재상의 직위를 지칭함.

가진 자가 10여 명이 되었다. 이들 가운데에는 장군(將軍)이 셋이며 한 명의 낭장(郞將)도 포함되어 있었다. 이는 실로 예전에는 들어보지 못한 일이다.

예각학사(藝閣學士) 유경(柳璥)은 급제한 후 16년이 지나서 사마시(司馬試)를 관장하고 다음날 문생을 데리고 스승을 찾았다. 이때에 평장은 대사(大師)라는 관직을 마지막으로 관계(官界)에서 물러나 있었다.

양숙공의 조카들 가운데는 두 명의 재상과 두 명의 추밀이 나왔다. 모든 종제(從第)와 생질들도 또한 경대부가 되었다. 이들이 양숙공의 문하생으로서 과거에 급제했던 사람들과 같이 뜰 앞에 서 있는데 유경이 그의 문생을 데리고 들어와 뜰 아래에서 인사를 했다. 평장은 당상에 앉았고 영관(伶官)[15]은 음악을 연주했다. 이 광경을 보는 사람들이 경탄을 금치 못하고 마침내는 눈물을 흘리기까지 했다. 이에 한림 임계일(林桂一)은 시를 지어 축하의 뜻을 나타냈다.

두 부(府)의 관리가 뜰 아래의 균대(鈞臺)에서 절을 하니
뛰어난 인재들이 일시에 문앞으로 모여들었네.
현명한 문하생들과, 번성하여 수려한 자손들을
당상에 앉아 바라보니
이러한 성사(盛事)가 대대로 이어지기를 바라네.

---

15) 영관 : 음악을 연주하는 관리.

  예숙공(譽肅公) 최석의 아버지는 태조(太祖)를 보좌한 공이 있었다. 예숙공은 장원급제하여 평장사가 되었다. 그의 아들 문숙공 유청이 유수(留守)가 되어 남도(南都)로 가려는 날, 유청의 두 아들이 가마 아래에 서 있었다. 그때 문숙공은 두 아들에게 시를 지어 훈계했다.

  집안은 결백하여 남길 물건 없어
  다만 경서(經書) 만 권을 보존했다.
  너희들은 장차 열심히 책을 읽고
  입신(立身)하여 나아감에 군왕을 존엄스럽게 하라.

  문숙공은 이 시에 스스로 주(註)를 붙여서,
  "군왕이 존엄하면 나라가 바르게 다스려지고, 나라가 바르게 다스려지면 가정이 안정된다. 가정이 안정되면 몸이 편하고, 몸이 편하게 되면 달리 구할 것이 없다"
고 말했다. 두 아들은 과연 선비로서 재상의 자리에 올랐다. 큰아들은 정안공(靖安公) 당(讜)이며, 지금 판추(判樞)인 인(璘)은 그의 손자이다. 둘째 아들은 문의공(文懿公) 선(詵)이며 지금의 시중(侍中) 종준(宗峻)과 복야 종재(宗梓), 승선(承宣) 종번(宗蕃)이 모두 그의 아들이다. 문숙공의 〈복야화 시중(僕射和侍中)〉에,

삼대(三代)에 걸쳐 평장을 지내더니 형은 시중을 배수하고
세 사위는 모두 정승이 되었네.
한 사람은 장원급제하고
두 사람은 동시에 도끼를 받아 부원수(副元帥)에 올랐네.
대대로 적선(積善)하고 자손에게 경사가 이었네.
조정에 높은 벼슬 가득하니 자손의 번성함이여!

했다. 《문숙공가집(文肅公歌集)》은 세간에 많이 나돌고 있으
므로 여기에는 아들 훈계하는 글 한 편만을 싣기로 한다.

14

문종(文宗)이 세상을 잘 다스린 지 11년 만인 청녕(淸寧)[16]
2년 병신(丙申)에 흥왕사(興王寺)를 창건했다. 그는 흥왕사
의 규모를 웅장하게 하려고 몹시 노력했다. 이때에 문화공
(文和公)이 지주사(知奏事)가 되어 문종에게 간했다.

"옛날 당 태종은 신성영무(神聖英武)하여 수천백 년 이래
로 비교될 만한 사람이 없습니다. 태종은 도첩(度牒)[17]을 내
주어 중이 되는 것을 허락하지 않았으며 절이나 도관(道觀)
을 짓지 못하도록 했고, 고조(高祖)의 뜻을 받들어 더욱 왕업
을 굳건히 했습니다. 따라서 역사는 그를 훌륭한 임금으로

---

16) 청녕 : 1055~1065년 사이에 쓰던 연호.
17) 도첩 : 새로 스님이 되려 할 때 나라에서 주는 허가증.

기록하고 있습니다. 이제 폐하께서 선대의 많은 공적을 이으시고 천하를 잘 이루려 하신다면 마땅히 물건을 절약하시고 백성을 사랑하셔야 할 것입니다. 이렇게 해야만 가득 찬 물그릇을 손에 들 듯이 조심스럽게 지켜서, 선대에 이루어 놓은 업적을 후대에 전하실 수 있을 것입니다. 하온대 어찌해서 백성의 재산과 힘을 탕진하시어 급하지 않은 데 비용을 소비하여 나라의 근본을 위태롭게 하려 하십니까. 신(臣)은 깊이 의심나는 일이옵니다."

문종은 부드러운 자세로 조서를 내려 이에 대답했다.

"경의 말은 진실로 충성된 말이다. 그러나 짐이 일찍이 원하여 이미 일을 이루어 놓았으니 이제 다시 돌이켜 바꿀 수가 없다."

훗날 문종이 한가할 때 공이 모시고 시정(時政)을 논하는데 문종은 조용히 공을 위로하며 말했다.

"간쟁(諫諍)이란 충성된 것이지만, 끝내는 아첨하는 말을 좋아하게 되더군."

공은 즉시 대답했다.

"나라를 창업한다는 것은 오히려 쉬운 일입니다. 다만 이루어 놓은 것을 지키는 것이 어려운 일입니다."

비록 우하(虞夏)의 갱가(賡歌)[18]가 있다 해도 어찌 이러한 문답에 더할 바가 있으리오.

---

18) 갱가 : 남이 부른 노래에 화답해 부르는 노래.

참정(參政) 이영간(李靈幹)이 나주(羅州) 법륜사(法輪寺)에 제(題)하기를,

가을의 서늘함에는 저녁 경치가 가장 어울려
한번 연방(蓮房)[19]에 잘 때마다 한 번씩 주름을 펴는도다.
별들은 밤이 깊어 그 빛이 더욱 찬란해지고
누대(樓臺)에 달은 움직여 그림자 흩어져 버렸네.
여섯 때에 길이 빛나 자등(慈燈)이 밝고
만고(萬古)에 길이 보존된 거룩한 자취 기이하구나.
좋은 인연을 맺는다는 것은 무슨 일인가?
향 피우고 앉아 부처님 섬기네

라고 했다. 어떤 사람은 이 시의 끝 구의 말이 묘하지 못하며, '야(也)' 자를 사용한 것은 더욱 소야(疎野)하다고 했는데 이것은 잘못이다.

공(公)이 임금을 따라 박연(朴淵)에서 놀았을 때 비바람이 갑자기 일어나 앉아 있던 돌을 흔들었다. 임금은 가슴이 떨렸으나, 공은 곧 칙서(勅書)를 지어 못 속에 던져 넣고 용(龍)의 죄를 꾸짖고, 벌을 주려고 했다.

그러자 용은 즉시 깨닫고 그 등허리를 드러내어 곤장(棍

---

19) 연방 : 절 안에 있는 방을 말함.

杖)을 받았으니, 공이 글을 짓는 것은 신기(神奇)하여 헤아릴
수가 없는 것인데, 어찌 이 자그마한 시 속의 한 글자의 공졸
(工拙)을 가지고 공의 실력을 헤아릴 수 있겠는가.

16

　문종(文宗) 대강(大康) 7년 신유(辛酉)에 양평공(良平公)
최사제(崔思齊)가 사신으로 송(宋)나라에 들어갔다. 양평공
은 배 위에서,

　　하늘과 땅에 어찌 경계를 그으리오마는
　　산과 강물에는 스스로 이동(異同)이 있도다.
　　그대는 송(宋)나라가 멀다고 말하지 말라
　　고개를 돌리면 한 돛바람에 가네

라고 시를 지었다. 보궐(補闕) 진화(陣澕)가 서장관(書狀官)
으로 대금(大金)에 들어갔을 때,

　　서쪽 중국의 빛은 이미 쓸쓸하고
　　북쪽 산채는 아직도 컴컴하도다.
　　앉아서 문명(文明)할 아침을 기다리니
　　하늘의 동쪽에는 해가 붉어지려고 하네

라고 했다. 계사(癸巳)년 봄에, 조정에서는 대금(大金) 황제

가 하남(河南)으로 파천(播遷)했다는 소식을 듣고, 기거주(起居注) 최린과 내시(內侍) 권술(權述) 및 나를 보내어 행재소(行在所)에 가서 문안하게 했다. 그때 달단(韃靼)의 길이 막혔기 때문에 나무로 만든 길로 해서 철산포(鐵山浦)를 지나 요(遼)의 땅인 해주진(海州津)에 이르렀다. 이에 권술이 시를 지었다.

구천(九天)이 옮겨가니 사해가 슬퍼하고
뗏목을 타고 가는 길 누구에게 물어 볼까.
만리에 뻗친 안개와 물결이
갈 곳이 희미하구나.

나는 지난해에 부추사(副樞使)로서 몽고(蒙古)에 사신으로 갔었다. 흥증부(興中府)에 닿아 유숙한 뒤, 한 절간의 벽 위에 있는 절구(絶句) 하나를 보았는데, 그 시에는,

사해(四海)가 다 여우와 토끼의 소굴이 되었고
온 나라는 오히려 개나 양의 하늘을 우러르는도다.
인간 세상에 즐거운 곳은 어디에 있나
나의 삶을 마음대로 하지 못함을 깊이 탄식하노라

라고 했다. 최린의 시에는 조근(朝勤)하는 데 천 리를 멀다고 하지 않는 뜻이 있으며, 진화는 막좌(幕佐)로서 조정에 들어 갔는데 '북쪽의 산채는 컴컴하도다' 한 것은 예의가 아니다. 또 권술의 시에 말은 비록 '답답하다'고 하였으나 뜻 속에는

분문(奔問)함을 지녔으며, 홍중부의 절구 한 수는 나그네가
제(題)한 것이니 말이 과장되었다고 무슨 죄가 있겠는가?

17

　예종(睿宗)은 재위했을 때에 장구(章句)를 숭상하고 잔치
하고 노는 것을 좋아했다. 그때 내 증왕부(曾王父) 상서(尙
書) 최약은 윤각(綸閣)에 있으면서 임금께 글을 올렸다. 그
글 대략을 보면,
　"옛날 당 나라의 문종(文宗)이 시학사(詩學士)를 두려고 했
는데 재상이 상주(上奏)하기를, '시인들 중에는 경박한 자가
많고 도리를 아는 데에 어둡습니다. 만약 그들을 돌아보고
물으신다면 임금의 총명을 어지럽힐까 두렵습니다' 하니, 문
종은 곧 그만두었습니다. 제왕은 마땅히 경술(經術)을 좋아
하여, 날마다 유아(儒雅)한 사람들과 경사(經史)를 토론하여
정치의 이치를 묻고 백성을 교화(敎化)하고 풍속을 이룩하기
에도 겨를이 없을 터이온데, 어찌 어린아이들이나 하는 벌레
를 쪼아 새기는 것을 일삼고, 자주 경박하고 방탕한 사신(詞
臣)들과 풍월(風月)이나 읊어서 마음속의 순수하고 올바른
것을 잃어버릴 수가 있겠습니까"
라고 했다. 임금께서는 이를 부드럽게 받아들였다. 한 사신
(詞臣)이 틈을 타서 말하기를,
　"그 사람이 말하는 유아한 사람이란 어떤 사람이겠습니
까? 약(瀹)은 풍월을 잘 못하여 사람들이 창화(唱和)하는 것

을 즐거워하지 않기 때문에 이러한 말을 하게 된 것입니다"
고 했다. 이에 임금께서는 노하시어 그를 춘주부사(春州副
使)로 좌천(左遷)시켰다. 그가 바야흐로 길에 오를 때 어떤
사람의 증별시(贈別詩)에 화답하였다.

> 우리 집은 대대로 크게 조정의 은혜를 입었기로
> 충성스럽고 맑음을 이어받아 가문을 추락시키지 않으려 하고
> 다만 반딧불의 빛을 잡아 거룩한 햇빛에 보태고자
> 감히 좁디 좁은 식견으로 말의 근원을 캐내려 했도다.
> 스스로 풍월에 공업(功業)이 없음을 부끄러워하니
> 하늘을 돌아보곤 이미 넋을 잃어버린다.
> 놀란 땀을 미처 거두기도 전에
> 또한 눈물을 느끼는 것은
> 귀양가면서도 오히려 붉은 수레를 탈 수 있기 때문이다.

18

무릇 대군(大軍)을 내고 원수(元帥)를 명할 때에는 반드시
선비 출신의 장수〔儒將〕로써 해야 한다.
서도(西都 : 지금의 평양)가 모반했을 때 문열공(文烈公)이
원수(元帥)가 되었는데, 그 당시는 태평세월이 이미 오래 계
속되었기 때문에 여러 무인(武人)들도 행영(行營)의 고사(故
事)를 몰랐다. 공(公)이 막사(幕舍) 안에서 옛사람의 시를 나
직이 읊기를,

백록파(白鹿坡) 기슭에는 백만의 군대요
벽유당(碧油幢) 아래엔 한 서생(書生)이로다.
이제야 선비가 된 것이 귀한 줄을 비로소 믿게 되었으니
장군(將軍)이 오경(五更)이라 알리는 것을 누운 채로 듣는다

라고 하였는데, 이것이 군중에 전송(傳誦)되었으니, 이로부터 내상장군(內廂將軍)이 시간을 알리던 계교가 되었다.

19

참정(參政) 박인량이 사신이 되어 중국에 들어갔을 때 가는 곳마다 모두 시를 남겼다. 〈금산사(金山寺)〉에는,

험한 바위 기괴한 돌이 쌓여 산을 이루었고
그 위엔 절이 있고 물이 사방을 둘러싸고 있네.
탑 그림자는 강물을 뒤집어 물결 밑에서 꿈틀거리고
풍경(風磬)은 달을 흔들어 구름 사이에 떨어뜨리네.
문 앞에는 길손 태운 배의 노가 큰 물결에 급하고
대나무 아래에는 중이 두는 바둑이 흰 햇볕에 한가롭네.
한 번 중국을 다녀본 것이 헤어지기 애석하여
또 시구(詩句)를 남겨두고 다시 올 것을 기약하네

라고 했다. 그가 월주(越州)에 이르렀을 때 악조(樂調) 속에 새로운 노래를 연주하는 것을 들었는데, 옆 사람이 '이것은

공(公)의 시입니다' 라고 했다. 절강(浙江)에 이르렀을 때는
바람과 파도가 크게 일어났는데, 오자서(伍子胥)[20]의 사당이
강가에 있는 것을 보고 시를 지어 그를 조위(弔慰)하기를,

> 동문(東門)에 눈알을 걸었어도 분이 풀리지 않아
> 푸른 강물은 천 년이 지나도 파도를 일으키네.
> 오늘날 사람들은 옛 현인(賢人)의 뜻을 알지도 못하고
> 다만 물결의 높이가 몇 자[尺]나 되느냐고 물을 뿐이네

라고 했더니, 갑자기 바람이 멎어 배가 무사히 건넜다. 이처
럼 이 세상이나 저 세상을 감동시켰으므로 송나라 사람들이
그의 시를 모아 엮어서 지금도 세상에 전해진다.

20

학사(學士) 권적(權適)은 우리 나라가 올리는 표(表)를 받
들고 송(宋)에 유학(遊學)했다. 길 가는 도중에 문열공(文烈
公)과 여러 친구들에게 시를 부쳐 보냈다.

> 이별이란 참으로 사소한 일이건만
> 우리의 이 이별에는 마음을 다 헤아리기 어렵네.

---

20) 오자서 : 춘추 전국시대 초(楚)나라 사람. 이름은 원(員), 자서
는 그의 자. 그의 아버지와 형이 모두 초나라 평왕(平王)에게 죽었
으므로 오(吳)나라로 달아나 오나라를 도와서 원수를 갚았다.

파도의 저편에는 나그네길
품속에선 고향 산천뿐이로다.
문을 나설 때는 무더운 여름비가 내렸었는데
노[棹]에 기댈 때는 이미 가을 바람 부는구나.
어느 날이건 강호(江湖)의 흥취(興趣) 불쑥 일어나면
조그만 배를 타고 다시 동쪽으로 가려고 하네.

　명주(明州) 정해현(定海縣)에 도착하여 숙박할 때에는 황제가 사자(使者)를 보내어 큰 길에서 위로하고 문안하였으며, 주부(州府)의 수재(秀才)들을 뽑아서 동행하도록 했다.
　서울에 들어와 대궐 아래에서 찾아뵈니 총애함과 하사(下賜)함이 보통과 달랐으며, 조서(詔書)를 내려 벽옹(辟廱 : 지금의 대학)에 입학하여 배우도록 했다.
　7년 동안의 재학(在學) 중에 여러 번 시험에 으뜸을 차지했으며, 황제께서 친히 시험을 보게 할 때에는 갑과(甲科)의 첫째로 뽑혔다. 우리 나라로 돌아오게 되자 예종께서도 그 소식을 듣고 가상(嘉尙)하게 여기시고 유사(有司)에게 명하여 악부(樂部)와 채산(綵山)을 갖추어 예성강(禮成江)에서 환영하도록 했다.
　대관전(大觀殿)에 납시어 그를 맞아들여 만나보시고 또 여러 신하들에게 사흘 동안 연회를 베풀어 경축하시고 곧 국자박사(國子博士)를 제수(除授)하고, 국학(國學)의 의례(儀禮)에 관한 규식(規式)과 문서를 찬정(撰定)하게 했다.
　몇 해 안 되는 사이에 주요(主要)한 관직을 두루 역임하고 사방에 돌아다니며, 읊은 시가 매우 많았다. 그는 일찍이 낙

안북사(樂安北寺)에서 대나무를 읊었다.

큰 눈이 하늘에 가득 차니 온갖 나무 부러지고
아름다운 대나무 서로 비추는 데 피어난 한 가지 매화.
오뉴월 찌는 더위 혹심한 때에
시원한 바람 특별히 불러들이네.

또 〈안선로지풍악(安禪老之楓岳)〉에는,

강릉(江陵)은 날이 따뜻해서 꽃이 막 피어났고
풍악(楓岳 : 금강산)은 날씨가 추워 눈이 아직 녹지 않았네.
상인(上人 : 스님의 존칭)의 산수(山水)를 사랑하는 벽(癖)에
따라가 소요(逍遙)하지 못하는 것을 비웃네

라고 했다. 〈정지방(亭止房)〉[21]에는,

반년 동안 티끌에 섞여 푸른 산을 등지다가
절간에서 틈을 내어 하루 종일 한가롭네.
노란 꽃을 보고 좋은 계절인 줄 비로소 알았으나
붉은 잎 야윈 얼굴 비치는 것 다시 놀라네.
하늘은 커다란 들녘, 푸르고 아득한 저 바깥까지 둘러 있고
배는 맑은 강물, 호젓한 가운데에 매어 있네.
상방(上房)께서 술을 사가지고 붙드는 바람에

---

21) 정지방 : 관청의 우두머리가 있는 방.

옅은 연기, 기울어진 해에도 돌아가지 못하네

라고 하여 무릇 제영(題詠)과 화증(和贈)한 것이 수십 권에
이르렀으나, 모두 흩어져 없어져 버렸다. 그래서 지금은 겨
우 20여 수만을 얻을 수 있을 뿐인데, 그 대부분이 모두 장편
이므로, 다만 그 가운데에서 절구(絕句)와 사운(四韻 : 즉 율
시〔律詩〕)을 각각 두 수씩 기록한다.

　공(公)은 대체로 장구(章句)를 일삼지 않았고, 화답(和答)
한 작품이라도 솔직하게 말을 나타내어, 남을 놀라게 하고자
하지는 않았으며, 더욱 문사(文辭)에 뛰어나 부염(富艶)한 체
(體) 가운데에도 청사(淸駛)의 골격이 있었다.

　국자좨주(國子祭酒)·한림학사(翰林學士)·겸보문각학사
지제고(兼寶文閣學士知制誥)에 옮겼고, 남성(南省)[22]에서 시
험을 관장할 때는 사람들을 잘 얻었다. 문하의 수사(秀士) 임
종비(林宗庇)가 시(詩)와 인(引)을 바쳤는데, 그 대략에,

　　배를 타고 중국에 돌아갔을 때는
　　북방의 학자들도 앞서지 못했으며,
　　비단옷을 입고 고향에 돌아왔을 때는
　　동쪽 서울에 사는 주인도 큰 소리로 탄식했다

라고 했다. 그 시에는,

---

22) 남성 : 상서성(尙書省)의 다른 이름.

동쪽 나라에서는 두 학사(學士)라는 말을 들은 적이 드물고
서쪽 조정에서는 홀로 갑과의 이름을 얻었도다

라고 했는데, 공이 그것을 보고 그의 인(引)을 아름답게 여기
면서 다음과 같이 말했다.

"옛말을 들어서 지금 일을 말하는 것이 썩 어울리고 또 대
구도 매우 훌륭하지만, 다만 송나라는 서쪽에 있는데 북방이
라고 말한 것은 글에 구애되어 진실을 잃은 것이라고 하겠으
니, 백옥(白玉)의 한 흠일 따름이다."

21

사인(舍人) 정지상(鄭知常)은 시로써 인묘(仁廟) 때에 이
름을 날렸다. 일찍이 곽 선생(先生)과 함께 왕을 호종(扈從)
하여 장원정(長源亭)에서 유숙하고 지은 것이 있는데,

옥루(玉漏 : 물시계)는 뚝뚝 소리내고, 달은 하늘에 걸렸는데
한봄은 모란꽃에 불어오는 바람과 함께 오네.
작은 당(堂)에 발 말아올리며 연기와 파도는 푸르렀고
사람은 봉래산(蓬萊山) 아득한 가운데 있도다

라고 했다. 대를 읊은 시 〈영죽(詠竹)〉에는,

긴 대나무가 자그마한 처마 동쪽에 있어

호젓하게 수십 떨기 이루고 있도다.
파란 뿌리는 용(龍)이 다니는 땅에 널려 있고
차가운 잎새에는 구슬처럼 우는 바람이 불도다.
빼어난 빛깔은 온갖 풀보다 고상하고
깨끗한 응달은 반공(半空)을 스치도다.
그윽하고 기이하기는 글로 나타낼 수가 없으니
서리 내리는 달밤 밝은 가운데 있었도다

라고 했다. 〈유제단월역(留題團月驛)〉에는,

늦도록 술 마시고 베개에 기대니 화병(畵屛)은 낮았는데
앞에 있는 마을 첫닭소리에 꿈이 깨도다.
도리어 기억나는 것은 밤이 깊어 비구름 흩어지던 때
푸른 하늘, 외로운 달, 작은 누각의 서쪽이로다

라고 했다. 또 장원정에서 지은 것이 있으니,

높게 솟은 쌍궐(雙闕)은 강을 베개삼고 있는데
맑은 밤 한 점의 티끌도 없도다.
바람은 구름이 조각조각 떠 있는데 나그네 돛배 불어 보내고
이슬은 궁전 기와에 엉기어서 구슬처럼 반짝이네.
푸른 수양버들에 창문 닫힌 8, 9채의 집이 있고
밝은 달 아래 발을 말아올린 서너 명 있도다.
꿈 깨니 꾀꼬리가 푸른 봄을 알리는구나

라고 했다. 〈월영대(月詠臺)〉에는,

푸른 물결은 아득히 뻗쳐 있고 돌은 우뚝 솟아 있는데
그 가운데 봉래학사(蓬萊學士)의 대(臺)가 있도다.
소나무 늙은 단(壇) 곁에는
푸른 이끼 촉촉이 돋아나 있고,
구름이 하늘 끝에 드리운 곳에는
한 조각 돛단배가 오는도다.
백년의 풍아(風雅) 새로운 시구(詩句)요
만리의 강산 한 개의 술잔일세.
계림(鷄林)으로 고개를 돌아보아도
사람조차 보이지 않는데
달빛은 부질없이 밝아
해협(海峽)을 두루 돌아비치는구나

라고 했다. 〈변산소래사(邊山蘇來寺)〉에는,

옛길은 쓸쓸하게 소나무 백리에 둘러 있고
하늘 가까이 북두성(北斗星) 닿을 듯하구나.
뜬구름처럼 유수(流水)같이 나그네 절에 이르니
붉은 잎, 푸른 이끼에 중은 대문을 닫는도다.
가을 바람 서늘하게 석양을 불어오고
산 속 달은 희어지니, 잔나비 맑게 울고 있도다.
기이하구나! 더부룩한 눈썹을 한 늙은 중이여
오랜 세월 꿈조차 꾸지 않다니, 인간사 더없이 떠들썩한 것을!

이라고 했다. 〈서도(西都)〉에는,

> 남쪽 길에 바람이 살랑살랑 보슬비 지나니
> 티끌조차 움직이지 않는 곳에, 어둑한 수양버들 기울어 있다.
> 파란 창, 붉은 집에 생황과 노랫소리 흐느끼는 곳
> 모두가 이원제자(梨園弟子)[23]들 사는 집일세

라고 했다. 이 시들은 말의 운치(韻致)가 청화(淸華)하고 구절의 격조(格調)가 호방하여 번잡한 가슴, 흐린 눈을 생생하게 깨어나게 한다. 다만 웅혼(雄渾)하고 깊은 거작(巨作)이 못될 뿐이다.

22

학사(學士) 고당유(高唐愈)가 미천(微賤)했을 때에 스스로 말하기를,

"어찌 은하수를 건널 수 있겠느냐? 고(高)는 상계(上界)[24]에 노는 신선이로다. 바로 만 말의 물을 가지고, 손을 들어 구름 낀 하늘을 씻으리로다"

라 했고, 〈운암(雲巖)〉에 쓰기를,

---

23) 이원제자 : 배우나 광대.
24) 상계 : 하늘 위의 세상[天上界].

바람이 호수와 산에 드니 온갖 씨가 숨을 쉬고
오래 머문 구름 돌아가 없어지니
겨울 하늘 높도다.
푸른 매[鷹] 백천 척(尺)을 오르니
그 먼지 깃털을 더럽히네

라고 했다. 그 시를 보니 말의 뜻이 호장(豪壯)하여, 과연 지
조와 절개 때문에 이름 있는 재상이 되어 삼대(三代)의 조정
을 대대로 섬겼던 것이다.

23

　예왕(睿王) 건통(乾統)[25] 7년 정해(丁亥)년에 동쪽 변경을
치고자 하여 윤관(尹瓘)을 상원수(上元帥)로, 오연총(吳延
寵)을 부원수(副元帥)로 임명하고, 임금이 직접 서경(西京)의
어용언(御龍堰) 대궐에 행차하여 큰 도끼[斧鉞][26]를 주어 그
들을 싸움터로 보냈다.
　군대의 행진이 대술관(大戍關)으로 들어가 80여 부락을 무
찌르고, 영주(英州)·길주(吉州) 등 4성(城)을 쌓아 임금의
명령으로 윤관에게는 시중(侍中)의 벼슬을, 오연총에게는 참
정(參政)의 벼슬을 주어 이들은 모두 공신이 되었다.

---

25) 건통 : 서기 1101~1111년 사이의 연호.
26) 부월 : 적을 공격하러 가는 장군에게 주는 도끼.

또 함주(咸州) · 숭령진(崇寧鎭) 등의 성을 쌓았는데, 그 이듬해에 오랑캐가 새로 쌓은 성을 포위하여 오연총이 군대를 거느리고 가서 구했다. 추장(酋長) 실현(實現) 등이 황금과 좋은 말을 바치고 대궐에 들어가 여러 가지로 변명했다. 이에 여러 신하를 모아 조정의 회의를 열었다. 간의대부(諫議大夫) 김연(金緣)이 임금께 아뢰었다.

"임금께서 토지를 아끼심은 장차 백성을 양육하려 하심인데, 어찌 땅을 차지하려고 다투다가 임금의 은택을 받는 백성으로 하여금 참살당하여 간과 뇌(腦)가 땅에 흩어지게 하십니까? 원컨대 폐하(陛下)께서는 그 점령한 땅을 허락하여 저들이 살도록 하시되 복종하면 어루만져 주시고 그렇지 아니하면 버려 두시옵소서. 그래야만 우리 백성이 싸움을 그칠 수 있습니다."

이 말을 들은 왕의 마음도 옳게 여겼다. 6월에 실현(實現) 등이 선정전(宣政殿) 문 밖에 엎드리고 머리를 조아려 말하기를,

"오랑캐도 역시 사람이옵니다. 하온데 이제 우리의 근거지를 소탕하고 뒤집어엎었사오니 우리는 어느 곳에 의지하겠사옵니까? 원컨대 우리의 강토(疆土)를 돌려주시어 다시 정주(定住)하게 하여 주시면 맹세코 변경을 소란하게 하지 않겠나이다"

하니, 왕이 웃으며 허락하였다. 7월에 길주 · 영주의 변방을 지키는 군사를 철수하고 관리가 두 원수(元帥)를 탄핵(彈劾)하여 관문(關門) 통행의 부신(符信)과 사사로이 부리는 기병(騎兵)을 폐지하고 돌아오니, 간관(諫官)이 또 임금께 아뢰었다.

"윤관과 오연총 그리고 임언(林彦) 등은 고라(古羅) 등을
꾀어 섬멸하였기 때문에 오랑캐에게 신의(信義)를 잃어 군대
는 상실된 것이 많사옵고, 백성의 노력을 다하고 국가의 비
용을 소모하여 아홉 성(城)을 쌓았음에도 형세가 위태로워
마침내 버려두었사오니 죄를 용서할 수 없사옵니다."

왕이 어쩔 수 없이 허락하여 모두 관직이 파면되었다.

1년이 지나 대각(臺閣)에서 상소하여 윤관·오연총·임언
등의 죄를 다시 동시에 논의했으나 결국 용납되지 아니하였으
므로 대각의 모든 낭관(郎官)들은 직무를 버리고 일을 보지
않았다.

당시 송나라 조정의 사신을 영접하게 되었기 때문에 임금의
명령으로 직무를 보게 되었으나 오직 간의대부(諫議大夫) 김
연(金緣)만 곧 나오지 아니했다. 그러나 특별히 임시 추밀원
(樞密院) 부사(副使)로 임명했다가 곧 참의(參議)에 취임하게
했고, 후에 예빈경(禮賓卿)의 관직을 주었으며, 임금의 명령
으로 두 원수(元帥)와 임언 등을 복직시켰다. 당시 학사 이오
(李顥)는 김부일(金富佾)의 시에 화답하여 이렇게 말했다.

> 출전에 임하여 큰 도끼 주고
> 동정(東征)을 명하니
> 단번에 오랑캐를 없앴도다.
> 한(漢)나라 변방은 방비(防備) 없었던 달 없고
> 진(秦)나라 사람은 무엇이 괴로워 새 성(城)을 쌓았는가?
> 뜰에 가득히 간언(諫言)이 간절함은
> 참으로 원대한 계책(計策)이요

땅을 개척한 공이 높음은 널리 소문난 명예로다.
간언을 좇고 공을 키움은 어느 것이 더 급한가
우리 임금 두 가지 모두 이루어 놓았네.

24

천경(天慶)[27] 원년(元年)에 사은사(謝恩使) 김연과 임유문(林有文) 등이 송나라에 들어갔을 때, 천자(天子)는 등급을 올려 접대해 주었다. 김연과 임유문 등이 돌아오니 임금은 천자의 행동을 물었다. 김은 말하기를,

"천자가 우리 나라를 후대하여 융숭하게 예로 대접한 것이 보통과 달랐사옵니다. 하오나 모든 일에 지극히 사치하여 가위 한심했습니다"

라고 했다. 3년 후 계사(癸巳)년에 사신 이자량(李資諒)·이영(李永) 등이 송나라 조정에 가니, 천자가 예모전(睿謀殿)에 맞이하여 잔치를 베풀어 주고 시를 지어 보이며 그에 따라 화답해 올리도록 명했다. 자량은 천자의 시운을 써서 화답하여 말했다.

신(臣)을 위하여 여는 주연(酒宴)에 현량(賢良)이 모이고
아름다운 음악이 넘쳐 깊숙한 방을 새어 나오도다.
하느님이 하사한 꽃, 머리 위에 아름답고

---

27) 천경 : 서기 1194~1205년 사이의 연호. 송나라 환종(桓宗) 때임.

소반 가운데의 귤 소매 속에 향기롭다.
황하(黃河)는 다시 천년의 상서로움을 알리고
푸르스름한 좋은 술에 만수(萬壽)를 비는 잔 가벼이 띄우도다.
오늘 배신(陪臣)이 성대한 연회에 참석하여
원컨대 하느님의 보호 영원하옵시기를!

이 시는 천박하고 쉽게 표현되었으나 천자는 매우 칭찬해 주고, 즉석에서 지은 글의 시를 차별을 두지 않고 공평하게 취급해서 그 다음 날 점포에 널리 퍼뜨려 그것을 써서 족자(簇子)를 만들어 벽에 걸도록 했다. 자량 등이 작별하고 떠날 때에 천자는 은밀히 타일러 말하기를,

"여진(女眞)이 땅을 다툰다는 말을 들은 것 같으니, 후일 우리 나라에 올 때는 마땅히 여진의 몇 사람을 불러 끌어들여 동행해야 한다"
고 했다. 자량은 말하기를,

"오랑캐는 욕심이 많사오니 상국(上國)으로 통할 수가 없습니다."

송나라 조정의 신하가 말했다.

"여진에는 진귀한 것이 여러 곳에서 나와 고려(高麗)가 항상 무역을 합니다. 자량은 이 이익이 다른 나라에 나누어지는 것을 두려워하므로 그것을 막는 것이옵니다. 폐하께서는 고려를 우리 백성처럼 사랑하시는데 그러나 자량은 그 은덕(恩德)을 저버리고 겉으로는 좋은 말을 한 것 같으나 실은 속이는 것입니다. 여진은 반드시 고려를 의지하지 않을 것이오니 한 사람을 보내어 불러들여야 합니다"

라고 했다. 뒤에 과연 이들은 서로 오고 가고 하였으나 마침내 여진에게 천자의 지위를 옮겨 주게 되었다.

송나라 조정의 뭇 신하들은 한 사람도 자량의 지혜에 미치지 못하여 도리어 충성스런 말을 거짓으로 받아들였으니 참으로 애석한 일이다.

25

해마다 2월 보름 연등회(燃燈會)[28] 저녁을 위해 하루 전에 임금이 개성(開城)에 있는 봉은사(奉恩寺)[29]에 행차하여 고려 태조의 거룩한 진영(眞影)에 분향(焚香)하고 절하는 것을 봉은행향(奉恩行香)이라 말한다.

옛 서울인 개성에는 아홉 개의 거리가 넓고 평탄하며 흰 모래가 평평하게 깔려 있고, 큰 내가 도도(滔滔)히 흘러 양편의 집과 집 사이를 흘러 나오는데, 이날 저녁이 되면 모든 관리가 크고 작음에 따라 각각 비단을 산의 이곳저곳에 연결해 두고, 모든 군부도 또한 화려한 비단들로써 잡아매어 거리에 길게 늘어놓는다. 또 그림이 그려져 있는 휘장과 글씨가 씌어 있는 병풍을 좌우에 펼쳐 두고, 기생의 풍류는 다투어 울려나오고, 여러 개의 등불은 하늘에 이어져 대낮같이 밝다.

임금의 행차가 돌아올 때는 문무 양부의 기녀가 무지갯빛

---

28) 연등회 : 2월 보름에 행하는 불교 행사.
29) 봉은사 : 경기도 개성 남쪽에 있던 절이니, 곧 대봉은사(大奉恩寺). 고려 광종 2년에 창건. 고려 태조의 원당(願堂)임.

치마를 입고, 화관을 쓰고, 음악을 연주하며 승평문(昇平門)
밖에서 임금의 수레를 맞이한다.

임금이 환궁할 때 아뢰는 풍악을 연주하고, 흥례이빈문(興
禮利賓門) 사이에 들어서면 궁전은 밤이 깊어 고요하고 별이
높이 떠 총총하니 풍악소리 요란하여 마치 공중에서 나는 것
같다.

인묘조(仁廟朝) 때 대궐의 정문이 불에 타 흥례이빈문에서
임금의 환궁을 아뢰는 풍악이 폐지된 지 오래되었다가 다시
건축한 지 18년에 이르러 완공했다.

이 해 연등회 날 저녁에 복구공사의 낙성(落成)을 축하하
는 풍악군(風樂軍)이 이 문을 들어오니, 임금은 한 절구(絶
句)의 시를 읊어 말하기를,

> 이 땅 군신(軍臣)의 음악이
> 헛되이 18년을 지났도다.
> 다행히 보필(輔弼)하는 신하의 힘으로 인하여
> 내가 크게 취함이 다시 예와 같도다

했다. 이 임금이 지은 시를 기록하는데 사실을 그대로 기록
했기 때문에 다른 기록도 모두 이와 같다.

26

문강공(文康公) 윤언이(尹彦頤)는 만년(晩年)에 더욱 좌선

(坐禪)[30]의 취미를 즐겨, 벼슬을 그만두고 영평군(鈴平郡) 금
강재(金剛齋)에 은거하며 스스로 금강거사(金剛居士)라고 불
렀다. 매양 성(城)으로 들어갈 때마다 황소에 걸터앉아 가니
사람들이 모두 그를 알아보았다.

혜소(慧炤)의 제자 관승선사(貫乘禪師)[31]와 벗이 되었는데
두 사람이 서로 마음이 맞아 심히 기뻐했다. 당시 관승(貫乘)
은 광명사(廣明寺) 주지(住持)로 있으면서 풀로 지붕을 인 한
암자(庵子)를 짓고 한 좌석에 겨우 앉아 약속해 말하기를,

"먼저 가서 이곳에 앉아 있으면 죽어서 변전(變轉)한다"
고 했다. 어느 날 윤언이가 소에 걸터앉아 타고 관승에게 가
서 식사를 같이했다. 조금 있다가 말하기를,

"내가 죽을 때가 멀지 않았소. 작별을 고하러 왔을 뿐이오"
라고 했다. 말을 마치고 곧장 돌아가는데 관승이 사람을 시
켜 그 뒤를 따르게 하고 풀로 지붕을 인 암자에서 전송을 하
니 윤 문강공이 보고 웃으며 말하기를,

"선사는 약속을 저버리지 않으셨소그려. 나의 갈길은 결정
되었소이다"
하고 갑자기 붓을 들어 게송(偈頌)[32]을 써 말했다.

봄이 다시 가을로 바뀌니
꽃이 피고 잎이 떨어지도다.

---

30) 좌선 : 말없이 정좌(靜坐)하여 불도(佛道)의 묘리(妙理)를 강구
하는 수업(修業).
31) 관승선사 : 고려 스님. 금강거사 윤언이와 친밀했다.
32) 게송 : 알기 쉽게 절구로 지어 부처님의 공덕을 찬양하는 노래.

동쪽이 다시 서쪽으로 바뀌니
조물주를 잘 봉양하도다.
오늘 길을 가는 도중에
이 몸을 돌이켜 보라.
끝없이 길고도 먼 하늘에
한 조각의 한가로운 뜬구름이로다.

쓰기를 마치고 암자에 앉아서 죽으니, 당시 벼슬하지 않은 고결한 사람과 계행(戒行)을 지키는 사람은 슬퍼하고 우러러 사모하지 않는 사람이 없었다. 이 중승(中丞)은 호(號)를 충건(忠謇)이라 하는데 그를 배척하여 말하기를,

"윤공(尹公)은 신분이 재상으로서, 명망이 높고 뭇 사람이 모두 우러러보았으며, 비록 늙어서 벼슬을 사퇴하였을지라도 오히려 나라의 풍속을 염려했고, 더욱 절개를 지키는 데 힘써서 그것을 후인(後人)에게 보였다. 그런데 도리어 불교를 행하게 했고, 이로써 상도(常道)를 그르치는 방향으로 이끌어 성인의 교화(敎化)를 해쳤다. 그래서 괴상한 풍습이 이로부터 시작될까 두렵다"
라고 했다.

27

나는 일찍이 시부(詩賦)의 격식론(格式論)을 본 적이 있다. 평두(平頭)[33] · 상미(上尾)[34] · 봉요(蜂腰)[35] · 학슬(鶴膝)[36] ·

대운(大韻)·소운(小韻)·정뉴(正紐)·방뉴(菊紐) 등의 병폐(病弊)는 일을 벌여 놓기를 좋아하는 사람의 한담(閑談)이다.
어제 어느 사람에게 다음과 같은 말을 들었다.
"옛날 어느 금(金)나라 사신이 와서 여관에 묵었다. 여관 뒤에 줄꽃이 한창 피어 있었다. 사신이 읊기를,

　　줄[苽]꽃이 천만(千萬) 송이나 피었도다.

라고 하고, 접반사(接伴使)를 재촉하여 빨리 대구(對句)를 채우라 했다. 이에 접반사가,

　　명협(蓂荚)의 잎은 두셋이 피었도다

라고 읊으니, 사신은 웃으면서 그를 즐겨하지 않고, 또 대구로도 대답하지 않았다.

---

33) 평두 : 시를 지을 때 첫째 글자와 여섯째 글자, 또는 둘째 글자와 일곱째 글자가 같은 소리의 글자를 쓰는 것으로, 시를 짓는 데 피해야 할 여덟 가지 병폐 중의 하나.
34) 상미 : 시의 한 연(聯) 중에서 윗 구의 끝자와 아래 구의 글자가 같은 소리임을 말함. 시를 짓는 데 있어 여덟 가지 병폐 중의 하나.
35) 봉요 : 시의 둘째 글자와 넷째 글자가 상성(上聲)·거성(去聲)·입성(入聲)이 같은 것. 쉽게 말해서 7언에서는 바깥쪽의 제5자가 평성(平聲)으로 되고, 5언에서는 바깥쪽의 제3자가 평성으로 된 것. 이것도 시를 짓는 데 피하는 것이다.
36) 학슬 : 시를 짓는 데 제1구의 제5자와 제3구의 제5자를 같은 소리의 글자로 쓰는 것을 역시 피하는 일이다. 대운·소운·정뉴·방뉴도 모두 시를 짓는 데 피하는 것들이다.

이때 어느 한 서리(胥吏)가 앞으로 나타나 읊기를,

　버드나무 한쌍이 드리웠도다

하니, 사신이 말하기를,
　'버들〔柳〕과 나무〔樹〕 두 글자는 비록 같은 운(韻)이 아닐
지라도 소리가 서로 가까워 대응(對應)이 될 수 있겠는가?'
라고 했다. 접반사가 재빨리 말하기를,
　'이것은 어렵지 않습니다. 마땅히 명협이란 뜻의 명(蓂)을
협(荚)으로 고쳐야지요'
라고 하니, 사신은 그제야 크게 기뻐했다"
는 것이다. 이것이 시부(詩賦)에 있어서 소운(小韻)의 병폐라
는 것이다. 금나라의 사신은 그 병폐를 저질렀고, 접반(接伴)
은 비록 대응할 수 없을지라도 재주가 없어서 그렇게 된 것
이 아니어서 마침내 뒷구를 잘 채울 수가 없었던 것이다.

28

　동도(東都)는 본래 신라(新羅)의 도읍이다. 옛날 사선(四
仙)[37]이 있었는데 각각 천여 명의 무리를 거느렸고, 노래를
부르는 제도가 성행했다. 또 옥부선인(玉府仙人)이 있어 비

---

37) 사선 : 신라의 영랑(永郎) · 술랑(述郎) · 안상(安祥) · 남석행(南
石行)의 네 국선(國仙).

로소 수백 가지 곡조를 지었다.

고려의 민 복야(僕射)가 그것을 일으킬 수가 있어서 서로 전하여 그 묘(妙)를 터득했다. 일찍이 어느 날 홀로 앉아 거문고를 타는데 한 쌍의 학이 날아와 선회하고 있기에 곧 다른 곡조를 지어 말하기를,

> 월성(月城)[38]에는 화랑의 자취가 멀고
> 옥부(玉府)에는 풍악 소리 미미하다.
> 한 쌍의 학이 옴이 어찌 늦는가
> 내 장차 너를 짝하여 돌아가리

라고 했다. 황룡사(皇龍寺)[39]의 우화문(雨花門)은 옛날 화랑도가 세운 것인데, 풍물이 황량(荒凉)하여 지나는 사람마다 마음 상하지 않은 이가 없다.

학사 호종단(胡宗旦)은 사신이 타는 수레를 타고 그 문을 지나다가 진사(進士) 최홍빈(崔鴻賓)이 남긴 다음과 같은 시를 보았다.

> 고목(古木)은 북풍에 울고
> 잔잔한 물결은 지는 햇빛에 출렁인다.
> 배회하며 옛일을 생각하니
> 어느덧 눈물이 옷깃을 적신다.

---

38) 월성 : 경북 경주시에 있는 절.
39) 황룡사 : 경북 경주시 월성(月城) 동쪽에 있던 절.

호(胡)는 이 시를 보고 깜짝 놀라 말하기를,

"참으로 뛰어난 재사(才士)로다"

라고 했다. 그가 복명(復命)할 때에 임금이 동도(東都)의 사적(事蹟)을 묻자, 드디어 이 시를 아뢰어 놀라게 했다.

내 조부(祖父)가 암행어사(暗行御史)로서 북쪽 변방을 순찰하다가 말하기를,

용성(龍城)[40]에는 가을 햇빛이 엷고
옛 군영(軍營)에는 흰 연기가 가로질렀네.
만리에 걸쳐 전쟁이 없으니
오랑캐의 아이들이 태평을 경축한다.

라고 했다. 그 담고(談古)하여 흔적이 없는 것은 최홍빈의 시와 같으나 저 최홍빈의 시는 고금을 감탄했기 때문에 감정과 생각이 많았고, 이 시는 한가롭게 변방의 일을 읊었으니, 그 감화시키는 힘이 장하다 하겠다.

29

문숙공(文肅公) 임극충(任克忠)은 연복정(延福亭)을 지나면서 말하기를,

---

40) 용성 : 북방 흉노족(匈奴族)이 쌓은 성. 지금의 감숙성(甘肅省)·공창(恐昌) 지방에 있다.

수(隋)나라 양제(煬帝)의 변하(汴河)[41]에는 가을이 쓸쓸하고

당(唐)나라 현종(玄宗)의 촉도(蜀道)[42]에는 비가 처량하다.

당시의 이 한(恨)을 믿는 이 없고

눈에 가득한 시내와 산 눈물이 몇 줄 흐르네

라고 했다. 문순공(文順公)이 글을 지어,

복도(複道)[43]에는 푸른 풀만 무성하고

음악 소리 적막하니 새만 서로 부른다.

그 가운데는 분명 은감(殷鑑)[44]이 분명히 있으니

물려받은 터전을 버리지 않고는 흔적을 없앨 수 없다

라고 했다. 이 시는 옛정이 깊음을 느껴 그것을 읽고 슬픈 생각이 들었다. 은감이란 말이 들어 있는 일련(一聯)은 뜻의 함축(含蓄)이 지극히 적절하다.

30

대동강(大同江)은 서경(西京) 사람이 송별하는 나루터다.

---

41) 변하 : 하남성(河南省)에 있는 내로서, 옛 변하와 수(隋)나라 이후의 변하가 있는데 모두 회수(淮水)로 흐른다.
42) 촉도 : 촉(蜀)으로 통하는 위험한 길.
43) 복도 : 길 위에 또 겹으로 만든 길.
44) 은감 : 거울삼아 경계해야 할 전례.

강과 산은 지세(地勢)가 뛰어나 천하의 절경(絶景)이다.
　사인(舍人) 정지상(鄭知常)은 사람을 보내면서 시를 지어,

　　대동강의 물은 어느 때 없어질 것인가
　　이별의 눈물이 해마다 더하여 물결을 이룬다

라고 했다. 당시 이 말을 경책(警策)으로 여겼으나, 두소릉
(杜小陵)은 말하기를,

　　이별의 눈물이 멀리 첨가되어 금강(錦江)의 물을 이룬다

라고 했고, 이태백(李太白)이 말하기를,

　　원컨대 아홉 강의 물결을 한데 모아 만 줄 눈물이 되도록
　　보태었으면

이라고 했으니 이것은 모두 뛰어난 솜씨들이다. 문순공(文順
公)이 조강(祖江)에서 송별하면서,

　　배가 사람을 싣고 멀어지니 마음도 따라가고
　　바다가 조수를 보내고 오니 눈물도 함께 흐른다

라고 했다. 눈물을 말한 것은 비록 같으나 뜻에는 혹 사소한
차이가 있다.

31

대개 고적이나 명승지 등을 유람하며 읊어 남긴 시나 노래는 말은 간단히 하고 뜻은 남김없이 말함으로써 잘된 것으로 삼고 있으니 반드시 과장이 많거나 아름다운 수식이 많을 필요가 없다.

참정 박인량은 승가굴(僧伽屈) 이십운(二十韻)을 썼고, 낭중(郎中) 함자진(咸子眞)은 낙산(洛山) 사십사운(四十四韻)을 썼고, 사관(史館) 이윤보는 불영(佛影) 일백운(一百韻)을 썼는데, 모두 사실을 기록하였으니 말이 번잡하지 않을 수 없다.

만약 정자(亭子)나 누대(樓臺)·누각(樓閣)·누관(樓觀)에서 시를 지을 때는 다만 한두 연(聯)의 글로 경치를 그림과 같이 묘사하여 안계(眼界)에 가득찬 풍경을 바삐 지나가는 나그네로 하여금 읽게 함으로써 입으로 읽는 데 게으르지 않고 마음으로 감상하는 데 싫증이 나지 않도록 하여 음미하고 감상하면서 흥을 내게 할 뿐이다.

내가 평생에 상국(相國) 임극충(任克忠)의 황려현(黃麗縣) 객루(客樓)에 쓴 시를 실컷 들었다. 그 시에는,

달이 어두운데 새는 물가로 날아들고
연기는 강으로 스미는데 파도는 절로 이는구나.
고깃배는 어디에서 자는가
아득히 한 마디 노래만 들리네

라고 했다. 이 시는 다만 운치 있는 말만 기이하게 써서 그 맛을 제대로 살리지 못했다.

중도에 안찰사가 되어 이 누(樓)에 와서 잘 때, 이 때는 강의 안개가 어두컴컴하고 엷은 달빛은 몽롱하며 물새는 날아 울고 어부는 서로 노래부르니 눈으로 보고 귀로 느끼는 것이 모두 임 상국의 노래였다. 그 시의 가치는 경치를 대해서는 더욱 높다.

32

김해부(金海府) 황산강(黃山江)에서 물따라 예닐곱 리를 내려가면 새파란 언덕이 크게 불거져 전면에는 봉우리가 솟아 있고 좌우로 강이 둘려 있다. 촌가 10여 호가 모두 대울타리를 두른 초가집으로서 한 폭의 그림을 펼쳐 놓은 것 같다.

당(唐)의 시어사(侍御史) 최치원(崔致遠)이 일찍이 돌로 축대를 쌓아 명칭을 임경대(臨鏡臺)라 하고 그 석벽(石壁)에 시를 썼다.

안개 낀 봉우리는 우뚝우뚝, 흐르는 물은 넘실넘실한데
거울 속 같은 인가가 푸른 봉우리를 대하고 있네.
어디로 가는 돛배가 가득히 바람을 안아
잠깐 사이 나는 새처럼 아득히 자취도 없네.

세월이 오래되어 그 대는 무너지고 석벽에 새겼던 시도 마

멸되어 가므로 후인들이 황산루(黃山樓)에 옮겨 써 놓으니,
그 풍경과 형상이 시와 상반되고 현액(縣額)과 주방(州榜) 같
은 것도 어찌 그리 상반되는지 모르겠다.

공(公)의 모든 시가 대개 모두 절구(絶句) 1수에 불과하나
그 중의 아름다운 경치를 적중하게 내세우지 아니한 것이 없
기 때문에 그곳을 지나가는 여행자들이 보고 음미하기를 마
지않았다. 공이 남들에게 기증하여 준 시도 또한 절구가 많
았고 시원스럽고 고와서 사랑스러웠다. 〈증회곡독거승(贈檜
谷獨居僧〉에 쓰기를,

솔바람〔松風〕이외에는 들리는 것 없으니
띠집이 한가히 흰구름 밑에 있네.
세상 사람들 길을 아는 것이 한스럽기는
돌 위의 이끼를 발자취가 망쳐놓네

라고 했다.

33

이 학사(學士) 지심(知深)이 풍주(豊州) 성(城) 머리에 있
는 문루(門樓)에 쓰기를,

하늘이나 바다가 끝이 없으니
아득하고 아득하여 바랄수록 한이 없네.

사방으로 천 리나 보이고
6월인데 9월 바람같이 시원하네.
그 묘함 그림으로도 그릴 수 없고
글로도 표현할 수 없네.
다만 내 몸에 날개가 돋쳐
허공에 떠 있는 것 같네

라고 했다. 당시 사람들이 이 시가 말이 조작되지 아니하여 기운이 호탕하고 뜻이 활달하다고 했다. 그러나 비록 10자(字) 안에 끝이 없다라고 했고, 또 한이 없다고 했으며, 혹 위에는 바랄수록 한이 없다라고 했고, 아래는 천 리가 보인다고 하여 뜻이 중첩된 것 같으나 읽어 보면 서로 중첩된 뜻이 있음을 알 수 없으니, 이것은 대개 성병(聲病)[45]이 없기 때문이다. 옛사람들이 성병을 회피하는 것으로써 금침격(金針格)[46]을 삼은 것은 있을 수 있는 일이다.

34

사인(舍人) 정지상이 〈제팔척방(題八尺房)〉에 쓰기를,

돌 머리에 서린 소나무 반쪽달에 늙었고
하늘 가에 뜬 구름은 천 점 산에 얹혔네

---

45) 성병 : 시 짓는 데 있어 흠으로 삼는 병통.
46) 금침격 : 시를 짓는 데 쓰는 격식을 말함.

라고 했다. 내가 일찍이 그 시의 뜻이 청아(淸雅)하고 절묘(絶妙)함을 사랑하여 때때로 애송(愛誦)했었다.

전라도 안렴사(全羅道按廉使)가 된 뒤에 2월 초사흘을 당하여 변산(邊山) 불사의방(不思議房)의 뒤에 있는 봉우리에 올라갔었는데 곁에 있는 노송(老松)이 하늘을 찌르는 데 초승달이 은은히 비치고, 펀펀한 들판을 내려다보니 하늘에 닿을 듯한 여러 산의 모양이 마치 뜸 뜨는 쑥 망우리에 구름이나 연기가 끼어 있는 듯했다.

문득 정공(鄭公)의 시가 생각되어 중얼거리고 음미(吟味)하다가 생각하기를, 이와 같은 묘경(妙境)에 도달(到達)하여 보지 않고서는 어떻게 정공의 득의(得意)한 경지를 알 수 있겠는가 했다.

35

풍악(楓岳)이 모두 뼈로만 생겨 흙이라곤 없기 때문에 이름을 개골산(皆骨山)이라고 했다.

담무갈 보살진신(曇無竭菩薩眞身)이라는 중이 거주한 곳이니, 그 거승(居僧)들이 비록 조행(操行)은 없었으나 또한 그 도(道)는 깨달은 사람들이었다. 좨주(祭酒) 이순우(李純祐)가 동북면 병마사(東北面兵馬使)가 되어 이 산을 지나다가 절구 1수를 지었는데 내 외조부 김예경(金禮卿)이 그 시를 차운(次韻)하기를,

위언(韋偃)을 당시에 괵산에 장사 지냈는데
변하여 개골산이 되어 하늘을 의지해 시원스럽게 섰네.
하늘을 찌를 듯한 봉우리와 깎아지른 듯한 석벽
볼수록 그림 같으니
아마도 단청(丹靑)의 옛 솜씨일세

라고 했다. 좨주 이순우가 칭찬하여 마지않으니 외조부께서
말하기를, 이 시는 내 뜻대로 되지 못하여 아직도 남은 회포
가 있다고 하고 다시 절구 1수를 짓기를,

무갈진신(無竭眞身)이 이 산에 거주하더니
변화하여 자신의 해골을 구름 끝에 걸어 놓았네.
그 뜻은, 조행 없는 거승(居僧)들의 눈으로 하여금
조석으로 바라보고 바라보아 묘관(妙觀 : 불교에
백골관〔白骨觀〕이 있음)[47]에 들어가게 함일세

라고 만족하게 여겨, 종전의 가렵던 곳을 이제야 모두 긁어
버렸다고 말했다.

36

동래(東萊) 객사(客舍) 뒤에 적취정(積翠亭)이라는 정자가

---

47) 묘관 : 묘(妙)는 불가사의한 힘의 자재(自在)를 말하며, 관(觀)
은 모든 법을 보아 정통함을 말함.

있었다. 안렴사(按廉使) 곽동순(郭東珣)이 시 한 수를 지어 놓고 갔는데 상국(相國) 문공유(文公裕)가 대리사승(大理寺丞)이었을 때에 손수 써서 현판했고, 그 후로는 한 사람의 시도 내내 현판된 것이 없었다.

학사 김정(金精)이 기(記)를 지었고 상국(相國) 최유청(崔惟淸)이 후기(後記)를 지어 자필로 썼는데 세상 사람들이 이르기를 적취정의 세 가지 절특한 것〔三絶〕이라고 하니 이것은 시절(詩絶)·기절(記絶)·서절(書絶)을 이르는 말이다.

내가 정미(丁未)년 봄에 역마(驛馬)를 타고 이 정자를 지나가다가 한 번 바라보고 감탄하여 칭찬한 나머지 그냥 지나칠 수 없기에 시 1수를 차운(次韻)했더니, 현령(縣令) 지 장원(壯元)이 현판을 만들어 걸려고 하기에 굳이 만류하였다. 그것은 3절에 누(累)를 끼치게 되고 또한 이 정자를 저버리는 것이 될까 염려하여 그러한 것이다.

37

금관루(金官樓) 위에 송 학사(學士)가 제일 먼저 7언(言) 6운(韻) 시 3수를 지어 걸었다. 그때에 차운(次韻)한 사람도 또한 3수를 지어 걸었고, 그 후에 계속하여 차운한 사람이 무려 10여 인이나 되어 시(詩) 현판이 누(樓) 위에 가득하여 읽어 보는 사람들이 모두 다 피로했다. 한 과객(過客)이 현판 끝에 시를 썼다.

한 연구(聯句)만 하여도 서봉(西峰) 경치를 다하고 남는데
4구에 또 북악(北岳)을 들먹여야 할까.
우습다, 송공(松公)은 참으로 호사자(好事者)로다
한 누(樓)를 읊은 시가 백 마디 말도 넘네.

38

금란(金蘭) 총석정(叢石亭)을 산인(山人) 혜소(慧素)[48]라는
중이 그 기(記)를 지었는데 문열공(文烈公)이 희롱하여 말하
기를,
"이 도사(道師)가 율시(律詩)를 지으려고 한 것이 아닌가"
했다. 성산 공관(星山公館)에 한 사객(使客)이 시 10운(韻)을
지어 놓았는데 말이 번다하고 뜻이 활달하지 못하므로 곽동
순(郭東珣)이 보고 말하기를,
"이것은 기(記)이지 시(詩)가 아니다"
라고 했다. 내 생각에는, 비단 시와 문(文)이 각기 다를 뿐 아
니라, 한 가지 시나 한 가지 문 속에도 또한 각기 체가 있다.
옛사람이 말하기를 시를 배우는 사람이 대율구(對律句)에 있
어서는 두자미(杜子美)의 것을 체본(體本)삼고, 악장(樂章)
에 있어서는 이태백의 것을 체본삼으며, 고시(古詩)에 있어
서는 한유(韓愈)와 소식(蘇軾)의 것을 체본으로 삼아야 하고,
문(文)이나 사(辭) 같은 것은 각 체가 모두 한유의 글에 구비

---

48) 혜소 : 고려 스님. 대각국사(大覺國師)의 제자. 시와 글씨에 능
하여 대각국사가 입적(入寂)한 뒤에 그 행록(行錄) 10권을 지었다.

되어 있으니 난숙하게 읽어 보고 깊이 생각하여 보면 그 체
제를 알게 될 것이라고 했다.

　그러나 비록 이태백과 두자미의 고시가 한유나 소식보다
못하지 않지마는 이와 같이 한 것은 후배로 하여금 여러 사
람의 체제를 두루 배우게 하려고 한 것이다.

39

　학사(學士) 유희(劉曦)가 의종(毅宗) 때에 임금이 친히 보
이는 과거에 응시하여 장원했다. 일찍이 어떤 사람에게 준
시에 말하기를,

　　장원 급제한 사람은 대수롭지 않게 있지마는
　　천자문생(天子門生)은 과연 몇 사람이나 되는가?

했다. 밀성(密星) 원이 된 후 화봉원(華封院)이 있는 곳을 지
나가다가 낮에 잠시 쉬면서 그 벽에 제시(題詩)하기를,

　　좌천(左遷)되어 남으로 16역(驛)을 지나
　　오늘 아침 비로소 상원(尙原) 땅에 들어섰네.
　　요성(聊城) 경계 두어 마장 남짓한 곳
　　한 궁벽한 고을 당도하니 문경(聞慶)이라네.
　　고을 한쪽 신원(新院)이라는 곳이 세력이 당당하여
　　찬란한 색채가 서로 마주 비치고.

동편 조그마한 누각 더욱 기절(奇絶)하여
아름다운 글과 여덟 가지 시를 압도했네.
아름답다, 이 집을 누가 지었을까
그 이름은 광문(光文)이요 그 성은 민(閔)씨이네.
내가 그 민공(閔公)의 제자이거니
지금 그 창건(創建)한 집을 보고 더욱 존경하네.
아! 이분이 세상에 살아 계신다면
온 천하를 경영하기도 고달프게 여기지 않을 것인데
어찌하여 하늘에 있는 옥루(玉樓)가 낙성(落成)되어
기러기가 긴 하늘을 날아가듯 그림자도 남지 않네.
속세(俗世)와는 사이가 막혀 아득히 찾을 길 없으니
다만 혼자서 길이 한탄할 뿐이네

라고 했다. 만일 이 시를 곽동순이 보았다면 필경 기(記)라고
했을 것이다. 또 어떤 사람이 제시(題詩)하기를,

만사를 잊어버린 노거사(老居士)가
오히려 충심(忠心)이 남아 임금을 받들고 있네.
천하 창생들이 모두 다 축수하는데
어찌하여 화봉(華封)이란 명칭을 독점했나

라고 했다. 유 학사의 시는 환경을 따라 회고(懷古)하였기 때
문에 말이 번다하고 뜻이 곡진했으며, 이 사람의 시는 다만
이 화봉원만을 주제(主題)로 하였기 때문에 말이 간략하면서
도 기발(奇拔)하게 된 것이다.

유공(劉公)의 사자(嗣子)인 대사성(大司成) 충기(沖基)가
조행이 고결하고 문장이 풍부하여 그 아버지의 풍도가 있었
는데 그의 저술한 것은 모두 유실되어 수록되지 못했다.

40

직강(直江) 하천단(河千旦)이 백운자(白雲子) 오정석(吳廷
碩)의 팔전산(八巓山)을 유람한 시에,

물이 길게 흐르니 산그림자가 멀리 보이고
수목이 무성하니 새 우는 소리 깊숙이 들리네.
게으른 마부야, 더욱 말을 몰지 마라
천천히 가면서 오래도록 읊고 싶다

라고 한 것을 외어 보고 이윽고 말하기를,
　"수목이 무성하여 새 우는 소리가 깊숙이 들린다〔林茂鳥啼
深〕고 한 구절이 제일 절창(絶唱)이다[49]"
라고 했다. 이에 나는 말하였다.
　"이 시의 뜻을 얻은 데가 한가롭고 광활하며 4구를 모두 읊
어 본 후에야 그 아름다운 맛을 알 수 있을 것이니 어찌 유독
그 1구만이 절창이리오. 임무조제심 같은 구는 바로 두자미
의 시 '대숲에 막혀 새 소리가 깊숙하구나(隔竹鳥聲深)' 라고

---

49) 절창 : 뛰어나게 훌륭한 시가(詩歌).

한 것을 모방한 것이니 임무(林茂)라고 한 어구와 격죽(隔竹)이라고 한 어구를 비교하여 보면 경수(涇水)와 위수(渭水)같이 청탁(淸濁) 분명하다."

41

최 문숙공(文淑公)이 시관(試官)을 맡았을 때에 승선(承宣) 김입지(金入之)가 과거에 장원했고, 그 뒤에 문숙공의 아들 문의공(文懿公)이 시관을 맡았는데 김 승선의 아들 간의(諫議) 군유(君綏)가 또한 장원에 뽑혔다.

군유는 재주와 지식이 풍부하고 묵화(墨畵)로 대(竹)를 그리는 전통(傳統)이 있어, 필법(筆法)이 비범했다. 한 중이 장차 강남(江南)으로 돌아가려면서 종이에 대를 그려달라고 했는데 그림을 그린 끝에 시 1수를 쓰기를,

남쪽으로 수십 리 가노라면
총총한 대숲을 싫도록 보리.
자네가 나 같은 사람더러 그리라는 것이 한스러우나
솜씨가 없어 더디니 마음이나 그려 보세.
천 이랑 넘게 울창하고 만 길도 넘는데
한 폭 종이가 좁지 않겠는가.
그대는 보지 아니하였는가, 장사(長沙)란 곳이 본래 좁지만
대왕(大王)의 춤추는 소매 넓고 크지 아니하였던가를

이라고 하였다. 그 뒤에 동남로 안렴사(東南路按廉使)가 되어
요성역(聊城驛)을 지나다가 시를 지어 놓고 갔는데 거기에,

> 지난해 단풍 무렵 초전(軺傳)[50] 타고 남국(南國)에 갔는데
> 올해 버들눈 틀 무렵 깃발 돌이켜 상감님 뵈러 오네.
> 만물은 변화가 무상하고 사시는 운행(運行)하여 쉬지 않는데
> 시냇물은 내 마음같이 맑아 오직 한결같은 빛이네

라고 했다. 사람들이 이 시를 보고 온화하고 여유 있고 맛이
있어 참으로 대부(大夫)답게 나라 일을 봉행(奉行)하는 작품
이라고 했다.

<h2 style="text-align:center">42</h2>

  습유(拾遺) 채보문(蔡寶文)이 명망(名望)이 한때 높았는
데, 그의 시를 보면 굳세고 아름다워 기교(技巧)를 부린 흔적
이 없었다. 그는 일찍이 금성(錦城)에서 유학(遊學)하였는데
뒤에 안렴사가 되어 와서 그 공사(公舍)의 벽에 제시(題詩)하
기를,

> 여기 유학한 지 10여 년인데
> 올가을 또다시 기러기 남으로 오듯 했네.

---

50) 초전 : 역마차(驛馬車).

발[簾] 걷힌 석양에 강산은 그대로 있는데
거울 열린 아침 치발(齒髮)⁵¹⁾이 달라졌구나.
반야(半夜)의 흰 모래 달빛이 머무른 듯
기나긴 해, 푸른 대는 봄빛을 자랑하네.
허리에 금인(金印)⁵²⁾을 둘러 새 영화가 과중(過重)하였으니
오고 가는데 누가 나를 한 포의한사(布衣寒士)라고 하랴

라고 했다. 또 〈진도벽파정(珍島碧波亭)〉을 차운하여,

이 정자를 누가 푸른 강가에 세웠는가
한없는 갈대와 대밭이로세.
버드나무 언덕에서는 팽택령(彭澤令)⁵³⁾을 만날까 기껍고
도원(桃源)으로는 무릉(武陵) 사람을 찾아가려네.
바다 위에는 봉래도(蓬萊島)가 희미하고
파도 사이에는 해와 달 바퀴 들락날락.
귤나무 두어 가지 말 머리에 매달렸는데
어느 행인(行人)인들 사도(使道)가 가난하다 하랴.

〈도강회선정(道康會仙亭)〉을 차운하여,

나그네길을 쏘다니기는 고금이 같은데
근심걱정 없애 버리기는 술의 공이 제일일세.

---

51) 치발 : 이가 빠진 모양과 머리가 흰 모양.
52) 금인 : 금으로 만든 도장.
53) 팽택령 : 도연명(陶淵明)을 말함.

바람은 물소리를 옥침(玉枕)가에 갖다 놓고
달은 꽃그림자를 주롱(珠櫳) 위에 옮겨 놓네.
계단가 온갖 풀은 봄빛을 다투고
난간 밖 쌍소나무 종일토록 바람 부네.
좌중(座中)의 모든 신선들이 모두 어진 덕을 간직했는지라
시와 아(雅)를 노래하고 의동(椅桐)을 지을 만하네

라고 했다.

43

우승(右承) 김돈시(金敦時)가 소년 시절에 한 중을 따라 중국 상인의 여관에 가서 놀았다. 한 상인이 그 아내와 사이가 좋지 못하여 아내를 버리고 어느 집으로 가버리려고 하는데, 그때가 겨울인데도 갑자기 비가 내렸다. 김돈시가 급히 종이를 달라고 하여 시 1절을 지어 쓰기를,

동방(東方) 한국(韓國)이 풍토(風土)가 좋아 찬 위력이 걷혀
서설(瑞雪)이 변하여 서우(瑞雨)가 되었네.
아마 이것은 무산(巫山) 여신(女神)이 마술을 부려
짐짓 여관을 막아 돌아가지 못하게 함이리

라고 했다. 그 상인이 이 글을 보고 감탄하여 눈물을 흘리고 마침내 그 아내를 버리지 않았다.

저 중국 사람들은 아무리 용렬한 상인일지라도 좋은 시를
보고 감동하기를 이렇게 하였으니 하물며 사대부(士大夫)에
있어서랴.

44

한림학사 오학린(吳學麟)이 재차 홍복사(興福寺)에 유람하
면서 시를 지어 쓰기를,

> 세월이 바뀐지라 풍물(風物)도 자연 바뀌고
> 세상이 달라지니 인심도 또한 달라졌네.
> 학은 올해 새끼를 낳았고
> 솔은 지난해 가지가 늙었네.
> 사원(寺院)은 옛것과 옛것 아닌 것이 있고
> 거승(居僧)도 아는 사람과 모르는 사람 있네.
> 한가로이 수각(水閣)에 올라
> 다시 전에 지은 시를 읽어 보네

라고 했다. 이 시의 말뜻이 원활하여 재차 유람한 뜻을 곡진
히했다. 학사(學士)의 가문이 대대로 유학(儒學)을 전해 왔는
데 그 손자 세공(世功)·세문(世文)·세재(世才)의 세 형제
가 모두 문장이 대단한 솜씨였다. 그 중에 셋째인 세재가 가
장 우수했고 세문이 그 다음이었다.
　한평생 쓴 시고(詩稿)가 산같이 쌓였었는데 모두 유실되어

세상에 전하지 못하였으니 슬프도다.

　두 형들은 모두 현달했는데 세재는 늙도록 때를 만나지 못하여 동도(東都)에서 방랑생활을 하는데 기암거사(弃庵居士) 순지(淳之)가 시를 지어 주어,

나는 원래 동남쪽 한 백성인데
늙고 게을러 농사짓지 못하겠기에
이 절에 와 한가로이 사는데
매양 사람들이 거사(居士)라고 불러 주네.
이는 마치 백통(伯通)의 집 처마 아래서
양홍(梁鴻)과 덕요(德耀) 부부가 잠시 같이 사는 것 같네.
때로는 초동 목수(樵童牧竪)에게 경론(經論)을 묻고
감히 사대부에게 문자(文字)를 논란했네.
이 나라는 노(魯)나라처럼 예로부터 유사(儒士)가 많은데
어쩌다 혹 만나면 꺼리는 듯하네.
알겠노라, 취향(趣向)이 서로 같지 아니하여
비록 이웃이면서도 천리같이 머네.
하물며 서울 문한원(文翰苑) 소식은
알 수 없기 천상(天上)일 같네.
그러나 익히 들건대 복양공(濮陽公)은
학문이 넓어서 가이 없다네.
문장은 전(典)과 고(誥) 같아 굴곡이 적고
시(詩)는 아송(雅頌) 같아 화사(華奢)한 것을 싫어한다네.
상여〔司馬相如〕의 〈대인부(大人賦)〉는 오히려 허탄하기만
하고, 굴원(屈原)의 〈이소경(離騷經)〉도 굴곡(屈曲)만 많지.

깊고 고요한 것 기꺼이 보배롭게 여겨

무지개 같은 천 길 기세(氣勢)를 드러내지 않네.

(김무적〔金無迹〕이 일찍이 나에게 말하기를, 세상 사람들이 오공〔吳
公〕을 논평하여 술에 끌려 객기〔客氣〕를 부린다고 하는 것은 모두 잘
못 본 것이다. 공〔公〕은 사실 깊이가 있고 침착하고 한가롭고 고상하
며 예기〔銳氣〕를 억제하고 명성을 감장하여 한 털끝도 드러내지 않으
려는 사람이라고 했다)

진심으로 한번 보고파 매양 하늘에 빌기만 하고

자신이 비천(鄙賤)한 사람인 것은 깨닫지 못하였네.

지성이면 감천(感天)이란 말이 허사(虛辭)가 아니어서

갑자기 만났으니 꿈속은 아니겠지.

내 일찍이 꿈속에서 천상(天上) 사람 만났더니

아직도 얼굴 기억하거니와 공(公)이 바로 그분일레.

감히 졸시(拙詩)를 잡아 신구(神句)를 대하고 보니

다만 그 당시에 드리지 못한 것이 한스럽네.

(내가 일찍이 꿈에 보니 신인〔神人〕이 내려왔었다. 사녀〔士女〕들이 모
여들어 보기에 나도 군중들의 사이로 바라보니 소위 신인이라는 사람
이 용모가 그리 살지거나 희지도 않고 마치 이 세상 서생〔書生〕 같았
다. 서로들 전갈하기를, 신인이 시 한 구를 지었는데 '만백성이 희희
낙락하여 태평을 즐긴다' 라고 했다 한다. 내가 생각하기에, 신인이 만
일 나를 보고 이 시구〔詩句〕를 채우라고 하면 바로 응하지 못할까 하
여 미리 지어 두기를, '삼광〔三光〕[54]이 찬란하여 임금을 시위〔侍衛〕하
였도다' 라고 하여, 그 앞에 직접 드리려고 했다가 그러하지 못하고 드

---

54) 삼광 : 해 · 달 · 별

디어 꿈을 깨었는데 이제 보니 공[公]의 용모가 꿈에 본 신인과 다름이 없다)

지금은 자주 술자리에 모시게 되었고
또 신작시(新作詩)도 더욱 미(美)가 넘치는 것을 얻었도다.
기뻐 황색(黃色)을 잡아 미간(眉間)에 대었으니
지금 비록 죽을지라도 부끄러울 것 없네.
서적 속의 성현(聖賢)도 오히려 사모하거늘
하물며 같은 세상 대인 군자(大人君子)랴.
아! 애모(愛慕)하고 경외(敬畏)하노니
덕음(德音)[55] 듣는 일 언제까지 한이 있으랴

라고 했다. 문순공(文順公)이 오공(吳公)보다 30여 살 젊었는데 망년교(忘年交)[56]를 맺었고, 또한 시를 기증(寄贈)하기를,

바다와 산이 동으로 가는 길 길고 긴데
한번 천애(天涯)에 유락(流落)하여 게으르게 노네.
누런 벼 여물자 닭과 따오기는 기뻐하는데
벽오(碧梧)에 가을이 짙어가니 봉황(鳳凰)이 근심하네.
연파(烟波)에는 오(吳)에서 노니는 돛대가 돌아오지 않는데
설월(雪月)이 밝은지라 섬주(剡州) 찾을 배 뜨기를 기약하네.
성대(聖代)이어서 응당 끝내 버림받지 않을 것이니
백발(白髮)로 맑은 날을 낚을 것 생각지 말게

---

55) 덕음 : 임금의 말.
56) 망년교 : 피차에 나이를 따지지 않고 하는 사귐.

라고 했다. 그가 일대 영웅들의 칭찬하고 사모하는 바가 된
것이 이와 같다.

45

내 외조부가 고성(高城) 객루(客樓)에 제시(題詩)하기를,

> 창을 닫아도 오히려 바다 공기 스며들고
> 베개를 돌려 베어도 파도 소리만 들리네.
> 관개(冠盖)⁵⁷⁾는 네 선관(仙官)의 자취요
> 강호(江湖)는 삼일(三日)이라는 포구네

라고 했는데, 격(格)이 높고 의사가 곡진하게 되었다. 이에
비승(秘丞) 오세문(吳世文)이 녹양역(綠楊驛)에 제시(題詩)
하기를,

> 꽃이 있어서 마을이 훨씬 돋보이고
> 버들이 없어서 역(驛) 이름이 고단하네.
> 교목(喬木)⁵⁸⁾에는 해가 먼저 비치고
> 고상(枯桑)⁵⁹⁾에는 바람이 스스로 부네

---

57) 관개 : 4필의 말로 끄는 옛날 높은 관리가 타던 수레.
58) 교목 : 키가 큰 나무.
59) 고상 : 마른 뽕나무.

라고 했다. 이 시는 고상하고 아담하여 맛이 있지만, 맛있는
것이 차라리 뜻이 곡진한 것만 못한 것이다.

46

오세재(吳世才)가 북악(北岳)에 있는 〈창바위〔戟巖〕〉에 제
시(題詩)하기를,

북쪽 산마루 높고 험한 저 바위를
곁 사람들이 창바위라고 부른다지.
멀리 뻗질러 학 타고 가야겠고
높이 솟아 하늘에 올라간 듯.
자루를 휘어 놓은 번개는 불일 것인데
칼날에 서린 서리는 소금 같네.
어찌 마땅히 병기(兵器)가 되게 하여
초(楚)를 패멸하고 또 범(凡)을 망치려고 하는가

라고 했다. 송나라 사람이 이 시를 보고 탄복하여 묻기를
　"이 사람이 생존해 있는가? 지금 무슨 벼슬을 하고 있으며
무얼 하고 있는가? 우리 송나라에서는 이와 같이 시를 짓는
사람이 있을 것 같으면 반드시 벼슬을 시키는데, 이 시는 한
가로운 시간에 지은 것이 아니고 자못 어떤 사람이 짓기 어
려운 운자(韻字)를 정해 주어 짓게 한 것일 것이다"
라고 했다. 재(哉) 자(字)는 조사(助辭)로서 또한 운자(韻字)

가 되기 어려운데 옛날 한 장관(長官)이 권 돈례(敦禮)에게
죽진(竹陣)이라는 시를 지으라고 하고 운(韻)을 재(哉)자로
정해 주었다. 이에 권 돈례가 시를 짓기를,

> 칼날 섞어지니 바람이 갈라 주고
> 활 걸리니 달이 돋는 듯하네

라고 했는데, 두 사람의 시가 거의 같다고 할 만하다.

47

장원(壯元) 허홍재(許洪材)가 완산(完山)으로 가는 도중에
시를 짓기를,

> 거듭 옛 유람처를 찾아드니
> 풍경과 세월이 지난봄 같네.
> 다만 한 가지 한탄스럽기는 완산 아래에
> 오늘도 배 두드리는 사람이 없네

라고 했는데, 듣는 사람들이 모두 생각이 고루하고 안이하다
고 했다. 그러나 백성을 구제할 경제(經濟)[60]의 뜻이 있었으
니 뒤에 그는 과연 정승이 되었다. 제안 진사(齊安進士) 최유

---

60) 경제 : 나라를 다스려 백성을 구함.

(崔裕)가 〈도원역(桃源驛)〉에 제시(題詩)하기를,

> 진(秦)나라를 피해 사는 서너 집
> 그것이 도원역이 되었네.
> 맞아들이고 보내 주는 노고(勞苦)가
> 도리어 만리장성(萬里長城) 역사보다 낫다네

라고 했는데, 풍아(諷雅)와 이소(離騷)[61]와 같은 풍자(諷刺)하고 비유(比喩)하는 뜻이 있어 당시에 경구(警句)라고 했다. 그러나 최유는 열 번 과거보아 열 번 낙제하고 선비로 그대로 죽었으니 옛사람들이 그 문장을 보고 그 사람의 장래를 안다는 것이 반드시 믿을 만하지 못한 것 같다.
  그러나 비록 최유의 시를 보면 말뜻이 스스로 괴로워 온화하고 넉넉하여 장차 커질 기상이 없었다.

48

  경문공(景文公) 최홍윤(崔洪胤)이 금방(金榜)[62]의 장원으로 정당(政堂)을 제수받아 중서성(中書省)에 들어갔는데 수직하는 방이 네 번째였다.
  영렬공(英烈公) 금의(琴儀)가 또한 장원으로 정당을 제수

---

61) 이소 : 전국시대 초(楚)나라 굴원이 지은 장편 서정시. 이(離)는 조(遭), 소(騷)는 우(憂)로서 근심을 만났다는 뜻.

받아 뒤따라 그 방에 들어가 수직하다가 시를 짓기를,

중서성 넷째 번 재신방(宰臣房)은
얼마나 평장(平長)과 정당을 갈았는가.
오늘날 영화가 누가 이 사람 같을까
금 장원〔琴儀〕이 최 장원〔崔洪胤〕을 대신했네

라고 했다. 영렬공이 왕명출납(王命出納)의 직책을 맡은데다
가 3대부(大夫)와 쌍학사(雙學士)를 겸임하였었고, 정승이
되어서는 오랫동안 인재 선발(選拔)의 임무를 잡았었는데 시
를 짓기를,

궁중을 출입한 것이 24년이나 되었구나.
닭이 울고 시간이 넘어서 다녀야 하니
모래언덕 지나다가 야금(夜禁)[63]에 걸릴까 두렵네

라고 하고, 이때부터 병을 핑계하고 집에 돌아와 휴양했다.
최공(崔公)과 금공(琴公)이 다 같이 충숙공(忠肅公) 문극
겸(文克謙) 문하의 장원이었고, 그 뒤 임신(壬申)년 봄에 같
이 예조(禮曹)에서 시관(試官)을 맡았었는데 내가 또 그 문하
출신이었다. 두 분이 같은 때에 정승이 되었는데 충숙공의

---

62) 금방 : 과거에 급제한 사람의 이름을 써서 거는 방(榜). 장원에
급제한 사람을 금방(金榜), 그 다음을 은방(銀榜), 철방(鐵榜)의 순
서로 쓴다.
63) 야금 : 야간 통행금지 시간.

아들 유필(惟弼)이 또한 그때에 정승이 되었다.

영렬공이 벼슬을 그만두고 집으로 돌아와 휴양할 때에 문생들이 헌수(獻壽)하려고 하여 큰 잔치를 벌이고 겸하여 두 정승을 초청하여 자리를 같이했다. 영렬공이 술이 얼큰하여 말하기를,

"같은 문하 두 장원이 종백(宗伯)과 같이 동시에 평장사가 되었다가, 귀향하여 휴양하게 되어 이번 문생들의 축하연에 참석하였으니 이것은 참으로 천고(千古)에 들어 보지 못한 일이로다. 어찌 실컷 취하도록 마셔 성대한 경사에 보답하지 않을 수 있으리오"
라고 하니 문생들이 모두 계단 아래 엎드려 경하(慶賀)하여 감탄해마지 않았고 혹은 눈물을 씻으며 울먹거리는 사람까지 있었다. 동년(同年)인 조분(趙賁)이 시를 지어 가만히 다른 동년에게 주면서 속삭이기를

> 같이 금방(金榜)에 오른 같은 문하(門下)가
> 같이 궁중에 출입하기 여러 해 동안이라네.
> 종백이 또한 동시에 정승이 되었더니
> 계당(桂堂)에서 봄 잔치로 삼공(公)을 축하하네

하였는데, 그 동년이 말하기를,
"이 시가 비록 고루하고 속스러우나 오늘과 같은 사정을 표현하기는 적절하게 했다"
라고 했다.

49

경문공(景文公)과 영렬공이 다같이 정승을 그만두고 집으로 돌아와서 휴양하는데, 상감께서 세자 책봉을 경하하기 위하여 원로들을 모아 큰 잔치를 하사(下賜)했다. 이때 두 분은 모두 들어가 잔치에 참석했다.

여러 문생들이 부축하여 대궐로 들어가는데 거리를 메우고 골목이 넘치게 되므로 보는 사람들이 모두 부러워하고 감탄했다. 잔치를 파하여 집으로 돌아간 뒤에 영렬공이 여러 아들에게 이르기를,

"내가 장원하여 정승이 되었다가 벼슬을 그만두고 돌아와 휴양하고 있고, 상감께서 하사한 잔치에 참석하는데 문생들의 부축함이 성대하여 모두 당대의 영특(英特)한 인재였으니 경사스럽고 상쾌함을 이기지 못하겠다. 그러니 마땅히 문화공(文和公)이 여러 문생들을 초치하여 잔치를 한 고사를 모방하겠다"

하고 나이대로 앉게 하였다. 취흥(醉興)이 무르익고 기쁨이 짙어지자 문생들에게 명하여 서로 시를 지어 주고받게 하니 동년 중 윗자리인 황보관(皇甫瓘)이 부르기를,

동년(同年)이 선후(先後)로써 형제가 되네

라고 했는데, 공(公)이 즉시 그 말을 따라 답하기를,

자리에 가득한 영웅 속에 자손이 끼었네

라고 했다. 그 다음날 여러 동년들이 각기 시를 지어 사례하였는데, 내가 공의 시 7자를 나누어 운자를 만들어 시와 인(引)을 지어 사례했더니 공이 보고 쾌히 좋다고 했다.

50

조 문정공(文正公)은 기식(器識)과 덕행이 있고, 문무(文武)를 겸비해서 명망이 국내에 가득했다. 병자(丙子)년에 거란(契丹) 토벌을 원수(元帥)에게 명하였는데, 공이 부원수로 있었으므로 뜻대로 작전하지 못하여 전세(戰勢)가 불리했다.

천리나 달린 서리찬 말이 한 번 미끄러진들 어떠랴
비장한 그 기개 어찌 그리 뛰어난고.
만일 조부(造父)를 시켜 채찍질한다면
싸움터를 짓밟아 오랑캐를 꺾으리

라고 했다. 그 뒤 기묘(己卯)년에 조정 공론으로 공(公)을 추천하여 단독으로 원수(元帥)를 삼아 병권(兵權)을 전담시켰다. 그때에 몽고 군사가 거란병을 추격하여 왔었는데 그 우두머리가 공을 보자 절하여 형으로 섬기므로 힘을 합쳐 거란 군사를 소탕하고 돌아와 문하평장사판병부(門下平章事判兵部)에 승진했다.

이때 한 문안공(文安公)·진 문순공(文順公) 두 부추(副樞)
와 사성(司成) 유충기(劉沖基)와 직강(直講) 윤우일(尹于一)
이 모두 다 그와 동방급제(同榜及第)로서 잔치를 벌여 축하
하니 공이 지은 시가 가장 경구(警句)였는데 지금은 유실되
었다. 그 중에서 오직 한 구만을 기억하는데 거기에 쓰기를,

　　초록 소매 지난해에는 말석이었는데
　　대궐 안 오늘은 여러 공들보다 먼저라네

라고 했다. 다시 유 대제(待制)와 진 대장(臺長)의 시를 차운
(次韻)하여 화답하기를,

　　문단(文壇) 그때에 기세를 올리던 우리들
　　은색 도포 남색 소매로 과장(科場)에서 만났었지.
　　벼슬길이 순탄하기는 그 누구인가
　　백발로 서로 대해 보니 공도(公道)는 저버릴 수 없네.
　　오부(烏府)[64]의 무서운 위엄은 산악(山岳)을 흔들고
　　홍추(鴻樞)의 경사스런 송(頌)은 아동들에게까지 미쳐 가네.
　　천장각 대제(天章閣待制)가 또 이러하니
　　우리 동방(同榜)의 승진이 언젠들 끝이 있으랴

라고 했다. 부귀와 공명(功名)이 바야흐로 극도에 달하였으
나 도리어 산수(山水)의 경치를 즐기려는 초탈(超脫)한 생각

---

64) 오부 : 어사(御史).

이 있어 독락원(獨樂園)을 동쪽 언덕 대밭 옆 샘가에 만들어 놓고 날마다 문인과 어진 사대부들과 더불어 시를 짓고 술을 마시며 스스로 즐겼다.

그 서로 주고 받은 시가 두어 권이 되었는데 애석하게도 갈무리하는 사람이 없어 지금까지 전해지지 못하였다. 나이 50세에 죽었는데 온 나라 사람들이 가슴을 두드리며 서러워하고 사모했다. 직강 윤우일이 그의 묘지명(墓誌銘)을 지었는데 줄거리에 쓰기를,

공의 덕행(德行)이나 문학과 정치가 안연(顏淵)·민자건(閔子騫)·계로(季路)의 무리에게 부끄러움이 없지 않을까. 조정에 들어와서는 정승노릇 하고 밖에 나가서는 장수노릇 했으니 반백년 동안의 공명과 부귀가 어떠한가……

라고 했는데 당시 사람들은 이를 실지의 기록이라고 했다.

51

영렬공이 학사 임영령(任永齡)과 더불어 같은 스승에게서 수업하다가 과거를 보았는데 임씨가 먼저 을과(乙科)에 급제했다. 공이 시를 짓기를,

진사(進士)하여 출신하는 것은 소망이 아니요
장원 급제는 재주가 없으니 어이할까.

부럽도다, 우리 벗 임 공자(公子)는
꽃핀 언덕 봄바람에 탐화랑(探花郎)[65]이 되었네

라고 했는데, 이듬해에는 과연 장원으로 뽑혔다.

52

조 문정공(文正公)이 대제(待制) 유충기(劉沖基), 사간(司諫) 이백순(李百順) 및 여러 문인들과 더불어 독락원(獨樂園)에서 놀면서 술자리를 벌이고 서로 시를 지어 주고받고 하는데 기(欺)자로 운자(韻字)를 내었다. 이백순이 쓰기를,

골짜기 고요하니 소리가 대답하는 것 같고
못이 맑으니 그림자가 속이지 않는구나
(이에 못가에 있었다)

라 하고, 유충기는 쓰기를,

여름 햇빛은 참으로 두려워 보이는데
가을 구름은 속일 수 없네.
(조 문정공을 지칭한 것)

---

65) 탐화랑 : 갑과(甲科)에 급제한 사람을 일컫는 말.

라 했다. 공(公)은 쓰기를,

　담(膽)이 커서 나쁜 술도 이겨내고
　도(道)가 곧아 속이는 사람이 없네

라고 하니, 온 좌중이 놀라 계속해 화답할 사람이 없었다. 공이 일찍이 영렬공의 손자 얻은 것을 보고 지은 시에 화답하여,

　음(陰)을 배제하고 대(代)를 명(命)한 것을 나는 알고 있네.
　출세길이 어떨 것은 육안구(六眼龜)[66]에게 묻지 마소.
　수놓은 포장 안에 영물(英物)이 소리치고
　자정 때 갈대 타는 재[葭灰]에 새 양기(陽氣) 움직이네.
　(동짓날 태어났음)
　무엇하며 궁독(弓韣)[67]에다 자손 보게 하기를 바라리오?
　이미 도화(刀貨)로 자주 얼굴 씻어 주기를 주(呪)했으리.
　(어린애가 출생하면 복숭아꽃으로 얼굴을 씻어 주고 주[呪]하기를,
　'붉은 꽃을 가져오고 백설[白雪]을 가져다가 어린애에게 주어 얼굴을
　씻어 광택이 나게 하여 주소서' 라고 함)
　반천년 만에 태어나는 세상의 상서에 틀림없을 것이요
　장차 15세면 사람들의 사표(師表)가 되리.

---

66) 육안구 : 눈이 여섯 있는 거북.《송서(松書)》〈부서지(符瑞志)〉에
보면, 태시(泰始) 2년 8월 병인(丙寅)에 송나라 양장산(陽長山)에 육
안구가 나왔다고 했다. 상서가 있을 조짐.
67) 궁독 : 활 주머니. 왕안석(王安石)의 하생황자표(賀生皇子表)를
보면, '전해 오면서 상서로운 일이 있으려면 궁독의 사랑이 여러 번
응해주었습니다' 라고 했다. 역시 상서로운 일이 있을 조짐을 말함.

문장은 당(唐)나라 청전학사(靑錢學士) 장작(張鷟)[68]보다 낮고
위엄은 북주(北周)의 백봉비(白棒羆) 왕비(王羆)[69]와 겨루되,
옛날부터 두 집 사이 은정(恩情) 두텁기로
축하하는 심정(心情)으로 한 편 시를 펴노라

라고 했다. 당초에 문사(文士)들이 다투어 차운(次韻)을 지으면서 그 비(羆)자를 어렵게 여겼는데 공이 최후에 지은 것이 더욱 특이했다.

---

68) 장작 : 당나라 때 사람. 당시 사람들은 그의 글을 가리켜 청동전(靑銅錢)과 같다고 했다. 많은 저서가 있다.
69) 왕비 : 북주(北周) 때 사람. 성질이 곧고 솔직해서 남의 공경을 받음. 문제(文帝) 때 대도독(大都督)이 되어 화주(華州)를 진정시켰고, 단신으로 제(齊)나라 군사를 물리친 일도 있다.

중 권

1

　원정(元正) 동지(冬至)에 모든 목(牧)과 도호부(都護府)는 전례대로 글월을 올려 상부(相府)를 하례하는데 상주목(尙州牧)은 진양부(晋陽府)[1]에 올린 글에서,

　　글씨의 묘함은 은(銀)갈고리요
　　밝게 비침은 옥거울일세.
　　오랑캐[北水]가 진(鎭)에 이를 때
　　나라[鰈海][2]의 거센 파도 가라앉혔네.
　　물기슭 따라 서쪽으로 강화에 와서
　　오궁(鰲宮)[3]의 해와 달 뜨게 하였네
　　(술가[術家]에서 오랑캐[胡]를 일러 북수[北水]라고 한다. 처음에 최

----

1) 진양부 : 최우(崔瑀)를 말한다. 고종 21년(1234) 강화(江華) 천도의 공으로 진양후(晋陽侯)에 봉해졌다.
2) 나라 : 우리 나라를 가리킴. 한국 근해에 가자미[鰈魚]가 많이 잡히므로 접역(鰈域)이라 불렀다.
3)오궁 : 원래는 신선이 산다는 곳인데, 여기에서는 강화의 행궁(行宮)을 의미한 듯.

우는 기이한 꾀로서 군사를 물리치고 왕의 수레를 모시고 서쪽으로
목해[木海]의 화산[花山]에 도읍했다)

라 했고, 또,

왕실[卯金][4]의 중홍을 돕고
오랑캐[古月][5]의 외침을 막았네.
하늘, 땅이 문 아래 말아 들어오니
백천만승의 왕가(王家)도 많은 것 아닐세.
궁궐을 바다 가운데 모시니
36동천(洞天)[6]이 딴세상일세

라고 했다. 공은 새 도읍에서 강을 연해서 성첩을 쌓고 또 궁
궐도 지었다. 그 침전(寢殿)이나 정전(正殿)은 모두 공이 자
기의 사재를 털고 또 문객(門客)을 보내서 세운 것이다. 또
그 글에서는,

구름을 북산(北山)에 쓸고
해를 동해에 씻었네.
하늘이 풍악을 제공하여

---

4) 묘금 : 유(劉)자를 파자한, ‘묘(卯)·금(金)·도(刀)’ 3자 중 두
자를 따온데서 한(漢)의 왕실 유(劉)씨를 가리키는 듯함. 여기에서
는 고려의 왕실을 가리킨 듯함.
5) 고월 : 호(胡)자의 파자, 곧 오랑캐를 뜻함.
6) 동천 : 선경(仙經)에 신선이 사는 곳 중 삼십육 동천과 칠십이 복
지가 나오는데, 이것이 전해서 경치가 아름다운 곳을 뜻함.

노래하고 춤추는 작은 항아(姮娥)[7]들을 내리고

작은 항아 여남은이 모두 나이 겨우 예닐곱 살이었는데

모두들 노래와 춤이 훌륭하여

마치 세상 음식을 먹지 않는 자들 같았네.

땅 또한 상서로움을 드리워

은(銀)·단(丹)의 큰 보물 솟아내었네

(공은 의안산[義安山]에서 보배가 난다는 말을 듣고 공인[工人]을 시
켜 파서 은[銀]과 황단[黃丹]을 얻었다)

라고 했다. 또,

집은 전해 오는 무신(武臣)의 집이요

대대로 내려오는 문신의 손님일세.

도읍을 옮겨 험함을 등지니, 따로 태평한 천지를 열었고

학당을 세워 인재를 기르니 태평한 일월을 주었지

(도읍을 옮기고 학당을 세운 것은 다 공의 지모에서 나왔다. 문객들을
보내서 학당을 건축했고 그들의 학비까지 부담했다)

라고 했다. 공은 모든 고을 목(牧)과 부(府)의 하장(賀狀)을
모아서 문하에 있는 문인들로 하여금 등차를 매기게 하였는
데 번번이 상주목이 으뜸이었다. 그래서 그 글을 실었다.

---

7) 항아 : 달나라에 산다는 미인의 이름.

2

시중 상주국(侍中上柱國) 최공(崔公)[8]은 공명이 부와 귀의 극에 달했지만 전아하고 고상함이 속세에서 벗어났으며 시(詩)는 맑고 고왔다.

어느 날 밤 바람은 맑고 달이 밝으며 솔피리가 저절로 울려왔다. 그는 자신도 모르게 한 시구를 읊었다.

> 뜰에 가득한 달빛은 연기 없는 촛불이요
> 자리에 들어온 산그림자는 부르지 않은 손일세.
> 다시 솔거문고 곡조 없이 타오니
> 홀로 보배로울 뿐, 남에게 전하지 못하네

라고 했다. 공이 아직 국사를 맡기 전이었다. 정미(丁未)년 겨울, 가조리(加祚里) 별장(別莊)에 잠시 살았는데, 그는 밤에 앉아 있는데 임(林)·조(曺)·이(李) 등 여러 사람이 화롯가에 둘러앉아 잡담하는 것을 보고 글을 써서 그들에게 보였다. 그 글에는,

---

8) 최공 : 최충헌(崔忠獻)을 말함. 그는 명종(明宗) 26년(1196) 폐정개혁을 요구하여 올린 봉사십조(封事十條)를 왕이 거절하자 왕을 창락궁(昌樂宮)에 유폐하고 신종(神宗)을 왕으로 추대했다. 이때 그는 정국공신((靖國功臣) 삼한대광대중대부상장군주국(三韓大匡大中大夫上將軍柱國)에 책봉되었다.

용이 날고 범이 웅크리듯 늘어선 바위가 풍성하고
장한 기운 능히 봉탄(鳳炭)⁹⁾을 녹여 붉었네.
어스름 새벽에 소리개, 박쥐와 다투지 말라
좋은 장수의 나가고 쉬는 것 하늘에 매여 있네

라고 했다. 이 시는 말이 신기롭고 뜻 둔 것이 청장(淸壯)하여 그 웅대하고 범상치 아니한 운치가 있다. 공이 용렬하고 자질구레한 무리와 더불어 다투지 않고, 순리로 천명을 받아 대업(大業)을 이어받았다는 것을 이 한 시구에서 볼 수 있다.

이는 곧 아직 일이 형성되기 전에 벌써 하늘이 도와주어서 공으로 하여금, 자신도 모르는 가운데 이런 말을 발표하게 했음이 분명하다. 그러니 그의 금당(金幢)¹⁰⁾의 꿈이 무엇이 이상할 게 있는가?

공의 저택의 열두 누대(樓臺)엔 진주가 총총 늘어섰고, 신기한 꽃, 이상한 풀들이 붉은빛과 푸른빛을 내뿜어 표표(飄飄)히 요대(瑤臺)에 올라 옥청(玉淸)¹¹⁾을 바라보는 것 같아서 귀나 눈으로 그 모양을 형용할 수가 없다.

그러나 이 또한 후(侯)의 저택에는 평범한 일들로서 이상할 것이 없다. 신령스런 샘물이 앞못으로 스며들고, 괴상스런 새가 뒷산에서 우는 것은 필시 상제(上帝)와 지신(地神)께

---

9) 봉탄 : 숯의 일종. 당(唐)의 귀족 양국충(楊國忠)의 집엔 숯을 가루로 만든 뒤 다시 꿀에 반죽하여, 봉황의 모양으로 숯을 만들어서 썼다.
10) 금당 : 금으로 장식한 당기(幢旗).
11) 옥청 : 선가(仙家)란 말. 하늘을 3등분하여 태청(太淸)·상청(上淸)·옥청(玉淸)이라 한다.

서 따로 산과 시내를 만들어서 그것으로 방외(方外)의 즐거움을 준 것이 틀림없다.

　이듬해 갑인(甲寅)년 봄과 여름 사이였다. 온갖 꽃들이 바야흐로 무성해지자 성대한 잔치를 베풀어 양부(兩府)를 초대했으며, 당시의 시객(詩客) 40여 인을 모았다. 등촉을 달고 달과 꽃을 노래하다가 술이 거나해지자 곧 시를 지어서 좌중 손님들에게 보이기를,

　　　수각(水閣) 높은 집에 괴롭게 불리어
　　　문서 다발 그 속에서 세월을 보내었네.
　　　붉은 앵두 자줏빛 죽순은 때가 지나려 하고
　　　붉은 무궁화 빨강 석류는 맵시 곱기도 해라.
　　　병이 오래 되니 손 맞아 술 마시기 도리어 싫어지고
　　　천성이 게으르니 꾀꼬리 소리 들으면서 졸기만 좋아하네.
　　　좋은 때와 건강한 날은 결코 다시 오기 어려우니
　　　서둘러 꽃필 때면 술에나 취해 보세

라고 했다. 갑인년 늦은 여름이었다. 오랫동안 오던 비가 그치지 않자 공은 곧 시를 짓기를,

　　　무더위는 오랫동안 찌는데
　　　음산한 구름은 비를 거두지 않네.
　　　저자가 파하니 떠들어대는 들늙은이요
　　　강물이 부니 시끄러운 고깃배일세.
　　　모기와 등에는 창틀에 깃들이고

두꺼비는 부엌으로 들어오네.
어느 때에 찌는 더위 거두어
이마 펴고 충루(層樓)에 오를꼬

라고 했다. 공의 추운 때 쓰는 정자는 더워야 어울렸고, 높은
누각은 비가 와야 어울려서, 마치 민간의 괴로움을 알지 못
하는 듯했지만, 지금 더위와 비를 말하여 '이마를 펴고 충루
에 오른다'고 했으니, 그 사리에 밝게 나라를 다스리는 마음
을 여기에서 엿볼 수 있다 하겠다.

3

  지금 시인이 평하기를,
  "문안공(文安公) 유승단(兪升旦)은 말이 굳세고, 뜻이 순박
하며, 인용하는 것이 정하고 간결하다. 정숙공(貞肅公) 김인
경(金仁鏡)은 글자를 쓰는 데 꼭 청신(淸新)함을 기한다. 때
문에 한 편을 쓸 때마다 사람을 놀라게 한다. 문순공(文順公)
이규보(李奎報)는 기상이 장하고 말이 웅대하며 창의(創意)
가 신기롭다. 학사(學士) 이인로는 말마다 격이 높고 용어를
구사함이 신과 같아서 옛사람의 밭둑을 밟기는 하지만, 다듬
고 마련하는 공은 옛사람보다 정교하다. 승제(承制) 이공로
(李公老)는 말이 굳세고도 고우며 더구나 연고(演誥)·대구
(對句)에 우수하다. 한림(翰林) 김극기(金克己)는 말의 구성
이 맑고 훤하며 말이 많을수록 더욱 풍부하다. 간의(諫議) 김

군유(金君綏)는 말뜻이 온화하고 여유가 있으며, 오세재(吳世材) 선생과 처사(處士) 안순지(安淳之)는 부(富)하고 넉넉하고 전체가 후(厚)하다. 사관(史觀) 이윤보(李允甫)와 임춘(林椿) 선생은 간결하고 정일하며, 보궐(補闕) 진화(陳澕)는 맑고 웅장하고 화사하여 변화가 많았으니, 이들은 모두 한때의 거장(巨匠)들이다"

라고 했다.

하수(下手)들의 기술을 보려면 그들은 반드시 거창한 구상을 하며, 그들의 짧은 글과 절구(絶句)가 대가(大手)의 공교함이 되지 못한다. 그러나 여기서는 몇 권에 실린 것을 요약하는 데 그친다. 그러므로 오직 그 절구만을 실을 뿐이고 시는 많지 않으며 제가(諸家)들의 다른 체(體)만을 표시할 뿐이다. 더구나 그들의 장편이나 긴 운문(韻文)은 각각 본집(本集)에 싣고 여기에서는 수록하지 않았다.

4

문안공(文安公)은 글과 행동이 인륜의 모범이 되었다. 그는 일찍이 친한 이에게 말하기를,

"내가 평생 행하고자 하는 것은 오직 두 글자를 속이지 않는 것뿐이다"

라고 했다. 공이 미천할 때 상서(尙書) 박인석(朴仁碩)댁을 들른 적이 있었다. 박군은 명석한 헤아림이 있었기 때문에 그를 극진한 예로 대접했는데 사람들이 그 까닭을 물었더니

그는 말하기를,

  "이 사람은 마치 밤에 빛나는 신비로운 구슬과 같아서 구하려 해도 얻지 못할 것인데 하물며 스스로 온 것이랴"

라고 했다. 공이 일찍이 혈구사(穴口寺)에 있을 때, 현판 위에 쓴 글을 차운하여,

> 땅은 주름잡아 열흘 길을 하루에 오고
> 하늘은 낮아서 한 자[尺] 거리 이웃일세.
> 비오는 밤에 오히려 달을 보고
> 바람 부는 낮에 먼지가 오르지 않네.

> 그믐, 초하루는 조수 보고 알고
> 춥고 더운 때는 풀이 알리네.
> 오랑캐 되놈의 세상 보다가
> 구름 위에 누운 사람 부러워하리

라고 했다. 그가 중도(中道) 안렴사(按廉使)로 여성을 순력(巡曆)하다가 벽의 글제에 차운하기를,

> 두 번이나 번거로이 밤을 보내니
> 관솔불 밝혀서 양방(兩傍)을 지나네.
> 가슴에 창을 기댄 익위(翼衛)[12]는 새 얼굴이고
> 허리에 칼을 찬 병사는 낯익은 얼굴일세.

---

12) 익위 : 호위병.

다 함께 추위의 솜옷으로 대우하지만
흉년에 양식은 누가 나눠 줄까.
백성을 다스림에 조그만 혜택이 없으니
술〔鵝黃〕을 권할 적마다 번번이 부끄럽네

라고 했다. 그가 보령(保寧)에 가서 자면서 짓기를,

낮에 해풍현(海豊縣)을 떠나서
밤늦게 보령에 닿았네.
대소리 나니 바람은 잠을 깨우고
구름이 짙으니 비는 쉬어서 가네.

저문 안개에 머리가 이내 무겁더니
아침 햇살에 온몸이 잠깐 가벼워지네.
비로소 알겠네, 몸이 늙고 병들면
오직 날 흐리고, 개는 것 점칠 뿐인 줄을

이라고 했다. 예묘(睿廟)가 지은 〈승가굴(僧伽窟)〉을 차운하여,

험하디 험한 돌다리는 구름을 디디고 가고
화사한 이웃 하늘은 화성(化城)[13]과 흡사하네.
가을 이슬 살짝 뿌리니 천리가 시원하고

---

13) 화성 : 실지로는 아무것도 없는데, 조화를 부려서 만든 성. 이
이야기는《법화경(法華經)》〈화성유품(化城喩品)〉에 나온다.

저녁놀 멀리 잦아드니 온 강이 밝구나.

허공에 질펀한 안개 가늘어 향냄새 이어졌고

골짜기 울리는 새 한가로우니 경쇠 소리 대신했네.

부러운 것은 고승(高僧)의 마음 공부라

세상의 명예와 이익 온통 다 잊음일세

라고 했다. 문정공(文正公)의 〈독락원창화(獨樂園唱和)〉에 차운하기를,

이끼는 붉은 액자 새겨 있고

병엔 백일선(白日仙)을 감추었네.

맑은 기쁨은 손과 함께 하지만

참 즐거움은 천분(天分)을 온전히 함일세.

뜰에 비가 오니 파초가 먼저 울고

동산이 개니 풀이 저절로 연기 같네.

복숭아꽃 물에 멀어져 흐르니

뱃길 돌려 무릉(武陵)[14]으로 향하세

라고 했다. 문정공의 〈동년석상(同年席上)〉에 화답하기를,

반부(般斧)를 누가 일대의 영웅이라 했던가

신령한 춘나무〔椿〕 뭇 재목 중에 홀로 빼어났네.

편안하고 위태한 나라 다스림은 오늘에 당했고

---

14) 무릉 : 신선이 산다는 무릉도원(武陵桃源), 즉 별천지.

장상(將相)의 공명은 우리 공에게 붙여졌네.

몇 번이나 활전대 굴려 개, 돼지 길들였나

때로 구슬침〔珠唾〕[15] 남겨 아이들 깨우쳤네.

만사를 헤아려 보니, 부족한 것 하나 없는데

술잔 들고 오직 오래 살기 기원하네

하였다. 〈이죽(移竹)〉에 화답하기를,

공의 그림 같은 글을 보고

대가 뿌리로 나지 않는 건가 의심하네.

너의 정이 속되지 않음을 사랑하고

그대라 하고 이름 부르지 않는 것 칭찬하네.

서늘한 기운 삿자리에 감도니

찌는 더위도 발〔簾〕 곁으로 물러나네.

도를 본떠서 마음 비운 지 오래인데

시초〔蓍〕점 부질없이 네 번이나 쳤네.

5

정숙공(貞肅公)이 좌승선(左承宣)으로 있다가 동북면(東北面) 병마사(兵馬使)로 나갔다. 그는 좨주(祭酒) 이공로(李公老)가 자기의 후임으로 대신 정부의 언론의 책임을 맡았다는

---

15) 주수 : 아름다운 글귀나 유명한 말을 뜻함.

말을 듣고, 시를 지어 부치기를,

천리 밖에서 한 편지 받으니
새 승선이 옛 승선을 대신했다네.
부덕한 자신이 물러난 부끄러움 비록 견디지만
오히려 조정에서 어진 인재 얻은 것 하례하네

라고 했다. 그는 또 〈효기(曉起)〉에서 쓰기를,

등불 쇠잔하니 꿈나라 찾아들고
강안전(康安殿)을 친히 받드니 붉은 도포 빛나네.
문 앞에서 울리는 새벽 호각이 온통 쓸쓸하여
찌렁찌렁 하늘에 퍼지니 한바탕 꿈일러라

라고 했다. 대관전(大觀殿) 옥좌(玉座)[16] 뒤에 가리운 병풍 무일도(無逸圖)가 지워지자 왕께서 공에게 명하여 글씨를 쓰게하려고 그의 필적을 시험했다. 공은 시를 지어 두 족자에 써서 바치기를,

수레가 무거우니 둔한 말 달림이 짧고
하늘이 높으니 학의 연연함이 기네.
옛 옷을 몇 번이나 씻었던가
오히려 어전 향로(香爐)의 향냄새 띄웠네

---

16) 옥좌 : 임금의 앉은 자리.

라고 했다. 또,

> 동산에 핀 꽃은 붉은 비단이요
> 궁중의 버들은 푸른 실일세.
> 목과 혀가 천 가지로 공교롭기는
> 봄꾀꼬리가 오히려 사람보다 나으리

라고 했다. 어떤 이는 말하기를, 공이 아직도 권세를 연연하여 잊지 못한다고 하지만 이것은 잘못이다. 공은 천품이 맑고 고우며 시가 그럴 듯하다. 이른바 안팎이 물처럼 맑아 티가 묻을 수 없다고 할 만하다. 어찌 권세에 더럽힘이 되겠는가.

공자(孔子)께서는 석 달 동안 임금이 없으면 황황하시었고, 두자미(杜子美)[17]는 곤궁한 중에서도 임금을 사랑하는 마음을 가져서 시구마다 군신(君臣) 간의 큰 절의를 잊지 않았다. 하물며 명망이나 벼슬이 공과 같은 이야 비록 외직에 있기는 했지만 임금 사랑하는 마음이 연연한 것이 또한 당연하다 하겠다. 언젠가 낙산(洛山)에서 행한 축성재(祝聖齋)[18]가 파한 뒤에 시를 지어,

> 화려한 축재 정성 하늘을 움직여 일깨우고
> 향로를 모신 두 줄기 눈물, 향 연기 적시네.
> 바로 거북과 학의 3천 세 나이를 가져다

---

17) 두자미 : 당나라 때 시인인 두보(杜甫).
18) 축성재 : 왕의 만수무강을 비는 행사.

우리 임금의 연세 일 년으로 셈하리

라고 했으니 공의 임금 사랑하는 뜻을 대략 여기에서 볼 수 있다. 또 그가 상주 목사(尙州牧使)로 좌천되어 가는 길에, 덕통역(德通驛)을 지나다가 시 한 절구를 벽 위에 쓰기를,

어찌 하늘을 향해 원망 품으랴
귀양 와서도 오히려 고을의 수령직을 맡기셨도다.
어느 때 영각(鈴閣)[19]에서 황각(黃閣)[20]에 나아가서
태수(太守)의 직책이 재상의 직책으로 될 것인가

라고 했다. 어느 진사(進士) 두 사람이 덕통역을 지나다가 이 시를 보고 읊다가 그 중 한 사람이 말하기를,
 "'어느 때에 영각에서 황각으로 나아가서'라고 한 구절은 말만듬새가 공교하지 못한 듯하다. 또 영각으로부터 황각에 오르는 것이 그 사이가 얼마나 오래인가"
하자, 다른 친구가,
 "공의 시는 예언이다. 너희 따위가 알 바가 아니다"
라고 말했다. 얼마 후에 그는 과연 정승이 되었다.
 내가 갑진년 봄에 상주목의 임기가 끝나, 우정(郵亭)을 지나다가 공의 필적을 보고 측연한 느낌이 있었다. 나는 푸른 사(紗)로 그 글을 씌우고 이어서 글 한 구절을 썼다.

---

19) 영각 : 지방 수령이 집무하는 곳. 지금의 군청과 같음.
20) 황각 : 의정부(議政府)의 별칭.

3년 후인 정미년 여름에 국자좨주 운각학사(芸閣學士)를 제수받았다. 이어서 절월(節鉞)[21]을 받고 동남로(東南路)에 출진(出鎭)했는데, 그때 다시 글 두 절구를 화답했으며, 무신년 봄에 문창우상(文昌右相)을 제수받아 왕명을 받들고 궁궐로 나아가다가 또 한 절구를 남겼는데 지금 모두 벽(壁)에 씌어 있다.

용두회(龍頭會)[22] 때 다른 손님들은 다 참석하지 못했다. 공의 조카 황보(皇甫)가 장원한 관가(瓘家)로서 이 모임을 차렸는데 공은 제2등으로 급제했던 까닭으로 오지 못하고 한 절구를 지어 부쳐 왔다.

말 들으니 그대 집에 귀빈이 있다지
계수나무 수풀이 어울려 한 가지 봄이었네.
오늘의 높은 모임에 참석하지 못할진대
문득 당년의 제2인 된 것을 한하노라.

6

문순공(文順公)의 가집(家集)은 이미 세상에 나돌며 그 시문을 보건대 해와 달 같아서 따로 칭찬할 필요조차 없다.

근대의 율시(律詩)는 다섯 자, 일곱 자 가운데서 소리의 운

---

21) 절월 : 지방장관이나 장군이 현지에 부임할 때 왕이 주는 것으로, 깃발〔節〕과 도끼〔鉞〕.
22) 용두회 : 과거에 장원(壯元)한 사람들이 갖는 모임.

(韻)과 짝이 있다. 때문에 반드시 애써서 생각하고 다듬어서 그 율에 맞추어야 된다. 아무리 굉장한 재목과 큰그릇이라 하더라도 함부로 생각하고 되는 대로 말해서 그 오묘함을 파 헤칠 수는 없다. 그런 까닭으로 씩씩한 기상이 없는 것이 그 통례이다.

공은 젊을 때부터 붓을 휘두르는 데 있어 새로운 의미를 창조해내며, 하는 말이 많아질수록 달리는 기운은 점점 씩씩 하여 아무리 성률(聲律)의 규범 속에 들어가서 가늘게 꾸미 고 교묘하게 구성하더라도 오히려 호탈하고 준엄하다.

하지만 공을 일러 천재(天才)니 준매(俊邁)니 하는 것은 대 율(對律)을 가지고 이르는 것이 아니다. 그는 대개 고조(古調) 장편(長篇)으로 강한 운〔强韻〕과 험한 글〔險題〕 가운데서 도 자유분방하여 한 번 붓을 들면 백 장을 휘갈겨도 옛사람 을 답습하지 아니하니 참으로 뛰어난 천재다. 그러면서도 자 신을 낮추고 남에게 겸손하며 한 가지 착한 일을 보면 으레 그를 포상하고 권장하여 자기보다도 나은 이로 여긴다.

그는 약관(弱冠) 시절에 《국수재전(麴秀才傳)》을 지었다. 사관(史館) 이윤보가 처음 급제한 뒤에 이를 본따서 《무장공 자전(無腸公子傳)》을 지었는데, 공은 이것을 보고 매우 칭찬 했으며, 문인들과 시를 읊을 때마다 번번이 말하기를,

"요즈음 글하는 이를 얻었으니, 이윤보야말로 참 훌륭한 사관의 재목이다"

라고 했다. 문안공 유승단과 함께 고원(誥院)에 있을 때였다. 진양공(晋陽公) 최우(崔瑀)가 보제사(普濟寺)·광명사(廣明 寺)·서보통사(西普通寺) 등 세 절에서 선회(禪會)[23]를 베풀

었는데 이 모임이 파하자, 공은 두 공과 직강(直講) 윤우일
(尹于一)에게 청하여 삼회방(三會枋)을 지었는데 그때 사람
들은 유승단의 방이 공의 것보다 못하다고 했지만 공은 보고
서 칭찬했으며, 이르는 곳마다 드러내어 말하기를,
  "지금 이 작품은 내가 유군(君)에게 훨씬 미치지 못한다"
라고 했다. 공이 한림이 되었을 때의 일이다. 직원(直院)[24] 손
득지(孫得之)는 공이 지은 〈아침 차〔早茶〕〉 장편 다섯 수에
화답했는데, 공은 이를 칭찬해 말하기를,
  "지금까지 손군(君)이 이와 같은 고재(高才)인 줄은 알지
못했다"
라고 했다. 공은 천품이 바르고 곧고 공변되고 밝았다. 그가
선(善)을 칭찬하고 악을 꾸짖는 것을 보면 모두 천성에서 나
왔다. 옛사람이 '문인들은 서로 경멸한다'고 말했는데 대개
이것은 범용(凡庸)한 아이들의 말이리라.

7

  급제(及第) 김태신(金台臣)이 허언국의 〈우미인초가(虞美
人草歌)〉에 화답해 지어 가지고 문순공에게 가서 물었다. 사
관(史館) 이윤보가 마침 가서 공을 뵈었는데 공은 그것을 내
보였다. 사관은 그 책자를 빌려 가지고 왔다. 나는 사관의 집

---

  23) 선회 : 참선을 닦기 위한 모임.
  24) 직원 : 고려 때 한림원(翰林院)에 소속된 직책으로서, 직원은 4
  명이고 계급은 정9품이었다.

에서 그 시를 보고 곧 화운해서 일곱 수를 지었더니 사관이
그것을 공에게 보였다. 공은 이를 허락해 주고 특별히 장편
의 글을 써서 한림(翰林) 하천단(河千旦)에게 주어 내게 보내
왔다. 그 편지에 이르기를,

 "이 시는 운이 강하여 작자가 자못 화운하기에 곤란한 것
인데 군의 시를 보니 말뜻이 절묘하다. 아무리 이태백이나
두보를 시켜 짓게 하더라도 여기에 더할 수는 없으리라"
라고 했다. 다시 또 장편을 보내왔는데 칭찬이 지나쳤다. 내
가 사례하러 갔더니, 신을 거꾸로 끌고 나와 맞았다. 굳이 만
류해서 술을 마셨는데, 그는 문고(文藁)를 다 꺼내어 보이고
는 말하기를,

 "서로 늦게 알게 된 것을 매우 부끄럽게 여기오. 전에 전이
지(全履之)가 글에 능했었는데, 사람들은 알아주지 않았으나
내 혼자만이 그를 알았었소. 지금 군의 얼굴을 보고는 뛰어
난 재주가 있는 줄을 모르겠으니, 이야말로 참으로 숨은 덕
인(德人)이오"
라고 했다. 수년 후에 공은 국자좨주를 제수받고 나는 학유
(學諭)가 되었는데, 어느 날 공사(公事)로 인하여 청(廳)에
앉은 일이 있었다. 공은 말하기를,

 "일전에 유 간의(諫議)댁에서 연회를 베풀고 주필(走筆)로
〈수정배사(水精杯詞)〉를 지어 남들은 다 화운을 했는데, 그대
혼자만이 화운하지 않았으니 무엇 때문인가?"
라고 했다. 나는 놀라서 당황하여 명을 받들고 즉시 시 일곱
수를 화운하여 바쳤다. 공은 찬탄하기를 마지않다가 고원(誥
院)에 전해 보이면서 말하기를,

"이 시는 지금 세상 사람의 저작이 아니다"
라고 했다. 그가 후진(後進)을 사랑하고 격려해 줌이 이와 같
았다.

8

문순공이 유승단·윤우일 등 여러 동년(同年)들과 함께 한
자리에서 추밀원부사 임경겸(任景謙)의 병풍글 6영(詠)인
〈열자어풍(列子御風)〉에 화운하기를,

> 종래의 도(道)의 경계는 몸을 남기기를 숭상했거니
> 하필 빈 것을 타야 비로소 신(神)이 되는가.
> 만약 바람머리를 향해 도적을 막는다면
> 허공에 가득 찬 새들이 또한 진인(眞人)이겠네

라고 했다. 또 도잠(陶潛)의 〈녹건(漉巾)〉에서 이르기를,

> 술을 거르면 용수요 머리에 쓰면 두건이라
> 이것인지 저것인지 그 구별 사람에게 달렸구나.
> 머리 위에 남은 술찌끼 해로울 것 없으니
> 나는 이미 평생을 술에 젖은 몸인 것을

이라고 하고, 〈자유방대(子猷訪戴)〉에서 이르기를,

사람을 방문하는 맛은 눈 덮인 시냇가라
문득 서로 만난다면 한 웃음 비었으리.
난주(蘭舟) 띄워 돛대를 돌린다 말하지 말라
문앞에 닿자마자 곧 돌아서면 감회 무량하리

라고 했다. 〈번랑기로(潘閬騎驢)〉에서 이르기를,

낭선(閬仙)이 만약 삼화(三華)[25]를 사랑했던들
한 번 차아산(嵯峨山)을 바라보아도 벌써 만족할 텐데.
절름발이 나귀를 거꾸로 타는 것은 참으로 좋은 일이라
몸을 가져 그림 속에서 자랑해 보고 싶네

라고 했다. 또 학사 이인로는 〈섬계승흥(剡溪乘興)〉에서 이르
기를,

산음(山陰)의 눈과 달빛 서로 차가운데
흥이 다하자 문득 외로운 돛대 돌이키네.
하필 눈썹을 치키고 눈으로 봐야 할까
아득한 우주가 한 털끝일세

라고 했다. 또 〈사명광객(四明狂客)〉에서 이르기를,

---

25) 삼화 : 도가(道家) 수양 방법의 하나로, 머리 위에 얹어놓은 세
꽃송이가 떨어지면 죽고, 떨어지지 않으면 재회(再會)할 기약이 있
다는 징조라 한다.

만리 땅 오나라 하늘 한 돛대 돌아오니
때는 마침 연꽃 떨어지는 늦가을일세.
경호(鏡湖)의 바람과 달이 원래 주인 없거늘
그대 앞에서 한 가지 빌려올 필요 있겠나

라고 했다. 또 〈산음진적(山陰陳跡)〉에서 이르기를,

이몸 생각하니 전의 몸과 달라서
인간 세계 굽어보니 자취 이미 묵었구나.
다행히 글씨가 종이 위에 남아 있으니
산음 풍월이 예나 지금이나 새로우네

라고 했다. 또 〈서새풍우(西塞風雨)〉에서는,

가을 깊은 동정호엔 붉은 생선 살지고
구름 걷힌 서산엔 조각달 빛나네.
열 폭 부들돛대 천 이랑의 옥인데
세상 티끌은 응당 내 도롱이에 앉지 못하리

라고 했다. 문순공은 참신한 뜻이 묘경에 들었고, 이 학사는
말이 맑고 고왔다. 이 학사는 〈월계화(月季花)〉에서,

일만 섬 단사(丹砂)를 갈홍(葛洪)에게 묻기를
어느 해에 깊이 소원(小園) 중에 묻을까.
꽃다운 뿌리는 물들어 구름빛 닮아서

짐짓 선파(仙葩)되어 늙지 않고 붉다네

라고 했다. 문열공(文烈公)은 이르기를,

아름다운 시기는 도잠(陶潛)의 국화를 가까이하기 어려운데
꽃다운 소식은 오히려 육개(陸凱)의 매화를 멀리하네.
은옹(殷翁)의 선환(善幻)을 자랑치 않더라도
때아닌 붉음은 저절로 피운다네

라고 했다. 문안공은 이르기를,

일찍이 요위(姚魏)의 교태로운 바람 따라
일례로 보니 환색(幻色)은 비어 있네.
후일 눈 속에 가장 좋게 꽃피울 땐
이것이 소나기 올 때 붉는 것이 아닐세

라고 했다. 문순공은 이르기를,

섣달 매화, 가을 국화는 교묘하게 주위를 이기는데
경박스런 해당화는 이것쯤 아랑곳없네.
만약 이 꽃이 네 계절을 독차지한다면
일시에 덮인 고움을 어이 다 보리

라고 했다. 정숙공은 이르기를,

봄이 간 뒤에 찾아봐도 흔적이 없자
비로소 그대의 집에 있는 것 깨달았네.
그렇지 않고서야 어떻게 마음대로 해서
한 분(盆) 속에 내내 봄을 길러 내겠나

라고 했다. 이 학사의 시에서는 단사(丹砂)라는 말을 썼고, 또 운하(雲霞)라는 말을 썼는데, 이것은 이른바 비유 중의 비유라 하겠다. 만약 다른 사람의 운(韻)을 써서 지었다면 홍(洪)자를 쓰는 것이 가장 좋았을 것이다.

문열공의 시는 7, 8월에 꽃을 피우는 것을 말한 듯하다. 문안공의 시는 비록 봄과 겨울을 말하는데 그쳤지만 그 뜻은 다 말해졌으며, 문순공은 말을 갖추었으면서도 말의 취향이 매우 굳세다. 정숙공은 또한 4시를 다 말했는데도 오히려 새로운 맛이 있다.

9

문열공이 혜소(慧素)[26] 선사에게 화답한 〈묘아(猫兒)〉라는 시에,

개미는 도(道)가 있고 이리와 호랑이는 어지니
망령된 것 보내야 비로소 참을 구하는 것만은 아니네.

---

26) 혜소 : 고려 스님으로, 대각국사(大覺國師)의 제자. 시와 글씨에 능했다고 전해진다.

선사의 혜안(慧眼)은 분별이 없으니
물건마다 모두 청정(淸淨)한 몸 드러내네

라고 했다. 문순공은 두꺼비를 읊은 시에서,

더덕더덕한 꼴 밉상스럽고
엉금엉금 기는 걸음 또한 느리네.
못 벌레들은 그렇다고 경멸하지 말아라
그는 달 속으로 들어갈 수 있다네

라고 했다. 미수(眉叟)[27]는 개미를 읊은 시에서,

몸을 움직이면 소와도 능히 싸우고
굴은 깊숙하여 산이 허물어질까 두렵네.
공명(功名)의 구슬은 몇 굽이러냐
부귀의 꿈 처음으로 돌아오네

라고 했다. 문순공은 형용이 매우 섬세하다. 이 학사는 구절
마다 모두 고사를 인용했고, 문열공은 뜻을 불교에 두었는데
말의 의미가 매우 깊다. 일반적으로 사물을 본뜬 저작에 있
어서 고사를 인용하는 것보다 이치를 말하는 것이 낫고, 이
치를 말함보다는 형용하는 것이 낫다고 하지만, 그 기교는
구상과 말 만드는 데 달려 있다.

---

27) 미수 : 이인로의 자(字).

10

학사(學士) 이인로는 〈소요원(逍遙園)〉에서,

> 당시에 접여(接輿)[28]가 견오(肩吾)[29]에게 말하기를
> 오직 신인(神人)이 분수(汾水) 곁에 있어서
> 멀리서 직접 보니 살결이 눈처럼 깨끗했다네

라고 했다. 문순공은 〈독락원(獨樂園)〉에서 이르기를,

> 한 샘의 찬 물은 이웃사람이 길어 가고
> 탑(榻)에 가득한 맑은 바람은 손과 함께 나누네.
> 그러나 동산 속의 조용한 즐거움은
> 손쉽게 남에게 들려 줄 수 없네

라고 했다. 또 한림(翰林) 김극기는 〈청취헌(淸聚軒)〉에서 이르기를,

> 산마루를 내려오는 폭포는 오히려 정이 있는데
> 수풀을 뚫고 떨어진 소(沼)는 그 소리 싸늘하네.

---

28) 접여 : 춘추시대 초(楚)나라 사람. 성명은 육통(陸通). 거짓 미친 체하고 세상을 피해 살았다.
29) 견오 : 역시 춘추전국시대 사람.

만약 본성에서 본다면 모두 구별이 없어

깊디 깊은 푸른 물은 바다로 흘러드네

라고 했다. 이 학사는 다만 기이한 언사와 묘한 뜻으로 남화
편(南華篇)[30]을 인용했고, 문순공은 스스로 새로운 갈래를 내
었으며, 김 한림은 불교의 용어를 구사했다. 이에 옛사람이
말하였다

"소자첨(蘇子瞻)은 말은 비록 호한(浩澣)하여 남는 의미가
있지만 불가에 가깝기 때문에 풍(風)·소(騷)[31]의 작품이라
고 할 수 없다. 문열공의 〈묘아시(猫兒詩)〉는 혜소 선사에게
화답한 것이요, 김 한림의 〈청헌시(淸軒詩)〉는 승사(僧舍)에
쓴 것이다. 그러니 불교(佛敎)의 용어를 쓴 것이 당연하다.
그 밖의 작품은 조금도 이상할 것이 없다."

11

문열공은 〈국화(菊花)〉에서 이르기를,

하룻밤 가을 바람에 1만 나무들 앙상한데
국화는 겨우 두세 떨기 피어 있네.
번소(樊素)[32]는 무정하게 봄을 따라갔는데

---

30) 남화편 :《장자(莊子)》라는 책을 말하는 것으로, 《남화경(南華
經)》, 또는《남화진경(南華眞經)》이라고 부른다.
31) 소 : 시문(詩文)의 한 분류.

아침 구름만 쓸쓸히 소공(蘇公)을 짝하누나

라고 했고, 문순공은 이르기를,

봄은 꽃을 맡았다가 갈기고 갔는데
어쩌자고 가을은 또 꽃을 맡았는고.
가을 바람 날마다 쓸쓸히 부는데
그래도 햇살을 부여잡고 고운 꽃 피우네

라고 했다. 김 한림은 이르기를,

꽃향기 피워내며 봄바람에 닿지 못함 한하고
찬 이슬 된서리에 고운 얼굴 처참하네.
늙은 나이의 꽃다운 마음 그 누가 알아 주리
그래도 남은 떨기엔 벌이 찾아 속삭이네

라고 했다. 이 학사는 〈중구후(重九後)〉에서 이르기를,

고음이 시든다고 세월을 원망 말게
한 번 움킨 가을 향기 오래오래 남느니.
사람의 마음은 따르지 않고 시절이 스스로 변하는데
용양(龍陽)[33]은 어찌 전어(前魚)[34]를 울었던가

---

32) 번소 : 당나라 때 시인 백거이(白居易)의 애첩(愛妾).
33) 용양 : 중국 위왕(魏王)의 사랑을 독차지했던 남자 첩. 그는 위
왕에 의하여 용양군(龍陽君)에 봉해졌다.

라고 했다. 예나 지금이나 흔히 미녀를 꽃에 견준다. 문열공
은 미인의 고사를 인용했는데, 뜻은 비록 정밀하고 당연하지
만 인용한 말은 가치가 없다. 미수는 용양의 고사를 인용했
는데, 이것은 시인의 뜻밖의 비유로서 가장 좋은 깨우침이
다. 또 그의 〈부앵무(賦鸚鵡)〉에서 화운하기를,

> 말씨가 교묘하면 몸은 더욱 고단하니
> 말이란 죽음보다 어렵다는 한비자(韓非子)의 말 믿을 것일세

라고 한 것이 모두 이런 유이다. 김 한림의 시는 시인의 우의
(寓意)하는 뜻이 있어, 읽으면 쓸쓸한 감회가 있고, 문순공은
인용도 비유도 하지 않고 바로 본심을 꿰뚫을 뿐이다.

12

이 학사는 〈매화(梅花)〉에서 이르기를,

> 봄이 정을 베풀어 옥으로 꽃 빚어내니
> 흰 옷은 참으로 시가(施家)에 있다네.
> 그 몇 번이나 취위(醉尉)[35]의 침침한 눈으로
> 숲속에 걸어 둔 옷을 어지러이 보려는가

---

34) 전어 : 먼저 얻은 물고기. 용양군이 위왕과 낚시할 때 먼저 낚은
고기가 뒤에 낚은 고기보다 작아서 이것을 버리려고 했다는 고사
(故事)에서 온 말. 장차 버림을 받을 사람에 비유해 쓴다.

하였다. 원(元)나라 조정에서 김 추밀(樞密)의 〈옥매(玉梅)〉
에 화운하기를,

> 막고야(邈姑射)의 흰 살결에 눈 같은 흰 옷
> 향기로운 입술로 구슬 같은 새벽 이슬을 빠네.
> 아마도 속된 꽃술 붉은 빛깔 싫어하여
> 요대(瑤臺)[36]를 향해서 학 타고 날아가리

라고 했다. 문순공은 〈이화(梨花)〉에서,

> 처음엔 가지에 붙은 눈송인가 의심했더니
> 맑은 향기 풍기자 꽃인 줄 알았네.
> 나는 꽃잎은 푸른 나무 사이로 선명히 보이더니
> 떨어진 꽃잎은 흰 모래와 구별 못하겠네

라고 했고, 김 한림은 〈이화(梨花)〉에서 이르기를,

> 쓸쓸한 바람 찬 비에 마른 뿌리 적시고
> 분분히 꽃잎 날려 홀로 봄을 풍기네.
> 그 향기 모아 굴 속에 모으면
> 한나라 궁실은 이 부인(夫人)[37] 다시 보리

---

35) 취위 : 한(漢)나라 패릉정(覇陵亭)의 위(尉)장군 이광(李廣)이
벼슬에서 물러난 뒤 술에 만취한 패릉정 위에게 모욕을 당했다는
고사(故事)가 있다.
36) 요대 : 신선이 산다는 옥으로 만들어진 누대(樓臺).

라고 했다. 학사 이 미수는 이르기를,

　　일찍이 흰 사슴에 구름 멍에 매어서
　　들어간 곳, 열여덟 아름다운 궁일세.
　　나무 밑에 처음 났기에 나무로 성(姓)을 삼으니
　　이로부터 이씨(李氏)는 사방으로 번창했네

라고 했다. 매화 두 수는 인용한 것은 다르지만 다 같이 빛깔을 택해서 말했고, 이화 두 수는 인용함이 심천(深淺)이 있으므로 그 낫고 못함은 저절로 구분된다.

　미수는 벗[李]만 말했을 뿐 꽃은 말하지 않았으니, 인용함은 깊지마는 기교야 있다고 하겠는가. 문순공은 거의 고사를 인용함이 없으니, 대개 새로운 뜻을 숭상했을 따름이다.

13

　송하영공(松夏英公)이 미천했을 때 문숙공을 방문했더니 문숙공은 그에게 말하기를,

　"자네의 문장은 대각(臺閣)의 기상이 있으니 뒷날에 반드시 드러날 걸세"

---

37) 이 부인 : 한무제(漢武帝)의 부인으로 절세(絶世)의 미인이며 노래에도 뛰어났으나 일찍 죽었다. 한무제는 감천궁(甘泉宮)에 이 부인의 화상을 그려 두고 언제나 쳐다보았다 한다.

라고 했는데, 과연 그의 말대로 되었다.

문순공이 완산막(完山幕)의 참군(參軍)으로 있을 때였다. 그는 안렴사의 병부(兵符)를 받들고 변산(邊山)의 작목사(斫木使)[38]가 되었는데, 그가 절구를 짓기를,

권세가 군병을 보호함에 있으니 영광은 자랑할 만하고
관(官)에서 작목(斫木)이라 부르니
욕심스러움은 견딜 만하다.
변산(邊山)은 예로부터 참으로 천부(天府)[39]라
기다란 재목 골라서 기둥감 준비하기 좋아

라고 했고, 또 그는 이르기를,

찬 새벽, 빈 집에 맑은 바람 일어나고
개인 저녁, 높은 하늘엔 얼룩구름 걷히네.
문 밖엔 몇 사람이나 손가락이 빠졌는가
따스한 비단옷 속에 있는 자신이 부끄럽네

라고 했다. 또 친구에게 회답한 글에서,

애써 문자를 일삼고
벼슬 높고 낮은 것 혐의치 않네.
모름지기 알라, 세 발 솥이

---

38) 작목사 : 나무 베는 일을 담당한 관직의 이름.

한 송곳 끝에서 불려진 줄을

이라고 했다. 공의 재상이 될 기상은 이 세 수의 시에서 벌써
형성되었다.
　나는 우연히 《김 한림집(金翰林集)》 제2권을 얻어 보게 되
었는데, 권 첫머리에 있는 〈궁사(宮詞)〉 여덟 수는 모두 옛사
람이 이미 말한 뜻이었고, 게다가 말이 얕고 좁아서 마음속
으로 적이 얕잡았는데, 차츰 두 폭, 세 폭 넘기다가 〈취시가
(醉時歌)〉와 〈하양산장용극운서구(河陽山莊用劇韻叙舊)〉 등
장편은 그 말뜻이 맑고 훤했다. 그 뒤의 8, 9권을 다시 보았
더니, 청아한 말이 넓고 넓어 아무리 퍼내어도 끝이 없을 것
같았다. 참으로 그는 풍부한 시재(詩才)이다. 그렇지 않고서
야 어찌 진 보궐(補闕)의 이런 시를 지었겠는가? 진 보궐은
〈억한림(憶翰林)〉에서,

　　시를 읊으며 시골에 누웠지만
　　상쾌한 기운은 지붕을 뚫고 날아가네.
　　하늘에 올라가 엉겨서 이슬이 되었다가
　　내리뿌리면 인간 세상의 가을을 만드네

라고 했다. 한림은 〈도중즉사(道中卽事)〉에서 이르기를,

　　오솔길 푸른 이끼에 말발굽 깔끄럽고

---

39) 천부 : 산물이 많이 나는 땅.

끊겼다가 이어지는 매미 소리 맞추어
길이 높고 낮아라.
시골 아낙네들 오히려 생각이 많아서
웃으며 비녀 매만지는 모습 냇물에 비치네

라고 했으며, 〈어옹(漁翁)〉에서,

하늘은 오히려 어옹(漁翁)을 용서치 않아
짐짓 강호에 작은 바람 보내 주네.
인간 세상 험하다고 그대는 웃지 마라
너 자신은 오히려 급류(急流) 가운데 있으니

라고 했으며, 〈신흥(晨興)〉에서,

온종일 길게 촉도난(蜀道難)[40] 읊다가
잠들고서야 비로소 일신이 한가롭네.
짓궂게도 베개 위의 정(情) 많은 나비는
천리 험한 길 고향 산 찾아가네

라고 했다. 또 〈동교치우(東郊値雨)〉에서,

먼지는 뿌옇게 하늘에 자욱한데

---

40) 촉도난 : 촉(蜀)땅으로 통하는 길은 험하기로 유명하다. 그래서
인정과 세상 일이 험난한 것을 여기에 비유해 말한다.

부채 들어 서풍을 사람에게 부쳐대네.
고맙게도 늦구름은 비를 만들어
도중에 쌓인 먼지 깨끗이 씻어 주네

라고 했다. 〈증미륵사주로(贈彌勒寺住老)〉에서,

숲이 아득하여 길은 구불고 먼데
후미진 산골에서 세속을 교화하다가
하얀 옷 걸쳐 입은 솔 위의 학만은
공(公)이 처음 와서 집짓는 날 보았네

라고 했다. 또 〈추만월야(秋晩月夜)〉에서 이르기를,

해 지니 거센 바람 나무 끝에서 일고
마루 틔었으니 달맞을 필요 없고
가을 되니 마른 뼈는 밤추위 겁이 나네

라고 했다. 〈흥해도상(興海道上)〉에서는 이르기를,

뽕나무 사이엔 아낙네들 발걸음 잦고
뻐꾹새는 날아와 나무 돌고 울고 가네.
그것은 다만 농가에 일하라는 전갈이라
어느 누가 거문고로 그 소리 그려 낼까

라고 했는데, 말이 맑고 뜻이 익숙해서 자못 풍(風)·소(騷)

의 기풍을 띠었다. 이러한 장편, 거운(巨韻)이 많고 궁중 일이나 부귀에 관한 것은 어쩌다가 있다. 때문에 여기서는 산과 들을 읊은 절구만 수록할 뿐이다.

그의 문집을 보면 다른 산의 돌이 옥 속에 섞인 듯한 의심을 품게 되는데, 이것은 아마 편집자의 졸렬함에 연유했을 것이다.

14

장원(壯元) 김신정(金莘鼎)이 문순공의 시 〈유어(游魚)〉를 칭송하여 외기를,

> 어슬렁어슬렁 붉은 비늘 떴다 잠겼다 하니
> 사람들은 말하기를 득의양양해서 그러하다네.
> 하지만 자세히 생각해 보면 한가한 틈 전혀 없으니
> 어부 돌아가자 다시 백로가 달려드네

라고 했고, 또 문순공의 〈문앵(聞鶯)〉을 칭송하기를,

> 공자(公子)와 왕손은 비단옷 두르고
> 고운 노랫소리 덕분에 기분을 내네.
> 태양도 또한 인간의 즐거움 배웠음인지
> 일천 꽃 다 피워내고 너의 노래 보내누나

라고 했다. 그리고 내게 어느 것이 나으냐고 물었다. 나는 대답하기를,

"꾀꼬리의 시는 얕고, 고기의 시는 웅장하면서도 깊으며, 또한 비(比)와 홍(興)의 맛이 있어서 고기의 시가 낫다"
고 했다. 김 장원은 말하기를,

"그렇지 않다. 고금의 꾀꼬리를 읊은 시들이 모두 이런 뜻엔 미치지 못했는데, 오직 문순공만이 새로 개척했다. 뜻이 제아무리 웅장하고 깊더라도 이미 쓴 사람이 있으면 평범해지는 법이고, 아무리 얕고 가까워도 새로 개척한 것이면 깨우칠 만하다"
고 했다. 나는 그때 대답을 하지 못했는데 지금에 와서 다시 생각해 보니 김 장원의 말이 옳다.

15

사인(舍人) 정지상(鄭知常)은 〈신설(新雪)〉에서,

간밤엔 분분한 함박눈 새롭더니
새벽엔 해오라기 궁전을 하례하네.
바람이 일지 않아도 음산한 구름 걷히고
흰꽃 피어나니 나무들은 봄이로세

라고 했다. 이 시는 조화가 잘 되고 아름답고 부귀의 상이 있어 소동파(蘇東坡)가 말한 바 시골뜨기 시가 아니다.

김 한림은 〈눈[雪]〉에서,

우뚝한 재[嶺] 높은 멧부리 성곽을 둘렀고
허공에 비낀 첩첩한 산은 옥무더기 이루었네.
수선(水仙)은 새벽에 어느 곳에 노니는가
강 위에 은병풍은 잇따라 펼쳐 있네

라고 했다. 이 미수는 또 〈눈[雪]〉에서,

저문 바람 눈에 부니 눈가루 보드랍고
밤 깊은 처마 밑엔 달빛이 가득한 양.
모로미 알겠네, 서생은 시원함이 뼈에 사무치고
물시계는 허공에 수정발 달았도다

라고 했다. 김 한림의 시는 흰빛을 비유했고, 이 미수의 시는
맑은 것을 비유했다. 맑은 것을 비유한 이 미수의 시가 더욱
상쾌하다.

16

이 미수는 〈승원다마(僧院茶磨)〉에서 이르기를,

바람이 건드리지 않으니 개미 행보 늦어지고

큰 도끼 처음 휘두르니 찻가루 날리네.
법희(法戲)는 예로부터 참으로 마음대로라
맑은 하늘 우렛소리에 눈발이 휘날리네

라고 했다. 또 〈습률(拾栗)〉에서,

서리 온 뒤에 빠진 알밤 붉게도 반짝이고
숲 사이 새벽에 주우니 이슬 촉촉하네.
아이들 불러다가 화롯불 헤쳐 놓고
옥껍질 다 타자 금알맹이 튀어나오네

라고 했는데, 한 글자 한 구가 교묘히 다듬어져서 곱고 말쑥
하다. 어떤 사람이 옥반주(玉盤珠)란 기생 이름을 장중주(掌
中珠)로 고친 것을 칭송하는 시에서,

한 알 맑은 구슬 옥쟁반에 있으니
은하수, 가을 이슬의 동그란 물방울일세.
천 번 돌고 만 번 굴러 원래가 정처 없으니
아무러면 옮겨다가 손 위에서 봄직만 하겠는가

라고 읊었는데, 이 시는 아마 미수의 시인 것 같다. 하지만 《은
대집(銀臺集)》 가운데서 밝혀지지 않았으니 아마 정숙공(貞肅
公)의 작품일 것이다. 〈화신방제삼인(和新榜第三人)〉에서,

한신(韓信)[41]의 깃발이 푸른 강을 등지니

연(燕)나라 성곽과 조(趙)의 성벽이 일시에 항복하네.
공을 논함엔 비록 소하(蕭何)·장량(張良)의 밑이지만
예로부터 짝할 이 없는 국사(國士)일세

라고 했다. 이 시는 잘 다듬어졌을 뿐 아니라, 그 착안과 인용이 더욱 묘하다. 또 〈백작약(白芍藥)〉에서,

무뢰(無賴)한 일천 꽃들 꿈 이미 부질없는데
한 떨기 향기로운 눈송이 홀로 봄바람일세.
태진(太眞)⁴²⁾이 처음 온천 목욕 끝내니
옥같이 흰 살결 물들지 않았네

라고 했다. 문순공은 〈취서시(醉西施)〉에서,

화장한 두 뺨은 술기운으로 불그레하니
다 함께 서시(西施)의 옛날 몸 말해 보네.
웃음으로 오씨(吳氏) 집 무너뜨리고도 오히려 부족해서
여기 와서 또 누구를 뇌살시키려는가

라고 했다. 이 미수는 또 〈분죽(盆竹)〉에서,

---

41) 한신 : 한(漢)나라의 한신이 배수진(背水陣)을 치고 싸워 큰 승리를 거두었다는 고사(故事)를 인용한 것.
42) 태진 : 당나라 현종(玄宗)의 비(妃)인 양귀비(楊貴妃)를 말함. 그가 선도(仙道)를 숭배했기 때문에 태진이라 불렀다.

물 가득한 화분은 싸늘한 옥거울인데
그 속 흰 모래는 푸른 대나무 길러내네.
위수 물가와 상수 언덕이 모두 천리인데
앞을 다투어 창을 향해 발돋움하네

라고 했다. 문순공은 〈화박승가분죽(和朴丞家盆竹)〉에서,

그대의 미덕이 어찌 한 가지뿐이리
모진 뿌리는 돌동이[石盆]의 싸늘함을 견디어내네.
그 가운데서도 오히려 상강(湘江)에 뜻을 두며
꼿꼿이 하늘을 찌르는 옥창대 모양 짓네

라고 했다. 학사의 시는 눈을 깨우쳤고, 상국(相國)의 시는
마음을 깨우쳤다. 하지만 물동이 흰 모래는 창포(菖蒲)를 기
르고 대[竹]를 기르지는 않는다. 이것은 학자들이 다만 운치
있는 말과 깨끗하고 고운 것을 취할 뿐, 그 뜻을 잊어버리는
결과이다. 문안공이 박 승상(丞相)의 집 잔치에서 최 상국의
〈부서상화(賦瑞祥花)〉에 말하기를,

새로운 상서 가지에 가득한 봄을 보기 즐겼더니
과연 오늘 아침에 좋은 손을 얻었네.
꽃은 한 집을, 어진 이는 나라를 상서롭게 하는 것
그 누가 꽃사랑 거두어 모두 사람에게 옮기리

라고 했는데, 이 시 또한 마음을 깨우쳐 준다.

17

김 한림은 〈수기(睡起)〉에서 이르기를,

> 까치 고리 연기에 잠기니 한 고장이 푸르고
> 솔바람 불어치니 문풍지 우네.
> 숲 사이 들새는 남은 꿈을 꾸다가
> 놀라 깨어 강남 만리 떠나가네

라고 했고, 임기지(林耆之)는,

> 비스듬히 평상에 누워 문득 자기 몸 잊고
> 낮잠 베개맡에 바람 부니 남 절로 깨이네.
> 꿈속에서 이 한 몸을 기댈 곳 없어서
> 하늘 땅이 온통 하나의 정자일세

라고 했다. 문순공은 〈춘면(春眠)〉에서,

> 꿈 세계와 취한 세계는 정다운 이웃간
> 두 세계에서 돌아와 보니 한 몸뿐일세.
> 구십일간의 봄이 도시 꿈이고 보면
> 꿈속에서 도리어 꿈속 사람이네

라고 했다. 김 한림의 시는 이것저것 섞어서 썼고, 임기지와 문순공의 시가 더욱 깨우칠 만하다.

18

　임춘 선생이 이 미수에게 보낸 편지에서,

　"내가 비록 자네와 《동파집(東坡集)》을 읽지는 않았지만 가끔 구법(句法)이 서로 비슷하니, 이 어찌 중심에서 얻은 자가 암암리에 서로 부합됨이 아니겠는가"

라고 했다. 지금 미수의 시를 보니 일곱 자에 다섯 자는 《동파집》에서 따온 게 없다. 그러나 그 호매(豪邁)한 기상과 풍부한 체(體)는 곧 동파(東坡)와 부합한다.

　세상에서 임춘의 글이 옛사람의 체를 본받았다고들 하지만 그의 글을 보면 모두 옛사람의 말을 훔쳐서 썼다. 심지어는 연달아 수십 자를 따다가 자기의 말로 삼았다. 이것은 곧 옛사람의 체를 얻은 것이 아니라 그들의 말을 빼앗은 것이 된다.

19

　내가 일찍이 문안공을 방문했더니, 마침 어떤 스님이 《동파집》을 갖고 와서 공에게 묻고 있었다. 읽어나가다가 〈벽담(碧潭)〉에 이르러,

흰 탑을 시험삼아 보는 듯하여
서로 글 한 구 얻는 듯하네

라고 공은 두세 번 연거푸 읊다가 말하기를,
  "고금의 시집 중에서 이와 같은 새로운 뜻은 드물게 봤다"
고 했다. 요즈음 학사 이춘경(李春卿)의 시고(詩稿)를 보니
놀랄 만한 새로운 뜻들이 자못 많다.
  그의 장편 속에는 끝구로 갈수록 더욱 씩씩해서 마치 천리
마(千里馬)가 네거리를 달리다가 중도에서 갑자기 서는 듯한
느낌이었다.

20

  이 미수는 〈명비장(明妃長)〉에서,

초년에 일찍이 황금을 저축했던들
한소리 웃음에 한(漢)나라 왕업이 헛되었을 것을.
미인으로 하여금 황제의 곁에 머물게 말라
수명을 연장한 엉터리 그림이 사실은 충성일세

라고 했다. 문순공은 이르기를,

만약 한 여자로 이웃 나라와 잘 지낼 수 있다면
미인을 되놈 나라에 보내는 것쯤 무엇이 한되리.

이리 같은 욕심이 끝내 한량이 없어서
욕스럽게 오랑캐의 후궁됨이 가련하구나

라고 했다. 앞의 시는 천기(天機)를 희롱했고, 뒤의 시는 인
정을 이야기했다. 문순공은 〈선(禪)〉에서,

나무 위의 매미 놀랄까봐
버드나무 곁에 못 가겠네.
다른 나무로 옮겨가지 말라
좋은 그 노랫소리 다 듣자꾸나

라고 했고, 미수는,

바람을 마시니 참으로 자신을 비우는 것이요
이슬을 빠니 또한 지극히 개끗함이거늘.
어인 일로 가을 새벽에 나와서
애절한 소리 그치지 않는고

라고 했다. 미수는 매미를 표현함이 매우 자세하고, 문순공
은 말이 간결하면서도 뜻은 새롭다.

21

비감(秘監) 정이안(丁而安)은 문장에 깊이가 있고, 특히 묵

죽(墨竹)에 가장 뛰어났다.

일찍이 진양 후(侯)의 집에 그림 족자가 있었는데 모든 사관(史官)들은 그 그림을 알아보지 못했다. 유독 비감 정이안만이 그 그림을 보고,

"이것은 유 빈객(賓客)의 시다"

라고 말하고는, 그의 시를 외워서 그림과 대조해 보았더니 일호도 틀림이 없이 들어맞았다. 그는 이어서,

"사대부가 붓을 들면 시를 근본으로 삼고 만약 그림을 곁들이면 곧 화공(畵工)이다"

라고 했다. 사인(舍人) 정지상은 〈취제(醉題)〉에서 말하기를,

> 복사꽃 붉은 비에 새들은 지저귀고
> 집을 두른 푸른 산, 안개 속에 솟았네.
> 오사모(烏紗帽)[43]는 게을러서 바로 못 쓰고
> 취해 꽃언덕에 누워 강남(江南)을 꿈꾸네

라고 했는데, 이 시는 그림이라고 볼 수 있다. 진 보궐(陳補闕)은 〈유오대산(遊五臺山)〉에서,

> 전에 그림 속에서 오대산(五臺山) 보니
> 구름 쓰는 푸르름이 높고 낮더니
> 오늘 일만 구렁 흐름을 다투는 곳에

---

43) 오사모 : 벼슬한 사람이 쓰는 모자. 검은 사(紗)로 만들었기 때문에 오사(烏紗)라고 한다.

문득 구름 뚫고 길이 분명함을 기뻐하네

라고 했다. 이것이 이른바 옛사람이 말한, '경치를 대해서는
그림을 구상하라' 는 것이다.

22

　시승(詩僧) 원담(元湛)이 나에게 말하였다.
　"요즈음 사대부들은 시를 짓는데 멀리 다른 나라의 인물과
지명에 의탁해서 우리 나라의 사실로 삼아버리는 게 우습다.
예를 들면 문순공의 〈남유(南遊)〉에서,

　　가을 서리에 오(吳)나라 나무 물들고
　　저문 비에 초(楚)나라 산 어둡네

라고 하여 비록 말 만든 것이 맑고 고원하지만 오(吳)와 초
(楚)는 우리 나라의 땅이 아니다. 어떤 선배〔前輩〕의 〈송경조
발(松京早發)〉에서,

　　마판(馬坂)에 가니 사람들은 연기처럼 술렁이고
　　타교(駝橋)를 지나자 들 생각 생기네

라고 한 시만 못하다. 이 시는 말이 참신하고 취지가 좋으며
말씨가 매우 적실하다"

고 했다. 나는 대답하기를,

"대개 시인이 말을 인용함에 있어서 반드시 그 근본에만
집착할 필요는 없다. 자기의 생각을 다른 사물에 비유해서
은근히 나타내면 그뿐인 것이다. 더구나 천하가 한 집안이며
붓과 먹은 글을 같이하는데 어찌 피차에 간격이 있으랴"
라고 했더니 그 중은 옳다고 했다.

23

보궐 진화는 시를 이렇게 평했다. 문순공이 두문(杜門)에서,

처음엔 싱숭생숭 봄을 그리는 여인이더니
차츰차츰 고요히 결하(結夏)[44]하는 중이네

라고 했는데 이 시는 잇속에 발린 꿀과 같아 점점 맛이 난다.
이유지(李由之)는 기로소(耆老所) 상국(相國)의 시에 화운하
기를,

기대어 졸다가 갑자기 푸른 옥안(玉案) 바라보고
취함을 부축하여 애오라지 강사군(絳紗裙)[45]을 보내네

---

44) 결하 : 스님네의 여름 수행을 말함. 즉 4월 16일에서 7월 15일
까지 석 달 동안은 절대로 출입을 금하고 수행에만 전념한다.
45) 강사군 : 붉은 비단으로 만든 대신의 관복.

라고 했는데, 이것은 얼음을 깨물고 눈을 씹는 것 같아서 사람의 마음을 시원하게 하여 준다. 꿀을 빠는 맛이 얼음을 깨무는 맛에 미치지 못한다 했다. 그러나 나는 이 시평에 대해 승복하지 않는다.

저 얼음을 씹는 맛의 말은 비록 신진 후배라도 날마다 달마다 연습하면 그 만분의 일이라도 될 수가 있다. 그러나 꿀을 녹이는 맛의 말은 두문의 뜻을 깊숙이 얻었다 하겠다. 노련한 솜씨가 아니고는 참으로 도출할 수 없다.

진화와 유지는 당시를 울린 유명한 시인들이었다. 모두들 함께 기로 상국의 시에 화운했는데, 군(裙)자 운이 가장 강(强)했으므로 그 운을 다시 달자니 다들 난색을 표했는데 유지는 이 연구(聯句)를 끌어내었다. 진 보궐은 놀라 감동해서 이런 말을 했다. 또 진 보궐은 이춘경(李春卿)의 시를 읽기를,

자질구레 많은 말 종이 붓만 허비하고
석 자나 긴 혀 스스로를 수고롭힐 뿐.
이태백(李太白)의 뛰어난 기상은 만상(萬像) 밖이요
한 마디 말은 족히 일천 시객을 압도하네

라고 하자, 급제(及第) 오예공(吳芮公)이 말하기를,
"뛰어난 기상[逸氣]과 한 마디 말에 대해서 내게 설명해 주겠는가"
라고 했다. 진 보궐은 말하기를,
"소자첨(蘇子瞻)이 그림을 품평하기를 왕희지(王羲之)는 상(像) 밖을 얻는 까닭에 붓이 채 닿기 전에 기(氣)를 이미

삼키네"

라고 하고 또 덧붙여서 말했다.

"시와 그림은 하나다. 두자미의 시는 비록 다섯 글자지마
는 오히려 상(像) 밖을 삼키는 기상이 있으며, 이춘경의 주필
(走筆) 장편도 또한 상 밖〔像外〕에서 얻었다. 이것을 일러서
뛰어난 기상, 곧 일기(逸氣)라고 한다. 한 마디 말〔一言〕이란
귀중함을 말한다. 대개 세상에서 일상〔常〕을 즐기고 평범함
에 미혹된 자와는 더불어서 시를 말할 수 없다. 더구나 붓이
닿지 않는 기상을 논하겠는가."

24

기암거사(棄菴居士) 안순지는 세상에 드문 문장가이면서
도 문장에는 신중히 가려서 했다.

이 미수가 일찍이 편지와 시를 가지고 급고당(汲古堂) 기
문을 지어 주기를 두세 번 청해도 응하지 않다가 굳이 독촉
하자 이에 마지못해 기문을 지었는데, 이 미수가 지은 급고
당 시의 뜻이 나쁘다고 공박했다.

한림 김극기(金克己)는 안순지와는 같은 고을에 살고 또한
같은 시대 사람이었다. 그러나 안순지의 문집 가운데는 한
번도 김극기와 주고받은 작품이 없고, 오직 선생 오세재(吳
世材)에게는 한 번 보고 탄복해마지 않았다.

그는 옥당(玉堂) 진화(陳澕)의 시를 보고 말하기를,

"그대의 재주는 균계(筠溪)[46]보다 더 앞서니, 조금만 더 진

취하면 동파에 이를 수 있다"

라고 했다. 문순공의 문고를 보고 소서(小序)를 지었으니 대
강 이러하다.

"말만 내면 문장이 되어 잠깐 사이에 백 편을 지어내는데
하늘이 낸 듯, 신이 지어준 듯 청신(淸新)·준일(俊逸)하여
사람들이 공을 이태백이라고 하는 것이 실정에 맞는 말이다.
그러나 내 소견으로 말한다면, 그 취해서 읊조릴 적에 포부
가 탕연(蕩然)하고, 착상(着想)이 찬란한 것은 곧 서로 비슷
하나 율격이 엄숙 정연하고 대구 맞춘 것이 참되고 절실함에
이르러서는 바쁘게 서둘러 미처 겨를할 수 없는 가운데서 공
부가 더욱 드러나서 더 앞서는 듯하다"

라고 했다. 또 아시(雅詩)를 읽고 서문을 짓기를,

"《시경(詩經)》3백 편이 반드시 성현의 입에서 나온 말은
아니지만 중니(仲尼)가 모두 기록하여 만세(萬世)의 경서(經
書)로 삼은 것은 어찌 풍자하는 말이 그 성정(性情)의 진실에
서 발하여 감동의 절실함이 사람들의 골수에 깊이 들어가기
때문이 아니겠는가. 그렇다면 비록 꼴 베는 농부나 천한 종
일지라도 진실로 그 말이 도리에 맞으면 성인이 버리지 않은
바인데, 하물며 대현 군자가 지은 것이 문장과 뜻이 모두 좋
고, 형식과 실질이 서로 맞는 것을 홀로 아(雅)·송(頌)의 옆
에 놓지 않겠는가. 내가 요즘 《낙천집(樂天集)》을 구해다가
보니 자유자재하고 부드럽고 여유로워 단련한 흔적이 없으
며, 가까운 듯하면서도 멀고, 화려하면서도 충실하여 시의

---

46) 군계 : 송나라 이미손(李彌孫)의 호. 시문에 능했고, 그의 악부
(樂府)가 전해온다.

여섯 가지 체[47]가 모두 갖춰졌다"

라고 했으니, 기암(棄菴)의 말이 그럴 듯하다.

백낙천의 시가 풍(風)·아(雅)·송(頌)의 뜻엔 깊고 얕음이 다르나 그 교화(敎化)에 관계됨은 매한가지다. 두목(杜牧)은 자신의 문장이 준일함을 자부하여 낙천의 시는 추솔하고 잡스럽고 얕고 더럽다고 조롱하니, 당시 아무것도 모르는 무리들이 모두 덩달아 비방을 일으켜 같이 시끄럽게 떠들어대었다. 그러므로 오늘날에 와서는 시인들이 비록 옛날 사람들이 이른바 '백낙천의 시가 속되다'는 뜻을 미처 알지 못하는 이도 오히려 '장경(長慶)의. 잡설(雜說)을 볼 것이 뭐 있겠는가' 하니 우스운 일이다.

무릇 새로 시를 배우는 사람이 그 기(氣)와 힘을 장하게 하려면 비록 읽지 않아도 되지만, 만약 벼슬아치와 선비들이 한가롭게 살고 책을 보며, 천명(天命)을 즐겁게 여기고 근심을 잊어버리는 데에는 백낙천의 시가 아니면 될 수 없다. 옛날 사람들이 백공(白公)을 인재라고 한 것은 아마 그 말씨가 부드럽고 평이하여 풍속을 말하고 사물의 이치를 서술함이 사람의 정에 매우 적실하였기 때문일 것이다.

지금 문순공의 시를 보니 비록 기와 운치가 호탕하고 뛰어남은 태백과 비슷하나, 도덕을 밝히고 풍유(諷諭)를 진술함은 백공과 거의 같으니 천재와 인재가 겸비했다고 할 만하다.

---

47) 체 : 시를 짓는 여섯 가지 체. 즉 풍(風)·부(賦)·비(比)·흥(興)·아(雅)·송(頌).

25

사관(史館) 이윤보가 일찍이 사람들과 평론했다.

내가 저번에 한림 이춘경 등 시 친구 서너 사람과 함께 시를 지었다. 이윤보가 먼저 부르기를,

한 줄기 비 보내오고 구름은 도로 개이는데
천만 가지 꽃 다 피니 하늘은 비로소 한가롭구나

라고 했다. 이 시를 듣고 온 좌중이 붓을 던지고 끝내 한 마디 글귀도 부르지 못했다.

후에 이윤보와 궁궐 안에 같이 있게 되었다. 그때 강묘(康廟)[48]께서 승하하여 고원(誥院)과 한림원에서 모두 만사(挽詞)를 짓게 되었다. 이윤보는 읊기를,

가신 임금 못 돌아오심은 믿어지지 아니해
달에서 노시려나 행여 아니 돌아오실까 하는도다

라고 하니 고원과 한림원의 모든 선배들이 모두 팔짱을 끼고 탄복했다. 그때 한림 진화가 또한 이르기를,

구원(九原) 길 하루 아침에 영원한 이별인데

---

48) 강묘 : 고려 제22대 임금.

천하는 3년 동안 노랫소리 조용해지리

라고 했다. 하지만 이것은 이윤보의 만사보다 훨씬 못하다.
또 구원이라고 한 것은 잘못이라고 그는 평하는 것이었다.

26

이 미수가 한 창려(昌黎)[49]의 〈춘설시(春雪詩)〉에 화운(和
韻)한 최 평장(平長)의 시에 차운하기를,

눈송이는 새로운 상서에 기뻐하는
삼장(三章)은 옛노래 생각하네.
가는 눈발은 틈으로 사라지는 것 예쁘고
반짝이는 빛은 못에 들어가 녹는 것 애석하네.
희기는 반빈(潘鬢)[50]보다 낫고
가볍기는 초요(楚腰)[51]와 다투네.
반짝여 눈부시니 밤빛을 밀어내고
점점이 수놓으니 봄 가지 몰아내도다.

---

49) 창려 : 당나라 때 학자 한유의 호. 자는 퇴지(退之). 당송팔대가
(唐松八大家)의 한 사람.
50) 반빈 : 진나라 반악(潘岳)의 머리. 조홍(趙弘)의 시에 '설조반랑
빈 진침이자구(雪照潘郎鬢, 塵侵李子裘)'라는 구절이 있다.
51) 초요 : 미인의 가는 허리. 초 영왕(靈王)이 가는 허리를 좋아해
서 당시 나라 안에 굶어죽은 자가 많았다는 고사에서 온 말.

부흥(賦興)은 양원(梁苑)[52]으로 돌아가고

시정은 파교(灞橋)[53]에서 일어난다.

떨어진 비늘은 아득히서 뜨고

나는 깃은 부요(扶搖)에서 떨치네.

지는 눈송이는 여름이 아득하고

가는 구름은 아침을 잃었구나.

빛 다투니 달 비치는 것 혐의하고

눈발 희롱하니 바람 나부끼는 것 싫어하네.

불룩한 곳은 옥무더기처럼 솟았고

평평한 곳은 생초를 깐 듯 깨끗하네.

뜰 가득히 기이한 재화(財貨) 쌓였으니

남은 가계(家計)는 도리어 넉넉한 듯하여라

라고 했다. 외조(外祖) 김예경(金禮卿)은 이르기를,

따뜻한 봄철에도 눈이 있으니

영중(郢中)의 노래[54] 지어 보고 싶구나.

자주 떨어지니 말라서 쌓이고

회수 느리니 젖어서 녹으려 하누나.

---

52) 양원 : 원래 토원(兎園)이었는데 뒤에 양원으로 고쳤음. 한나라 때 양 효왕(孝王)이 쌓은 동산 이름으로서, 매승(枚乘)과 강엄(江淹) 등의 〈토원부(兎園賦)〉를 지었다.

53) 파교 : 상국(相國) 정경(鄭綮)이 시를 잘 짓는데 어떤 사람이 묻기를, 근래에 새로운 시를 지었느냐고 하지 여기에 대답하여 '시사(詩思)는 파교의 풍설(風雪) 가운데 있는 것이지 노래 위에서 어찌 좋은 시구를 얻겠는가' 했다는 고사가 있다.

돌은 염호(鹽虎)의 이마 흔들고

성은 옥룡(玉龍)의 허리 둘렀네.

버들은 황금 선(線)을 잃었고

매화는 백옥 가지 더했도다.

한씨(韓氏)의 수레는 흰 띠를 끌고 가는데

나씨(羅氏)의 지팡이는 은 다리로 변했구나.

뿌리는 것 미워서 창문 깊이 닫았고

젖을까 염려해서 소매 자주 흔드네.

춥기는 섣달 만난 듯한데

훤한 빛은 아침 미리 되었도다.

거센 바람 사납게 몰아치니

등불 나부낌을 미처 알지 못하네.

시로는 형용하기 어려워

그림으로 좋은 경치 그릴까 하네.

마음에 들어와서 조촐한 것이야 좋지만

더부룩이 머리에 붙어서 희질랑 마라

라고 했다. 동문(同文) 황보항(皇甫抗)은 짓기를,

찬 기운은 꾀꼬리 새끼 입다물게 하는데

---

54) 초나라 영주(郢州)의 노래. 송옥(宋玉)이 초왕의 물음에 답하기를, '손님이 영중에서 노래하는 자가 있었는데 그의 양춘(陽春)과 백설(白雪)은 궁중에서 곡조에 넣은 사람이 수십 명이었습니다 이 것은 그 곡이 더욱 옳았으므로 곡조에 넣은 것이 더욱 적었던 것입니다' 하였다. 영곡(郢曲)은 여기에서 비롯되었다.

눈빛은 봉새 새끼 허리에 엉겼구나.

영중의 노래 한 곡조 들었고

장(張)의 읊조림은 세 가지〔三條〕로 다듬었네.

눈송이〔粉葉〕는 매령(梅嶺)⁵⁵⁾에 나부끼고

흰 물결은 오교(五橋)⁵⁶⁾를 말아 오는도다.

……

기와 지붕에 기왓골 평평하고

창문 밝으니 밤은 절로 아침이 되네.

예상(霓裳)⁵⁷⁾은 해를 업신여기고 춤추는데

버들개지는 바람 따라 나부낀다.

풍년의 상서로움 미리 말해 주니

붓끝엔 할 말 또한 많아라

라고 했다. 대제(待制) 양남일(梁南一)은 읊기를,

푸른 산은 이마를 묻었고

흰 띠는 행랑채 허리 묶었구나.

눈〔眼〕에 가득한 것 은세계인데

온 수풀은 만 가지 옥이라네.

몹시 언 것 낮까지 지탱하지만

---

55) 매령 : 중국 영도현(寧道縣) 동북쪽에 있는 지명. 옛날에 매화나
무가 많았기 때문에 이렇게 이름을 붙였다.
56) 오교 : 다리 이름. 《구당서(舊唐書)》 왕자안전(王子安傳)〉에 '天
寶九載, 擊吐蕃, 收五橋白水軍' 이라고 한 말이 있다.
57) 예상 : 무지개와 같이 아름다운 치마.

좋은 경치는 아침도 가지 못하누나.

찬기운은 읊는 어깨 부추기고

가벼운 눈발은 춤추는 소매 따라 나부낀다.

시로 쓰면 바람에 나부끼는 버들개지로

그림 그리니 빛이 생초에 희미하네.

온 벌판이 밀대로 민 듯 새하얀데

검은 길은 도리어 더 검을까 하여라

라고 했다. 앞의 두 시는 구마다 모두 아름답고, 뒤의 두 수
는 열두 번째 연구(聯句)만이 청고(淸苦)하다.

27

  기미(己未)년 5월에 진강공(晋康公)[58]의 집에 천엽(千葉)[59]
석류꽃이 활짝 피었다. 공이 한림 이인로, 한림 김극기, 유원
(留院) 이담지(李湛之), 사직(司直) 함순(咸淳), 선달(先達)
이규보 등을 초청하여 시를 요구했다. 그 자리에서 운을 냈
는데, 새금[禽]자가 가장 강운이었다. 이 한림은 부르기를,

  비단 장막은 아침 해를 가리우고

  금방울은 새벽 새를 깨우는구나

---

58) 진강공 : 고려 때 문신 최충헌(崔忠獻).
59) 천엽 : 꽃잎이 여러 겹으로 포개진 것.

라고 했다. 이에 이 선달은 다섯 수의 시를 지어 읊었다.

　　향내는 낮나비 끌어들이고
　　흩어지는 불 밤새 놀라게 하네.

　　살짝 와 앉으니 고운 나비 사랑하고
　　심술궂게 밟으니 한가한 새 달아나네.

　　꽃술 화려하니 열매 맺기 어렵고
　　가지 약하니 새 감당하지 못하네.

　　바람난간에 손님은 향기 속에 싸였는데
　　낮뜰의 새는 그림자 희롱하네.

　　푸른 복숭아는 속절없이 학과 벗하는데
　　푸른 오얏엔 부질없이 새만 찾아오는구나.

　그러자 비단 장막〔錦幄〕 연구가 잘 되었다 하여 서울과 지
방에서 생황(笙簧)에 올렸었다. 어떤 이는 말하기를,
　"이 연구는 비록 부귀스럽고 곱고 아름다우나 그 대를 맞
춤이 서로 비슷하고, 고사를 인용함이 서로 가까우므로 시가
(詩家)의 한 병통을 면치 못했다"
라고 했다. 뒤에 남산리(南山里) 집 북쪽 동산 조그마한 봉우
리 위에 따로 누각(樓閣) 한 채를 지었는데 흰 띠〔白茅〕라고
하고, 또 이인로·이규보 및 김군유·이공로·김양경·이윤

보 등을 초청하여 기문을 짓게 했으니 모두 당시의 이름난 선비들이었다. 당시 이공 규보가 지은 글이 제일이라 하여 드디어 정자 위에 현판을 새겨 달았다.

28

정숙공[60]은 일찍이 말하기를,

"지난날 대제(待制) 박춘령(朴椿齡)은 일찍이 남의 가작(佳作)을 보고 감동하여 울더니 나도 또한 그와 마찬가지다"라고 했다. 나는 그 말을 듣고 언제나 박춘령을 사모했다. 그러나 그의 문장이 어떤지를 몰라 간절히 보고 싶었더니 지금 시 한 수를 얻었는데, 과연 시에 조예가 깊은 사람이었다. 그는 보성 공관(寶城公館)에서 태수(太守) 김유(金儒)를 사모하여 시를 지었다.

유하혜(柳下惠)는 낮은 벼슬도 사양하지 않았고
소 잡는 칼로 닭 잡는 데 이어 쓰리.
아가위〔甘棠〕는 사람 사모하는 나무인데
고개 바위는 예대로 타루비(墮淚碑)[61]일세.

---

60) 정숙공 : 김인경의 시호.
61) 타루비 :《양호전(羊祜傳)》을 보면, 양양(襄陽) 백성이 현산(峴山)에 양호가 평생 있던 곳에 비와 사당을 세우고 해마다 제사를 드렸다. 그 비를 바라보는 사람은 눈물을 흘리지 않는 사람이 없으므로 두예(杜預)가 이 비를 가리켜 타루비라 이름지었다.

늙은이는 유애(遺愛)[62]한 덕화 얘기하는데
어린이는 남긴 옛시 다투어 찬송하네.
도척(盜跖)은 오래 살고 안회(顔回)는 일찍 죽은 일
천리(天理)가 아득하여 알 수 없구려.

29

팔전산(八巓山) 맨 꼭대기 위에 높은 누가 있었다. 학사 권적(權適)이 경상도 관찰사가 되어 이 누대에 시를 짓기를,

일월 동서(日月東西) 삼면은 물인데
천지는 높고 낮아 한 봉우리 누대이네

라고 했다. 후세 사람들은 이것을 건곤(乾坤)의 상하(上下)라고 읽어 그 구절의 묘미(妙味)가 있음을 알지 못했다. 두자미의 〈등루(登樓)〉에,

하늘 땅은 맑고 흐려 또 높고 낮구나

라고 했다. '상하(上下)'는 또한 '높고 낮다'는 뜻이다. '천지는 도리어 높고 낮다'라고 읽게 되면 그 구절이 묘할 것이

---

62) 유애 : 옛사람이 생전에 애중히 여기던 것. 또는 인애(仁愛)의 덕이 후세에 남은 것.

다. 일월 동서도 또한 그러하다.

30

중국의 영고사(靈鵠寺)는 높은 벼랑에 기대서 푸른 냇물을 굽어보고 있는데, 건물이 낡고 오래되었다.

구조(構造)는 세로 두 칸, 가로 꺾어져서 한 칸이며, 공중에 가로 건너질러서 누를 만들었는데, 밑에서 쳐다보면 마치 공중에 달려 있는 듯하며 그 세 모롱이가 높이 솟아 하늘과 한 뼘 사이에 있었다. 최씨 성을 가진 사신이 있어 시를 쓰기를,

천길 바위 위에 천 년 묵은 옛 절을
앞에는 강물이요, 뒤에는 산을 의지했네.
세모난 집 높이 솟아 북두성(北斗星) 만질 듯한데
한 칸의 다락은 허공에 반쯤 나와 있구나

라고 했다. 이 절의 형용을 여기서 남김없이 죄다 말했는데, 이 뒤에 잇따라 지은 사람이 다시 어떠한 말을 구사했는지는 모르겠다.

31

해마다, 봄 가을로 대장경(大藏經) 및 소재도량(消災道場)

을 옮기고 모두 고원(誥院)의 사신(詞臣)에 명하여 〈사운음
찬시(四韻音讚詩)〉를 짓게 했다. 이공(李公) 인로가 고원에
처음으로 올라서 말하기를,

"음찬시는 곧 부처의 덕을 찬양하는 것이다. 대개 도량의 장
엄함과 관람한 경치를 읊는 것인데, 혹은 임금에게 아름다움
을 돌려 사실을 서술하고 정상을 말하는 것은 모두 잘못이다"
라고 했다. 시를 지어 바치게 되어서는 이르기를,

> 영취산(靈鷲山)[63] 당일에 두 어깨에
> 까치집〔鵲巢肩〕[64]을 지었는데
> 깨끗하긴 도리어 물에서 나온 연꽃 같구나

라고 했다. 이것은 구어(句語)는 비록 힘차긴 하나 '작소견'
은 곧 고행할 때의 일이요, 만덕(萬德)[65]의 장엄함을 찬양한
것이 아니다. 정숙공 김인경은 이르기를,

> 천고의 부처님 일 아득한데
> 바다 건너 우리 나라는 오늘날 다시 펼치는구나.
> 부소산(扶蘇山) 푸르름은 진짜 영취산이요
> 선경전(宣慶殿) 장엄함은 곧 보광전(普光殿)이네

---

63) 영취산 : 인도(印度) 중산(中山)의 이름. 석가(釋迦)가 수도(修
道)한 곳.
64) 작소견 : 두 어깨에 까치집이 일었다는 말. 소식(蘇軾)의 시에
'修道當日顎辛苦, 拍生兩肘鳥巢肩'이라 하였다.
65) 만덕 : 온갖 덕.

라고 했다. 이것은 고사와 지금 일을 인용했으니 놀랄 만하다.
또 습유(拾遺) 채보문(蔡寶文)은,

> 성(性)은 비었고 달 둥그니 천지는 새벽인데
> 보리수[覺樹][66]꽃 활짝 피니 세계는 봄이네

라고 했다. 이것은 참으로 부처를 찬양한 것이라, 또한 찬의
법이라고 할 수 있다. 그러나 새로운 뜻에서 나오지는 못했
다. 대개 음찬(吟讚)하는 방법은 만일 불보(佛寶)[67]를 오로지
찬양할 수 없으면 삼보(三寶)[68]를 통틀어 찬양해도 된다. 보
궐(補闕) 진화는 이르기를,

> 두 손에는 말린[蕉心] 불경 말아 쥐었고,
> 한쪽 어깨에는 푸른 가삼 걸쳤네

라고 했다. 이것은 승보(僧寶)를 찬양한 것이다. 문순공(文順
公)은 이르기를,

> 서류 상자[琅函]에 안개 젖으니 용이 받들어 오고
> 자리[納席]에 바람 이니 코끼리가 밟고 가네

---

66) 각수 : 보리수(菩提樹)의 이명(異名).
67) 불보 : 삼보의 하나로서, 부처님은 스스로 진리를 깨닫고, 또 다
른 사람을 깨닫게 하여 자각(自覺)·타각(他覺)의 행(行)이 원만하
여 세상의 귀중한 보배와 같다는 뜻.
68) 삼보 : 법보(法寶)·불보(佛寶)·승보(僧寶).

라고 했다. 이것은 법보(法寶)[69]와 승보(僧寶)[70]를 통틀어 찬
양한 것이다. 정숙공은 이르기를,

　　뚫어진 꽃옥 누수(漏水)는 조계(曹溪)[71]의 냇물인데
　　해 비친 주렴(珠簾)에는 제망(帝網)[72]이 겹겹이네

라고 했다. 이것은 곧 궁중의 일이니 법보를 찬양한 것이다.
직강(直講) 조문발(趙文拔)은 말하기를,
　"뚫어진 꽃〔穿花〕'을 '바람이 전한〔風傳〕'으로 고치면 더
욱 아름답겠다"
고 했다. 이에 평장사 최석이 윤원(綸院)에 있을 적에 시를
지어 이르기를,

　　종 울리니 멀리 삼계(三界)[73]의 꿈 깨우고
　　전(殿) 장엄하니 높이 오천(五天)[74]의 허공 눌렀구나
　　비록 대지(大地)를 갈아 먹 삼아도
　　우리 임금 홍복(洪福) 원하시는 뜻 다 쓰기 어려우리

---

69) 법보 : 삼보의 하나. 부처님의 말한 교법은 소중하기가 세상의
값비싼 보배와 같다고 해서 이렇게 말함.
70) 승보 : 삼보의 하나. 불법을 실천 수행하는 스님. 귀중하고 존경
할 바라고 해서 보배에 비유하여 쓰인 말.
71) 조계 : 땅 이름. 당나라 때 육조(六祖) 혜능(慧能)이 이 땅에 보
림사(寶林寺)를 짓고 선풍(禪風)을 드날렸음.
72) 제망 : 불교에서 말하는 제석천(帝釋天)의 보망(寶網).
73) 삼계 : 욕계(欲界) · 색계(色界) · 무색계(無色界).
74) 오천 : 세천(世天) · 생천(生天) · 정천(淨天) · 의천(義天) · 제일
의천(第一義天)의 다섯 가지.

라고 했다. 이 시는 문묘(文廟)가 흥왕사(興王寺)를 창립할 적에 3층 대전에 특별히 잔치를 열어 도량을 찬양하였으므로 비록 일을 서술하여도 된다. 문순공은 이르기를,

경치 좋은 곳에 백옥경(白玉京)[75] 개설하니
강산의 임금 기운 명당(明堂)을 옹호하네.
부처의 힘 의지하여 금성(金城)처럼 튼튼한데
오랑캐놈 강한 철기(鐵騎) 두려울 것 무엇이랴

라고 했다. 이 학사는 이르기를,

괴상히 울부짖음은 명사(鳴社)와 같고
두려워하고 조심함은 엷은 얼음 밟는 것 같네

라고 했다. 문순공은 새 도읍을 옮겨 오랑캐 군대를 물리치는 때를 당했고, 이 학사는 창고가 화재 뒤 풍년을 비는 때를 당했으니 이처럼 사실을 서술하는 것이 당연하다. 진 보궐은 이르기를,

참선하는 아침, 책상 위에는 향 재 가득하고
강(講)하는 밤, 처마 끝에는 달이 둥글도다

라고 했다. 비록 어격(語格)은 맑고 산뜻하나 경치를 읊은 것

---

75) 백옥경 : 천상 세계에 있다는 옥경(玉京).

은 잘못이다. 첫째 연구(聯句)는 자리 설비하는 것을 말하고, 앞 연구와 뒤 연구는 모두 삼보(三寶)를 찬양하고, 낙구(落句)는 복리(福利)를 말하는 것이 음찬시의 규범(規範)이다. 비록 큰선비 큰문장가들일지라도 옛날 규범에 국한되어 어구와 결구(結構)만을 바꾸는 병통을 면치 못했다. 그런데 문순공의 〈천변소재(天變消災)〉에 이르기를,

오랑캐 넘나보는 것 징험할 만한데
천문(天文)이 경계 보임 징계할 것 무엇이랴.
하늘 마음 물과 같아 측량하기 어렵지만
부처님 힘 산과 같아 믿고 의지할 만하구나

라고 했다. 오랑캐 병대를 물리치는 글에 이르기를,

남은 도적은 굶은 군대로 허세를 부리는데
우리 임금은 부처님 의지하고 있다네.
범패(梵唄) 소리 용 울음처럼 울리게 하였더면
오랑캐놈들 사슴처럼 도망치지 않았으리

라고 했다. 그 말이 규범에 국한되지 않고 호방(豪放)했으므로 속투에 구애된 사람은 더러 그것이 뻣뻣하다고 말했다. 조 직강의 〈대장도량(大藏道場)〉에,

조관[金章]들은 임금께 절하기 권하는데
스님들은 임금 행차 나가 맞는다

라고 했다. 임금의 거둥을 말한 것은 잘못이다. 주관(周官)의 사의(司議)는 도와서 읍양(揖讓)하는 절차를 가르치는 일을 맡았다고 주석이 달려 있다.

예절을 돕는 것을 '상(相)'이라 하는데, 읍양하는 절차를 임금께 고하는 것이다.

(후한[後漢] 때 알자[謁者][76] 복야[僕射]는 절하는 것을 돕고, 또한 백관[百官]들의 절하는 것을 창[唱]하여 도왔는데, 마치 지금의 갈도[喝道]와 같다. 위[魏]나라 때에 비로소 통사[通事]와 사인[舍人]을 두었다)

지금 모든 도량에 임금께서 친히 행차하여 배례(拜禮)를 드릴 적에 추밀(樞密)들이 왼쪽에 나아가서 돕는데, 이것을 세속에서 보통 권배(勸拜)라고 한다. 이것은 조 직강이 속어(俗語)를 인용한 것이다.

32

학사 권적(權適)이 〈진부역(珍富驛)〉에 쓰기를,

옛 역은 이름하여 진부역인데
진부라 이름한 뜻 무엇이던가.
눈 쌓이니 산에는 흰 옥인데

---

76) 궁중에서 빈객을 안내하는 일을 맡아보며, 또는 임금의 명을 받아 사방에 사자(使者)로 가던 관리.

버드나무 흔드니 길에는 황금이라네.
시냇물에 잉어는 붉은 비단처럼 뛰고
마을 연기는 푸른 깁처럼 흩어지네.
눈앞에는 쌍문이 긴데
머리 위에는 백발이 화려하네

라고 했다. 학사는 말하기를,
 "내가 특별히 장난삼아 지은 것이라 만담〔俳談〕과 같다"
고 했다. 학사 이 미수는 홍천당(興天堂) 주지〔堂頭〕가 나무
를 보내 준 데 대해 사례하는 시에서,

 평생 세도에 나아가는 계책 알지 못하는데
 진중(珍重)한 우리 스님 고맙고 어리석구나

라고 했다. 이것은 노련한 선비가 한가한 속에서 잘 지은 것
이다. 당·송 때 사람들도 비록 이러한 체가 있긴 하지만 후
진(後進)은 이것을 본받아서는 안 된다.

33

 학사 이 미수의 〈춘일강행(春日江行)〉에 보면,

 푸른 산 우뚝우뚝 붓끝처럼 솟았고
 푸른 강은 아물아물 소나무 연기 불어나네.

검은 구름은 뭉게뭉게 기이한 글자 만들어내니
구만리 푸른 하늘, 한 폭의 편지일세

라고 했다. 이 시는 발표하는 의사가 비록 크지만 같은 유를 비유하는 데에 구애되어 말이 호탕하지 못하다. 문순공의 〈고열(苦熱)〉에 이르기를,

금까마귀(金烏)[77] 스스로 열 토하니
헐떡거려 도리어 날기 어렵구나.
이로부터 해 가는 것 느리어
사람 삶는 불덩이로 남아 있네.
무슨 수로 공중까지 뻗는 부채 얻어
온 천하를 두루 부쳐 볼까나

라고 했다. 같은 비유를 상용한 시에 가까우나 말이 호방하고 뜻이 크다. 학사 최효저(崔孝著)가 북조(北朝) 〈척서정(滌暑亭)〉에 화운하기를,

긴 강은 푸르게 띠처럼 산허리 두르고
먼 산은 시퍼렇게 눈썹처럼 구름 머리 찌르네

라고 했다. 이러한 같은 유의 비유는 새로 시를 배우는 이들

---

77) 금오 : 태양의 별명. 태양 속에 발 세 개가 있는 까마귀가 있다는 전설에서 생긴 말임.

의 법이다. 문순공의 〈포구촌(浦口村)〉에 이르기를,

　　호수 맑으니 한가운데 달 교묘히 찍었고,
　　포구 넓으니 어귀에서 조수 삼키는도다

라고 했다. 삼킨다〔呑〕, 입〔口〕이다라고 말한 것은 비록 같은 유의 비유에 가까우나 신진배들이 지어 낼 것이 아니다.
　무릇 시를 짓는 데는 글자를 빌려 비유하는 것이 제일 좋다. 그러나 노련한 솜씨가 이것을 사용하면 말이 익숙하고 뜻이 교묘하지만, 새로 배우는 사람이 이것을 사용하면 말이 생소하고 뜻이 소활(疎濶)해진다. 양 대제(待制)가 〈독락(獨樂)〉에 화운하기를,

　　안개 걸러 산은 비 만들고
　　바람 불어 골짜기엔 연기 오르네

라고 했다. 뜻이 교묘하고 말이 크게 생소하지 않다. 염동수(閻東叟)는 말하기를,
　"시를 생각나는 대로 그 자리에서 지은 것은 이태백의,

　　황금 같은 벼의 빛은 곱기도 한데
　　백설 같은 배꽃은 향기롭구나

라고 한 따위이고, 곱고 아름답고 정교(精巧)하여 조금도 머물러 생각하고 애써 지은 흔적이 없는 것은, 반공(潘公)의

<고경(古鏡)>에 이른,

> 새긴 전자는 천 년 지나니 깔깔하고
> 그림자는 한 당을 비치니 차갑도다

라고 한 따위이다. 그런데 이것은 정밀하게 생각하고 힘껏
짜내서 매우 애써서 지은 것이다"
라고 했다. 이로써 살펴보건대 금세에 경구(警句)라고 하는
것도 거의가 애써 지은 병통을 면하지 못하는 것이다. 그렇
지만 용재(庸才)가 생각대로 그 자리에서 지으려 하면 그 말
이 속되고 잡스러워지므로 속되고 잡스럽게 빨리 짓는 것이
잘 다듬어서 더디 지은 것만 못하다.

　잘 다듬는 것이 너무 생각하기에 이르면 행여 최융(崔融)
의 격을 빌려 인용하다가 버리는 것이 될까 염려된다. 문순
공의 <북산잡제(北山雜題)>에,

> 산사람〔山人〕 산에서 나오지 않으니
> 옛길은 거친 이끼에 묻혔네.
> 두려울사 속세의 사람들이
> 나를 푸른 담쟁이로 여길까 하노라

라고 했다. 이 시는 이백의 시집 속에 넣어 두어도 어느 것이
진짜인지 모를 만하다. 진 보궐은 사람이 문선사(文禪師)의
시 한 구절에,

　　파초 깎아내니 창에는 빗소리 줄어들고
　　대 심으니 섬돌엔 가을빛 짙어지네

라고 한 것을 찬양하여 경구라고 하는 것을 듣고 웃으면서
말하기를,
　"이것은 곧 아이들이나 하는 말이지. 늙은 선비는 이렇게
말하지 않는다. 내가 일찍이 산사(山寺)에서 글을 썼는데, 낙
구(落句)에 이르기를,

　　푸른 섬돌에 떨어지는 꽃 한 치〔寸〕나 쌓였는데
　　동풍(東風)은 불어갔다 또 불어오는도다.

라고 했다. 이런 구절의 격식이 곧 노련한 선비들의 말이다"
라고 했다. 김 한림은 이르기를,

　　북헌(北軒)에서 늘어지게 자고 나니
　　꽃그늘은 옮겼는데
　　처마에 제비는 새끼 거느리고 갔다왔다하는구나

라고 했다. 이것은 비록 진의 시만은 못하지만 그 말이 화려
하고 긴한 것은 서로 비슷하다.

34

의왕(毅王)이 남황(南荒)으로 피하여 살고 있었다. 이기(李琪)라는 사람이 있어 초상을 잘 그려 누구라는 제목은 붙이지 않고 동도초당(東都草堂)에 모셔 놓고 아침 저녁으로 예를 드리고 섬겼다. 기암거사(棄菴居士)는 이것을 우연히 보고 곧 찬(讚)을 짓기를,

제왕(帝王)의 상인가 여겼더니
폭건학창(幅巾鶴氅)[78]은 마치 여옹(呂翁)[79]과 같고
숨어 사는 이의 자태인가 여겼더니
우뚝한 코, 긴 얼굴은 마치 패공(沛公)[80]과 같도다.
붉은 섬돌, 옥 자리 위에 모셔 놓으려 하니
명이 다시 통하지 않고
긴 소나무, 괴이한 돌 사이에 걸어 놓으려 하니
운기가 아직 다하지 않았도다.
처음에는 봉덕(鳳德)이 쇠한 공자(孔子)인가 했더니
혹은 용과 같은 노자(老子)인가 여겨지노라.

---

78) 폭건학창 : 폭건은 두건의 일종이니 은사(隱士)가 쓰는 것. 학창은 빛이 희고 소매가 넓고 가를 흑색으로 꾸민 윗옷.
79) 여옹 : 여상(呂尙)을 말함. 본성은 강(姜). 강태공, 사상부(師尙父)라고도 한다.
80) 패공 : 한 고조(高祖) 유방(劉邦)이 제위(帝位)에 오르기 전의 칭호.

그렇지 않으면 이것은 반드시 하늘에서 영(靈)을 내려
성인이 태어나자
백성은 춘대(春臺)[81]에 올라 우리의 태평한 복을 누린 것이며
존귀한 임금께서는 몸가짐을 조심하여 한 꿈에서 깨어나면
다시 아득한 세계로 돌아온 것인가

라고 했다. 일찍이 자신 스스로 취수(醉睡) 선생(先生) 초상
을 그리고 그 뒤에 썼다.

도(道) 있어도 행하지 못하면 취하기만 못하고
입 있어도 말하지 못하면 잠자기만 못하네.
취해서 살구꽃 그늘에서 자는 선생을
세상에는 이 뜻을 아는 사람 없어라.

대개 송(頌)이란 공덕(功德)을 잘 찬양하는 것이니, 찬(讚)
도 역시 그러한 유이며, 부(賦)란 시에서 근원을 두고 사(詞)
에서 갈려 나온 것이며, 정미(精微)하게 이치를 분석하는 것
을 논(論)이라 하며, 증거를 밝혀 어려움을 타개하는 것을 책
(策)이라 하며, 문장을 펴서 바탕을 돕는 것을 비(碑), 일을
서술하여 맑고 윤택하게 하는 것을 명(銘)이라 한다.
　표(表)는 그 정성을 전달하는 것이며, 소(疏)는 그 뜻을 펴
는 것이며, 책(冊)은 공을 기록하는 것이며, 뇌(誄)는 마지막

---

81) 춘대 : 성세(成世).《노자(老子)》에 보면, '뭇 백성들은 화목하여
마치 큰 소를 잡아 먹는 것 같고, 춘대에 오르는 것 같다'고 했다.

을 아름답게 하는 것이며, 잠(箴)은 모자라는 것을 돕는 것이며, 격(檄)은 유시(諭示)하는 것이니 문체가 각각 다르다.

찬의 문장은 그 준일함을 요할 뿐, 한 격식에 구애되지 않는 것이니, 기암거사만이 그렇게 했다. 거사는 글씨와 그림에도 또한 능하여 대를 그릴 적마다 시를 지어 그 뒤에 썼다.

어느 때 복야(僕射) 이세장(李世長)의 집을 들렀는데 몇 떨기의 긴 대, 새로 나온 가지만이 난간 밖에 나와 있었다. 이공이 병풍 하나를 내서 그림을 그리게 하니, 거사가 즉시 두어 가지 끝만 그리고 쓰기를,

> 누대 밑의 대나무는 백 자나 깊었는데
> 누대 높아 두어 가지 끝만 보이네.
> 땅을 뚫고 오른 대나무 보고 싶으면
> 사다리 밟고 이 누대를 내려가 보라

라고 했다. 문원(文院) 이유지(李由之)는 이르기를,

> 대의 참모양 그림으로 다 그리기 어려워
> 색칠 겨우 하고 나면 기(氣)는 이미 비는구나.
> 거사의 솜씨 달처럼 깨끗하여
> 듬성한 그림자를 병풍 위에 그렸네

라고 했다. 기암거사의 시는 호방하고 이유지의 시는 맑다는 것이 사람들의 입에 퍼져 있다.

35

김개인(金盖仁)은 거령현(居寧縣) 사람으로, 개 한 마리를 길렀는데 매우 사랑했다.

어느 날, 외출하는데 개도 따라 나섰다. 개인이 취해서 길바닥에 누워 자는데, 들판의 불이 장차 번져오게 되었다. 개는 곧 옆에 있는 시내에 들어가 몸을 적셔 불 주변을 빙빙 돌면서 풀을 적셔 불길을 막고는 힘이 지쳐서 죽었다.

개인이 잠에서 깨어 개의 모양을 보고 슬프게 여겨 노래를 지어 이 슬픈 정을 쓰고, 무덤을 만들어 장사를 지내 주고 지팡이를 꽂아 사실을 기록했다. 그런데 지팡이는 나무가 되었으므로 그 땅을 오수(獒樹)라고 이름을 지었다. 악보(樂譜) 가운데 〈견분곡(犬墳曲)〉이 이것이다. 훗날에 어떤 사람이 시를 짓기를,

> 사람은 짐승이라 불리는 것 부끄러워하지만
> 공공연히 큰 은혜를 저버린다네.
> 사람으로서 주인 위해 죽지 않으면
> 개보다 나을 것이 무엇이겠나

라고 했다. 진양공(晉陽公)이 문객들에게 그 전기(傳記)를 지어 세상에 행하도록 하였으니, 세상의 은혜를 받은 자들에게 갚을 줄 알도록 하기 위한 것이다.

십이도(十二徒)[82]의 관동(冠童)들이 여름철마다 신림(山林)에 모여서 공부를 하고 가을이 되면 헤어졌는데 용흥사(龍興寺)·귀법사(歸法寺) 두 절에 많이 왔었다.

어느 날 저녁에는 가을 하늘에 달이 명랑하여 서늘한 기운이 사람을 엄습했다. 사직(司直) 함순(咸淳), 선달(先達) 이담지(李湛之), 선달 옥화우(玉和遇) 등이 관동 예닐곱을 거느리고 귀법사(歸法寺) 돌다리에 모여서 조그마한 술자리를 열고 옛사람의 운을 써서 시를 읊었다. 이담지가 부르기를,

　　여름 더위는 바람이 쓸어가고
　　가을 뜻은 달이 품고 오는도다

라고 했다. 함순과 옥화우는 모두 깜짝 놀라서 저절로 굴복하고 말았다. 이 소문을 들은 자가 웃으며 말하기를,

"그것은 임춘 선생의 글귀다. 취리(醉李)가 몰래 표절한 것인가, 아니면 우연히 뜻이 합치된 것인가. 어째서 독옥(毒玉)이 알지 못하고 스스로 굴복하였는가"

라고 했다. (이담지는 술을 절제 없이 함부로 마시고, 옥화우는 고집이 세어 남과 어울리지 않았으므로 당시 '취리, 독옥'이라고 불렸다)

---

82) 십이도 : 십이공도(十二公徒)의 준말. 고려 문종(文宗) 이후의 12사학(私學)의 생도를 총칭한 말이다.

　장원(壯元) 백득주(白得珠)가 완산서기(完山書記)가 되었
다. 안렴사가 바야흐로 대궐로 들어가면서 절구 한 수를 남
겼다. 백 장원은 즉시 화운하기를,

　　성사(星使)[83]님 임금님께 조회 간 뒤에
　　유영(柳營)[84]에는 속절없이 봄이 온다네.
　　무정한 푸른 풀도 원망하는데
　　유정한 사람이야 오죽하겠소

라고 하니, 안렴사는 자리를 내려와서 손을 잡고 사례했다.
　그가 벼슬을 버리고 한가롭게 살게 되자, 진강공(晋康公)이
그의 재주를 듣고 불러서 부채에 글귀를 쓰게 했다. 백 장원은
글씨가 단정, 화려하고 붓을 놀리는 것이 번개처럼 빨랐다. 부
채를 받고는 즉시 쓰기를,

　　강산은 위(魏)나라 보배 아니니
　　의지할사 신릉군(信陵君)[85]뿐인데

---

83) 성사 : 임금의 사절(使節).
84) 유영 : 장군이 있는 진영. 주아부(周亞父)가 장군으로서 세류(細
柳)에 진영을 친 데서 온 말.
85) 신릉군 : 전국시대 위나라 소왕(昭王)의 아들. 신릉(信陵)은 그
의 봉호(封號).

이문(夷門)의 늙은이[86]에게 예절 차리고
십만 군대 한 손에 장악하였네

라고 했다. 진강공이 좌우를 돌아보고 말하기를,
　"참으로 주필(走筆)[87]이구나"
라고 했다.

38

학사 이 미수가 대금(大金)에 사신으로 가서 〈어양회고(漁
陽懷古)〉에 차운하기를,

무궁화꽃은 푸른 산봉우리에 나직이 비치고
아침 술은 흰 얼굴에 처음 취하는구나.
춤 파한 고운 치마, 즐거움 부족한데
하루 아침 천둥 비에 저룡(猪龍)[88]을 보내도다

라고 했다. 후에 사성(司成) 이백전(李百全)은 서장관(書狀
官)이 되어 원나라에 들어가서 여기에 화운하기를,

---

86) 늙은이 : 전국시대 위나라의 은사 후영(侯嬴). 나이 70세에 이문
(夷門)의 문지기를 한데서 온 말.
87) 주필 : 붓을 재빠르게 놀려서 쓴다는 말.
88) 저룡 : 당나라 현종 때의 안록산(安祿山).

아모사(鵝毛寺) 뒷봉우리에 한 번 오르니
녹산(祿山)이 여기서 군사 훈련하였어라.
그로 하여 양귀비(楊貴妃 · 鷄頭肉)만 빼앗으려 했을 뿐인데
다투어 임금되기 이 어찌 바라겠는가

라고 하고, 또,

여산(驪山)[89]의 옥예봉(玉藝峰)에 잔치자리 베푸니
부용(芙蓉)은 술에 취한 얼굴 같구나.
아지 못하노라, 지금도 명타사(明駝使)[90] 있어
천리에서 은근히 서룡(瑞龍)[91]을 보여 주려나

라고 했다. 미수가 고사를 인용함에는 반드시 말을 맑고 새
롭게 했으나 무궁화꽃〔槿花〕 일에는 말은 새로워도 뜻은 절
실하지 않고, 그가 차운한 봉(峰) · 용(龍) 두 글자는 매우 훌
륭하다.
  옥당 진화, 봉산(蓬山) 이윤보가 같이 궁궐에서 수직하게
되었다. 그때, 전에 원나라에 서장관으로 들어갔다 온 사람
이 있어 말하기를,
  "광녕부(廣寧府)의 길 옆에 십삼산(十三山)이라는 산이 있

---

89) 여산 : 진시황의 무덤이 있는 섬서성(陝西省) 임동현(臨潼縣)의
지명.
90) 명타사 : 당나라 때 역체(驛遞)의 하나. 주로 낙타를 가지고 충
당했음.
91) 서룡 : 서룡뇌(瑞龍腦)의 준말.《양태진외전(楊太眞外傳)》에 보
면, 교지(交趾) 땅에서 서룡뇌를 바쳤다고 했다.

는데, 오가는 손님들의 제영(題詠)이 자못 많았으나 모두 얕고 속되어 적실하게 말해내지 못했으므로 두 분에게 읊기를 청하는 것이오"
라고 했다. 옥당은 즉시 붓을 잡고 이르기를,

  열두 무산(巫山)[92]은 이름만 들었는데
  역로(驛路)에서 한가로이 자는 낮잠 시원하구나.
  뼈만 남은 한 봉우리 운우(雲雨)에 고달픈데
  옆 사람들은 몽혼(夢魂) 길다 응당 웃으리

라고 했다. 이윤보는 이르기를,

  육칠산 푸르게 높이 솟았는데
  밝고 푸른 좋은 기운 사신 수레 비치네.
  (사신들이 오가는 길에 다다라 있다)
  지금부터 숭악산(嵩嶽山)은 좋은 이름 줄어져
  기이한 봉우리는 스물세 개 뿐이네

라고 했고, 또,

  소년들은 등산하기 좋아해
  형·무·대·화(衡巫岱華) 네 산 사이 다 밟고 지나갔네.

---

92) 무산 : 사천성(四川省) 무산현(巫山縣)에 있는 산으로서 모양이 무(巫)자와 같다.

오로(五老), 팔공(八公)[93]들은 유람 두루 못해서

여기 숨어 이 속을 아낄 줄 몰랐었네

라고 했다. 진의 시는 뜻을 주로 했고, 이의 시는 말을 주로
했으므로 말을 주로 한 두 수의 시가 뜻을 주로 한 한 수의
시만 못하다.

39

낭관(郎官) 최인전(崔仁全)이 국자감(國子鑑)의 박사(博
士)가 되었을 대 〈동성종제견증시(同姓從弟見贈詩)〉에 화운
하기를,

앞뒤로 장원급제한 세 분의 상국인데

인각(麟閣)[94]에는 네 공신이 잇따라 드날렸네.

한 집안에 거룩한 일 천고에 드문데

뒤를 이어 이럴 사람 그 누가 있을손가

라고 했다. 대개 문헌공(文憲公)[95]은 문과에 장원으로서 정묘

---

93) 팔공 : 한나라 회남왕(淮南王) 유안(劉安)의 여덟 손님. 그들은
신선이었다고 전한다. 즉 좌오(左吳)·이상(李尙)·소비(蘇秘)·전
유(田由)·모피(毛披)·뇌파(雷破)·오피(伍被)·진창(晉昌).
94) 인각 : 기린각(麒麟閣)의 약어. 한나라 선제(宣帝)가 공신(功臣)
11명의 초상을 그려 이 각에 걸어 두었다. 뒤에 공신의 초상을 보관
하는 집을 기린각이라고 했다.

(靖廟)의 사당에 배향되어 공신이 되고, 그의 아들 문화공 또
한 장원으로서 문묘(文廟)에 배향되고, 그의 손자 중서령(中
書令) 사추(思諏)는 숙묘(肅廟)의 사당에 배향되고, 현손(玄
孫) 평장사(平章事) 윤의(允儀)는 의묘(毅廟)의 사당에 배향
되고, 7대손 평장사 홍윤(洪胤)은 또한 용문(龍門)의 상객(上
客)이며, 그 외에도 장원은 아니면서 재상의 자리에 앉은 사
람이 10여 명이었다. 인전(仁全)도 역시 문헌공의 후손이다.

40

사관(史官) 이윤보(李允甫)가 수직을 할 때 옥당(玉堂) 진
화(陳澕)와 〈유월궁(遊月宮)〉을 지어 읊기를,

달은 긴 바람 타고 푸른 허공 떠도는데
유리(瑠璃)를 깎아내어 나는 수레 만들었구나.
광한궁(廣寒宮)⁹⁶⁾ 넓은 전(殿)은 둥글어 천리인데
선녀가 타는 난새, 뜰 아래 벌여 있네.
하늘 높이 신선의 풍악 소리 울리고
바람에 예상(霓裳) 나부끼니 옥고리 소리 울리네.
흰 토끼는 약 찧기 몇 가을 지냈던가
약 만들어 항아(姮娥)들에게 도둑맞지 않았어라.

---

95) 문헌공 : 고려 최충(崔沖)의 시호.
96) 달 속에 있다는 가상의 궁전.

이슬에 버무려서 신선에게 바치고

하늘 목구멍[天喉]으로 씹어 내리니 얼음 같도다.

신선은 하늘에서 영원히 살면서

인간 향해 내뿜어서 뜨거운 열 덜어 주네.

묘한 솜씨로 궁(宮) 다듬어 8만 가지인데

옥토끼는 늘어서서 빗장을 지킨다네.

거닐어 푸른 하늘 멋지게 높고

하늘 박[天瓢]으로 백옥 가루 실컷 마셨네.

부러워라, 저 공원(公遠)은 은다리를 거쳐서

삼(參) 별 만져 보고 북두(北斗) 자루 뛰어넘네.

성하(星河)[97]는 내려와서 우랑(牛郎)[98]의 어깨 치고는

경화(瓊華)[99]를 밟아 쥐고 손수 꿰매는구나.

청도(淸都)[100]는 쳐다볼 뿐 잡을 수 없어

밤마다 머리 돌리니 마음이 끊어지는 듯하여라

라고 했다. 관각(館閣)의 여러 학사들이 진화의 시는 맑고 왕
성하여 훌륭하고, 이윤보의 시는 말은 비록 청한(淸寒)하나
자질구레하여 못하다고 했다. 진화의 시는 잃어버리고 없다.

---

97) 성하 : 은하수.
98) 우랑 : 견우성(牽牛星).
99) 경화 : 선비의 복장.
100) 청도 : 천제(天帝)가 사는 곳을 말함.

41

운지(雲之)는 어떠한 스님인지 알 수 없다. 장차 강남(江南)으로 돌아갈 적에 이유지(李由之)에게 시를 받고 사관과 한림원에서 면면이 뵙고 화운을 매우 간절하게 청했다. 사관 한림원의 여러 사람들이 각각 한 편씩 화운하여 주었다. 사관 이윤보는 차운하기를,

한 조각 뜬구름은 집이 어디메뇨
골짜기에 들었다간 무심히 다시 나오는데
아침에는 태화(太華)[101]에서 헌구(軒丘)[102]를 건너오고
저녁이면 회계(會稽)[103] 향해 우굴(羽窟)[104]로 돌아가네.
바람 따라 만리를 끝없이 노닐면서
소낙비 짓지 않고 그대로 사라지네.
구름 스님, 구름 성품, 또한 구름 몸으로
번화한 서울 싫어서 월(越)나라로 가는구나.
내 비록 강남 놀음 알지 못하나
강남의 좋은 경치 말할 순 있네.
푸른 대는 봄빛을 머물러 있고

---

101) 태화 : 산 이름. 신선이 산다는 곳.
102) 헌구 : 산 이름.
103) 회계 : 산 이름. 춘추전국시대에 월나라 임금 구천(句踐)이 오나라 임금 부차(夫差)에게 패해서 성하(城下)의 맹(盟)을 맺은 곳.
104) 우굴 : 신선이 산다는 굴.

누런 귤은 겨울철 지나는도다.

스님은 젊을 적에 마음대로 찾아 노소

늙어지면 단칸방에 살게 될 뿐이라네.

훌륭한 글 손수 갖고 내게 보이기에

그대 위해 속세 글씨로 하나하나 차운하네.

붓끝에 있던 입이 마침내는 없어지니

부처가 마음이요, 마음이 부처라네

라고 했다. 학사 이 미수는 이것을 보고 이윤보의 시가 제일
이라고 했다.

42

조계(曹溪)의 한 장로(長老)가 와서 묻기를,

"보궐(補闕) 이양(李陽)의 시격(詩格)과 문 선사(禪師)와
누가 더 낫습니까"

하기에 대답하기를,

"서로 비슷하다"

라고 했다. 장로가 또 묻기를,

"이 보궐의 시에 '새벽 종소리 울리니 동문(洞門)은 차갑
구나' 라고 하고, 이 평장(平章)은 '경쇠 소리 맑게 끊어지니
석문(石門)이 차갑구나' 라고 했습니다. 누구의 시가 제일 좋
습니까"

라고 한다. 나는 대답하기를,

"모두 청한(淸寒)의 한 격식은 얻었으나 보궐의 시는 평장
과 같은 유이다"
라고 했다. 장로가 말하기를,
"그들의 시가 얕고 쉬워서입니까?"
라고 하기에 나는 대답하기를
"용렬한 말과 옹졸한 글귀는 얕고 쉽다고 말할 것조차 못
된다"
라고 했다. 장로가 또 말하기를,
"보궐의 문집은 이미 세상에 퍼지고 있습니다. 그 문장이
보궐보다 더 훌륭하면서도 가집(家集)이 없는 이가 누가 있
습니까?"
라고 하기에 내가 대답하기를,
"중고(中古) 이상의 명현들은 이루 다 셀 수 없고, 금세에
는 오 선생(先生)[105] 형제·안 처사(安處士)[106]·진 보궐(補
闕)[107]·유승단·김극기·이담지·이윤보 등 많은 분들이 보
궐에 비해서는 하늘과 땅처럼 현저한 차이가 있다. 그런데,
당시 알아서 모아 준 사람이 없었으므로 유고(遺稿)가 모두
흩어졌다"
라고 했다. 이 말을 듣고 장로는 석연치 못하게 여겼다.

---

105) 오세재(吳世材).
106) 안치민(安置民).
107) 진화(陳澕).

 대제(待制) 이순목(李淳牧)이 옥당에 당직(當直)을 할 적
에 한림원의 여러 학사들과 운각(芸閣)[108]에 모였다. 술이 취
하게 되어 여러 학사들이 인(鱗)자를 넣어 주필을 청하니, 즉
시 흰 병풍에 쓰기를,

　　봉지(鳳池)의 물결은 파랗게 넘실거리는데
　　소나무 기슭은 천 년에 몇 봄을 지냈는가.
　　옥수레[玉輦] 순행 않은 지 30년이라
　　꽃에 가린 좋은 경치 누구에게 맡기려나

라고 했다. 온 좌중은 그 뜻을 알지 못했다. 술이 깨게 되었
는데 이 대제도 그렇게 쓴 뜻을 몰랐다.
　그 뒤 6년 만에 화산(花山)[109]으로 도읍을 옮겨 이 시가 곧
증험되었으니, 귀신이 이순목의 손을 빌려 그렇게 시킨 것인
가. 다만 30년이란 말의 뜻은 알 수가 없으니 마땅히 후일을
기다려 봐야 할 것이다.

---

108) 운각 : 교서관(校書館).
109) 화산 : 강화도(江華島)의 옛 이름.

낭관(郎官) 이담지(李湛之)가 문 상국에게 올린 시에,

> 달 아래 복숭아는 탐스럽고
> 바람 앞에 살구는 신선한데.
> 얼음 골짝에 남아 있는 오얏만이
> 파리하게 봄을 만나지 않았어라

라고 했다. 정숙공(貞肅公)의 소명(小名)은 송(松)자가 있었고, 급제 김태신(金台臣)의 소명은 곧 죽(竹)이었다. 정숙공이 정승이 되자 태신이 시를 바치기를,

> 말 들으니 산 속에 소나무[十八公]가
> 몇 년 새 대부(大夫)의 봉함[110] 받았어라.
> 차군(此君)[111]의 친한 친구 그대뿐이니
> 은근한 정 갚기 위해 조룡(祖龍)에게[112] 천거하게나

라고 했다. 근래에 급제 유보(柳葆)가 사인(舍人) 박훤(朴暄)에게 올리기를,

---

110) 봉함 : 진시황(秦始皇)이 나무에 대부(大夫)의 직함을 주었다.
111) 차군 : 대나무의 별명.
112) 조룡 : 진시황의 별명.

자미화(紫薇花) 아래 신선 이슬로

인간의 만 그루 나무, 붉게 만들어내는데

동문(東門)의 한 가지 버드나무만이

해마다 좋은 봄바람 헛되이 보내는도다

라고 했다. 예나 지금이나 성명의 글자로써 물건에 비유하여
시를 지은 사람이 자못 많다. 이것은 비록 이미 낡은 체였으
나 처음 보니 마치 새로 구상한 뜻이 있었다. 태신이 조룡(祖
龍)이라고 말한 것은 쓰지 못할 문구이다.

45

보궐 진화(陳澕)가 옥당에 처음으로 당직할 때 한림(翰林)
손득지(孫得之), 사관(李史官) 이윤보(李允甫), 동문(同文)
이백순(李百順), 전 한림 윤우일(尹于一) 등 육관(六官)[113]의
재준(才俊)들이 모두 한자리에 앉아 있어 운을 내서 부채를
읊게 하였다. 보궐 진화가 즉시 붓을 뽑아 쓰기를,

서풍선(犀楓扇)으로 바람 부쳐 보려는데

불덩이 여름 하늘 얼음 절로 어는구나.

더위 물러가니 파리는 얼씬하기 어려운데

가을 돌아오니 기러기는 나란히 나는도다.

---

113) 육관 : 중앙 행정 기관. 즉 치(治)·교(敎)·예(禮)·병(兵)·
형(刑)·사(事)를 나누어 맡은 여섯 관청.

작은 연꽃은 손바닥 위에 뒤집히고
둥근 달은 옷깃 앞에 떨어진다.
항상 일컫던 군사 지휘하는 장군이
일찍이 그림의 물 신선을 따라다녔네.
새로 바른 집은 눈조각처럼 깨끗한데
낡은 자루는 연기 아직 머금었어라.
왕안석(王安石)은 어진 바람〔仁風〕이 밀고
왕희지(王羲之)는 취한 글씨 미친 장난이었네.
그림 희미하니 비단쪽 남은 여자인데
은혜 엷으니 서늘함을 원망하는 매미이네.
차가운 자리에서 구경할진대
양주(楊州)의 백만전(百萬錢)을 원하겠노라

라고 했다. 온 좌중이 진의 시가 아름답지 못하다 하고, 이에 각자가 구음(口吟)을 읊어 시로 다듬어서 성적을 매기기로 약속했다. 한림 손득지는 이르기를,

가지기를 잠시인들 쉴 것인가
나들이에 언제나 먼저 가네.
노래하는 입술 밖엔 세로 세우고
취한 무릎 앞에 가로 펼치네.
대나무〔汗靑〕는 둥글어 거짓달인데
종이〔沫碧〕는 깨끗하여 참신선이네

라고 했다. 온 좌중이 모두 장난으로 이르기를,

"가지다[携持]의 한 연구는 너무 상식적이고 대나무[汗
靑]·종이[沫碧] 구절은 특별하나 생소하구나"
라고 했다. 이 동문은 이르기를,

글씨는 비연(飛燕)[114]으로 인해 중해지고

그림은 계룡(季龍)으로부터 비롯됐네.

비단 장막을 흔들어 물결 뒤집는데

낭포(浪庖)는 두드려 연기 나부낀다.

찬 기운 헤쳐내니 더위에 깬 쥐인데

서늘함 드날리니 조촐함 실컷 마신 매미일세

라고 했다. 윤우일은 이르기를,

달은 둥글어 지금도 옛날 같은데

시의 대구는 뒤의 것이 앞의 것 잇는다네.

나부껴 털어내니 몸은 깨끗해지고

바람 불어 서늘하니 뜻은 신선되려 하는구나.

그림은 고씨(顧氏)[115]의 절품(絕品) 남길 것이나

글씨야 장씨(張氏)[116]의 초시 요구치 않으리

---

114) 한(漢)의 조비연(趙飛燕). 성제(成帝)의 후(后)임.
115) 화가 고개지(顧愷之)의 절품(絕品) 그림.
116) 초서에 능했던 장욱(張旭)은 술을 즐겨 마셔서 항상 취해 미친
듯했고 또 글씨를 쓸 적엔 머리를 먹에 적셔 쓰기도 했기 때문에 그
를 장전(張顚)이라 부른다.

라고 했다. 좌중이 말하기를,

　"찬 기운 헤쳐내다〔攤冷〕와 서늘함 드날리다〔揚冷〕의 구절은 말뜻이 맑고 새로우며, 윤우일이 지은 세 글귀는 원숙(圓熟)하여 문장력이 있다"
라고 했다. 이 비서(秘書)는 이르기를,

　　　푸른 달은 애기하는 자리 위에 비치고
　　　맑은 바람은 효성스런 베개〔孝枕〕[117] 앞에 부는구나.
　　　붉은 부엌〔丹竈〕[118]은 불길을 재촉하고
　　　푸른 누〔靑樓〕[119]에는 사향 연기 쓰는구나.
　　　반(盤) 위 파리는 그림자 따라 흩어지고
　　　들 말〔馬〕은 바람에 쏘여 쓰러진다.
　　　그림에는 갈대와 오리〔蘆鴨〕 그리는 것 좋지만
　　　사(詞)에는 버들과 매미 인용하는 것 금한다네

라고 했다. 한 유원(留院)은 이르기를,

　　　나비는 비낀 노을 밖에서 춤추고
　　　고기는 여울 물결 앞에서 뛰는구나.
　　　땅은 도리어 청서전(淸暑殿)인데

---

117) 효침 : 동한(東漢) 때 황향(黃香)이 효성이 지극하여 여름에 아버지 베갯머리에서 부채질을 했으므로 이렇게 썼다.
118) 단조 : 신선의 약을 달이는 부엌.
119) 청루 : 무제(武帝)가 광루(光樓)를 세우고 그 위에 푸른 칠을 했다 해서 세상 사람들이 청루라고 했다.

사람은 곧 광한(廣寒)의 신선이네.
저녁에는 난초 불길 막고
아침에는 혜초(蕙草) 연기 옹호하는도다

라고 했다. 좌중이 말하기를,

"이 비서의 시에 갈대와 오리는 어찌 작은 부채에 그릴 것인가. 세 글귀에 다 벌레와 새를 인용했고, 푸른 달〔碧月〕의 한 연구만이 구법(句法)이 맑고 좋을 뿐이다. 한 유원의 나비와 고기는 달을 읊은 것이며, 부채는 없으니 사실을 잃었고, 청서(淸暑)의 한 연구는 사람과 땅을 바로 인용하였으므로 말과 사실이 소원(疏遠)하다"
라고 했다. 이 동관(東觀)은 이르기를,

바람은 사국(史局)의 땅에서 일고
달은 고원(誥院)의 하늘에서 움직이네.
문자 제작은 복희(伏羲)[120] · 헌원(軒轅)[121]의 뒤인데
추위와 더위는 상제(象帝)[122]보다 먼저라네.
신의는 송백(松柏) 뒤에 멀어지는데
공은 비강(粃糠) 앞에 오는 것 작게 여기네.
긴 털이개 잡은 것보다 더 가볍고
그네 뛰는 것보다 더 서늘하구나.

---

120) 복희 : 중국 고대 전설상의 임금. 처음으로 문자를 만들었다고 한다.
121) 헌원 : 황제(黃帝). 역시 중국 고대 전설상의 임금.
122) 상제(上帝)보다 먼저 났다는 전설상의 임금.

깎은 파초는 봉우(鳳雨)인가 의심쩍고
휘두르는 우선(羽扇)[123]은 봉홧불 쓸어내네.
열 깨뜨리니 살결은 씻은 듯하고
서늘함 드날리니 손은 떠는 듯하네.
허리 부치니 띠의 봉황 흔들고
머리 부치니 관의 매미 기울었네.
원컨대 신선의 맑은 힘 빌어다가
세속의 더러운 돈 몰아내련다

라고 했다. 좌중이 말하기를,
　"셋째 연구는 더욱 아름답다"
라고 하고 이 시로써 제일로 삼았다. 윤우일은 말하기를,
　"이 시의 뜻은 처음은 깊고 뒤는 얕으니 이것은 격이 거꾸
로 된 것이다"
라고 했다. 그때 문순공이 한림이 되었는데, 맨나중에 와서
쓰기를,

내가 답답한 열 씻기 위해
우물 속 하늘 잠겨 볼까 했는데
두 손으로 잡아온 뒤엔
육관(六官)들 앞으로 흔들고 오네.
고주(高廚) 아래 이미 가까워지니

한(漢)의 의장 앞에 진열할 만하도다.

휘갈긴 초서는 안개 서렸고

색칠한 그림은 연기 뽀얗다.

모기 몰아내니 천둥소리 조용하고

나비 없어지니 눈[雪·나비] 장차 떨어지네.

나부끼는 것 학의 머리인데

가벼울사 살짝 희롱하는 매미이네.

문학관(文學館)의 여러 선비 다투어 읊는데

어느 누가 일등 되어 청전(靑錢)124)이라 불리려나

라고 했다. 이에 온 좌중이 탄복하여 다시 나무라는 말이 없었다. 문순공은 말하기를,

"이 동관의 풍생(風生)·제작(制作)·신소(信疎)의 세 연구(聯句)는 참으로 노두(老杜)125)의 시다. 나의 시는 어림도 없다"

라고 했다. 이 사관은 말하기를,

"그대의 정(井)을 부채로 비유한 것은 더욱 묘하고, 고주(高廚)·한장(漢仗)을 인용하여 궁중의 부채를 말한 것도 묘하다. 내 시가 어찌 이와 겨룰 수 있겠는가"

라고 했다.

---

124) 청전 : 돈.
125) 노두 : 당나라 시인 두보(杜甫)를 말함.

학사 이 미수가 말하기를,

"문을 닫아걸고 깊이 틀어박혀서 황산곡(黃山谷)[126] · 소동파(蘇東坡) 두 문집을 읽은 뒤에 말이 힘차고 운이 또랑또랑해져서 시를 짓는 요결(要訣)을 얻었다"

라고 했다. 문순공은 말하기를,

"나는 옛날 사람들의 말을 따르지 않고 새로운 뜻을 지어냈다"

라고 했다. 당시 사람들은 이 말을 듣고 말하기를,

"두 분의 공부한 바가 같지 않다고 하니 잘못이다. 그 곤오(壼奧)[127]함은 비록 다르나 공부한 바는 모두 한가지이다"

라고 했다. 어째서 그런가, 학자들이 경사 백가(經史百家)를 읽는 것은 뜻을 깨달아 도를 전하는 데에 그치는 것이 아니라, 장차 그 말을 익히고 그 체를 본받아서 마음에 배고 작문에 능숙해져서 읊을 적에는 마음과 입이 서로 응하여 말만 내면 문장이 되게 하려는 것이다.

그러므로 글을 써서 서툴고 껄껄한 말이 없으며, 그 옛날 사람들의 말을 따르지 않고 스스로 새롭고 놀랄 만한 글귀를 냈다는 것도 뜻을 구상하고 문장을 만드는 것만 그럴 뿐이다. 두 분이 말한 것이 같지 않은 것은 이와 같을 따름이다.

---

126) 황산곡 : 송(宋)나라 유명한 시인 황정견(黃庭堅).
127) 곤오 : 사물의 아주 깊은 곳.

시문은 기(氣)를 주장으로 삼는다. 기는 성(性)에서 발(發)하고 뜻은 기에 의지하며, 말은 정에서 나오므로 정이 곧 뜻이다. 그러나 신기한 뜻은 말을 만들기가 더욱 어려우므로 서둘면 더욱 생소하고 조잡해지는 것이다.

비록 문순공이라 할지라도 경사 백가를 두루 봐서 몸에 푹 배었기 때문에 그 말이 저절로 풍부하고 아름다웠던 것이다. 비록 새로운 뜻으로 지극히 작아서 형용하기 어려운 곳도 남김없이 다 표현했지만 모두 정숙(精熟)했던 것이다. 일찍이 〈명황(明皇)[128]의 염노(念奴)〉[129]를 읊기를,

> 임금 뜻 오로지 옥환(玉環)[130]만 돌보는 것
> 아직도 염노(念奴) 얼굴 예쁜 줄 알았었네.
> 사랑 만일 고루하여 사람 비방 나누었던들
> 노갈(老羯)[131]이 무슨 명목으로 난리 감히 지었겠나

라고 했다. 비록 옛날 사람들에게 요행히 이러한 새로운 뜻을 짓게 했다고 하더라도 그 말 만듦이 이처럼 용하지는 못했을 것이다.

대개 재주가 그 정을 이기면 비록 아름다운 뜻은 없으나 말은 오히려 원숙(圓熟)하고, 정이 그 재주를 이기면 말이 낮고 촌스러워져 아름다운 뜻이 있음을 알지 못하는 것이다.

---

128) 명황 : 당나라 현종(玄宗).
129) 염노 : 당나라 때 기생. 여기에서는 양귀비를 말함.
130) 옥환 : 양귀비의 소명(小名).
131) 노갈 : 당나라의 무장(武將) 안록산을 말함.

그러므로 정과 재주를 아울러 얻은 뒤에라야 그 시를 볼 만한 것이 된다. 문안공은 말하기를,

"오세재 선생은 재주와 학식이 아주 뛰어났어도 일찍이 유편(類篇)을 얻어서 보고 말하기를, '학문을 하려면 이것을 보는 것보다 더 급한 일이 없다' 하고 손수 베껴서 다 외웠다"

고 했다. 무릇 작자는 먼저 자본(字本)을 자세히 살펴봐서 모든 경사 백가에 쓰인 것을 참작하여 붓을 들면 곧 말이 정강(精强)하여 얻기 어려운 교묘한 말도 능히 낼 수 있도록 해야 한다. 말이 만일 정하고 강하지 못하면 아무리 고상한 정과 호방한 기가 있어도 드날리는 바가 없어 끝내는 옹졸하고 조잡한 시와 문장이 된다.

사관 이윤보는 학식이 정밀, 해박하여 시와 문장이 모두 밑둥이 있었다. 일찍이 후학들의 글자 두는 것과 말 만드는 것을 보고 웃기를,

"과거에 응하기 위한 버릇을 말끔히 씻은 뒤에 문장을 가르칠 수 있다"

고 했다. 지금 후배들은 그때보다도 훨씬 못하면서 으레 독서는 일삼지 않고 빨리 과거에 급제하기만 힘쓴다. 과거(科擧)의 알기 쉬운 글을 익혀 요행히 급제하면 학업은 더 힘쓰지 않고 오직 청(靑)을 내어 백(白)을 짝지우고, 하나를 세워 둘로 대를 맞추며, 생소한 것은 다듬고, 성긴 것은 잘라내는 것만으로 잘한 것으로 여길 뿐이다.

그러므로 앞사람의 시문을 보다가 아정 간고(雅正簡苦)한 것은 곧 질박(質朴)하여 본받기 어렵다 하고, 웅심기험(雄深奇險)한 것은 곧 문장이 변화가 많아 알기 어렵다고 하고, 굉

섬화유(宏瞻和裕)한 것은 곧 소활하여 묘하지 못하다고 하면서 도무지 생각해 보려 하지도 않는다.

그런데 지금 사람의 시문을 보다가 지금이나 옛날에 이미 발표한 말뜻으로 다시 읽어서 그 말이 낯설고 약하며, 천하고 촌스러운 것에 이르러서는 모두 맑고 아름답다고 하며, 혹은 경고(警苦)하다고 하여 자못 보는 시문에 뻣뻣한 것이 있음을 알지 못하여 내 마음에 들지 않는 것은 말하기를, 이것은 자기의 이르지 못할 곳이라 하여 이리저리 자세히 열람하여 그 맛을 얻게 된 뒤에 그만둔다.

아! 시대의 문장이 크게 변하여 비천(鄙賤)하기에 이르고, 비천한 것이 한 번 변하여 배담(俳談)에 이르렀으니 마지막에는 어떻게 될는지 모르겠다.

근세에 동파(東坡)를 숭상하는 것은 대개 그 기(氣)와 운(韻)이 호매(豪邁)하고 뜻이 깊고 말이 깊으며, 고사를 인용함이 회박(恢博)하여 그 문체를 거의 본받을 수 있음을 사랑한 것이다. 그런데 지금 후진들은 동파집을 읽으면서 본받아서 그의 풍과 격을 얻으려는 것이 아니라 다만 증거를 삼아 이것으로 고사를 인용하는 도구로 삼으려 할 뿐이다. 표절(剽窃)도 인도할 수 없는데, 하물며 두보를 배워 그의 파란(波瀾)을 얻을 수 있겠는가. 문안공은 항상 말하기를,

"무릇 국조(國朝)의 제작(制作)에서 고사를 인용하려면 문장에는 육경(六經)과 삼사(三史)[132]이며, 시에는 《문선(文

---

132) 삼사 : 《사기(史記)》·《한서(漢書)》·《후한서(後漢書)》의 세 가지 역사책.

選)》, 《이백집(李白集)》, 《두보집(杜甫集)》, 《한유집(韓愈集)》, 《유종원집(柳宗元集)》이요, 이 외의 제가의 문집은 증거로 인용해서는 안 된다"

라고 하고, 또 말하기를,

"지극히 묘한 말은 오래 씹어야 맛을 알게 되고, 속되고 천박한 작문은 한 번 봐서 곧 즐겁다. 학자는 글을 볼 적에 푹 읽고 깊이 생각하여 뜻을 얻는 데에 이르기를 기약해야 한다"

고 했다. 문순공은 말하기를,

"지난 번에 내가 《구양공집(歐陽公集)》을 처음 보고 그 풍부함을 사랑했고, 두 번째 보고는 아름다운 곳을 알아냈고, 세 번째 와서는 손을 꼽고 탄복했다. 또 《매성유집(梅聖兪集)》[133]을 보고 마음으로 적이 가벼이 여겨 고금에 시옹(詩翁)으로 불리게 된 까닭을 몰랐더니 지금에 와서 보니 겉으로는 나른하고 약한 듯하나 가운데 뼈가 들어 있어 정말 시중(詩中)의 정수[精雋]였다. 매성유의 시를 안 뒤에야 시를 안다고 할 수 있다"

라고 했다. 또 말하기를,

"옛날 사람들이 시를 평론한 뜻이, 늙어갈수록 점차 자세해져서 맛을 내 마음에 얻지 않음이 없었으나 사공(謝公)[134]의 못에는 봄풀이 나는구나' 라고 한 시는 아름다운 것을 모르겠다"

라고 했다. 공의 말이 오히려 이와 같으니 아는 사람이 누구

---

133) 매성유 : 송나라 때 매요신(梅堯臣). 자가 성유(聖兪)임. 시에 능하여 당시 사람들의 찬양을 받음.

134) 사공 : 남송(南宋)의 사영운(謝靈運). 서화에 능하고 문장이 당시 강호(江湖)의 으뜸임.

이겠는가.

　지금 억측으로 논하는 사람이 있어 말하기를,

　"이 글귀는 말을 낸 것이 천연(天然)하여 새로 난 봄 뜻과 신록(新綠)이 처음 돋아나는 시상(詩想)이 그대로 다섯 글자 속에 있다"

라고 하고, 어떤 이는 말하기를,

　"봄빛이 따뜻하게 넘치고, 물상(物像)이 화려하고 순수하여, 온화하고 부드러운 말이 저절로 흘러나온 것이니 이것을 취한 것이다"

라고 했다. 이 뜻을 어찌 공이 모르는 곳이 있겠는가. 반드시 얻지 못할 뜻과 기운이 그 사이에 있는 것이요, 그렇지 않으면 말한 사람이 지나친 것이다.

　이 미수는 소년 시절에 지은 〈송춘시(送春詩)〉·〈고석벽라정시기(孤石碧蘿亭詩記)〉는 모두 사람들의 입에 오르내리지 않음이 없었으므로 이 때문에 이름이 독보(獨步)가 되었던 것이다. 한림이 된 이후에 전에 지은 것을 보고 매우 비천(鄙賤)하게 여겨 사람들이 말하는 자가 있으면 곧 부끄러워서 모두 이것을 태워버렸으므로 가집(家集) 속에 편집되지 않았다. 문순공은 항상 사람들에게 일러 말하기를,

　"나는 평생 동안 지은 작품이 해마다 진취했다. 지난해에 지은 것을 올해에 보면 가소로웠다. 해마다 이러했다."

라고 했다. 대개 공은 소년 시절에는 주필로 즉시 써서 조금도 구상하지 않은 듯했던 것이다. 그 말이 혹시 시체(詩體)에 가까운 것은 사람들이 모두 전해 베껴서 외우고, 늙고 귀히 되어 한음(閑吟)으로 조용히 읊고 깊이 생각하여 말을 만든 작

품에 이르러서는 학자들이 그 맛을 알아내는 사람이 드물었
다. 그렇다면 시를 알기 어려움은 어렵고도 어렵다.

　내가 소년 시절부터 춘방(春坊)[135]에 입시(立侍)하여 오늘
날에 이르기까지 한 해도 공무의 책임이 없는 해가 없었으므
로 독서를 일삼을 겨를이 없었고, 한갓 얄팍한 학문임을 무
릅쓰고 관리가 되어 벼슬이 학사에 이르렀을 뿐이다. 붓을
잡으니 얼굴에 땀이 나는데 어찌 문장이 좋고 나쁨을 알아
망령되이 붓끝을 놀리겠는가. 다만 노성(老成)한 분을 보고
남긴 의론을 듣게 되었으므로 들은 바를 대강 기록하여 후진
들에게 전해 보일 뿐이다.

---

135) 춘방 : 세자시강원(世子侍講院)의 별칭.

하권

1

어느 일을 벌이기를 좋아하는 사람이 성률(聖律) 칠자련(七字聯)을 모아 이를 평하고, 그것을 상하(上下)로 차례를 만들어 나에게 보이면서 말하기를,

"이 연구(聯句)란 것은 웅심(雄深)하고 기묘(奇妙)하며 고아(古雅)하고 굉원(宏遠)한 시구(詩句)들인지라, 반드시 반복하여 자세히 읽어 오랜 후에야만 진미(珍味)를 맛볼 수 있으므로, 배우는 사람들은 좋아하지 아니하고 공부(工部)[1]의 시와 같은 종류라고 합니다. 지금 여기에 모은 약간의 연구(聯句)들은 모두 한 번 보면 좋아할 말들로서, 한가로움을 메우는데 이바지할 수 있는 것들입니다. 그대는 이를 이어 뒷편에다 더 적어 주십시오"

라고 했다. 그가 평한 것을 보면 모두가 옛사람을 본뜨지 아니하고 새롭게 자기 자신의 헤아림으로써 이를 논했지만 오히려 취할 만한 점이 있어 다음에 열거한다.

---

1) 공부 : 두보. 공부는 그의 관명(官名).

　새로운 경구(警句)로는 문순공의 〈만일사루(萬日寺樓)〉에 씌어 있는,

　　숱한 사람 건너 주고도 배는 홀로 떠 있고
　　호랑이 어르렁거리고 난 뒤에도 새들은 오히려 지저귀느니

와 같은 것이다. 또 함축성이 있는 것은 학사(學士) 예낙전(芮樂全)의 〈한거(閑居)〉에 있는,

　　만리 나그네길 차비에 봄은 이미 저물었고
　　백년 살아갈 마련에 밤은 어이 이리 긴가

와 같은 것이다. 곱고 아름다운 것으로는 문순공의 〈하일즉사(夏日卽事)〉에 있는,

　　촘촘한 잎에 가리운 꽃은 봄이 간 뒤에도 남아 있고
　　엷은 구름 사이로 새는 햇빛은 빗줄기 속에 더욱 밝네

와 같은 것이다. 산뜻하고도 날카로운 것으로는 황조(皇祖)의 〈북산사(北山寺)〉에 있는,

　　난간에 떨어지는 솔방울 소리 또렷이 밤을 깨뜨리고
　　허공에 의지한 산등성은 차가운 가을을 재촉하네

와 같은 것이다. 슬기롭고 힘찬 것은 한림 김극기의 시,

천마(天馬)²⁾의 발은 굳세어 천리도 가깝고
해오(海鰲)³⁾의 머리는 힘이 세어 오산(五山)도 가벼우네

와 같은 것이다. 부귀스러운 것은 좨주(祭酒) 조백기(趙伯琪)
의 시,

꾀꼬리 꽃 사이로 날아드는 별원(別院)엔
생황(笙簧)의 노래 흐느끼고
거가(車駕) 숫을대문에 이르자
검(劍)과 패옥(佩玉)소리 드높다

와 같은 것이다. 정채(精彩)가 있는 것으로는 문순공의 〈감로
사(甘露寺)〉에 있는,

서릿발 햇빛이 비추니 가을 이슬을 더하고,
바닷기운 구름까지 치솟으니 저녁놀을 흩는다

와 같은 것이다. 표일(飄逸)한 것은 진 보궐의 〈강상(江上)〉
에 있는,

바람이 낚시 드리운 늙은이를 불어치니
돛단뱃가에 비가 내리고

---

2) 천마 : 아라비아산의 좋은 말.
3) 해오 : 발해(渤海) 가운데 있는 큰 바다 자라. 그 자라는 신선들
이 살고 있다는 오산(鰲山)을 머리에 이고 있다고 함.

산그림자 갈매기를 물들이니 그림자 밖에는 가을이라네

와 같은 것이다. 청초하고 유원(幽遠)한 것은 황조의 〈북산성
거사(北山聖居寺)〉에 있는,

　　골을 떠나는 흰 구름 베개에 기대어 보내고
　　산에 이른 밝은 달 발을 걷고 맞노라

와 같은 것이다. 기교(奇巧)가 있는 것은 문순공의 〈흥성사
(興聖寺)〉에 있는,

　　달려가는 등덩굴은 구불꾸불하여 지팡이 만들기 어렵고
　　누워 있는 나무는 높아서 사다리 만들기 적합하네

와 같은 것이다. 우의(寓意)한 것으로는 사성(司成) 이백전
(李百全)의 〈동산계정(東山溪亭)〉에 있는,

　　땅이 기울어 거슬러흘러서 비록 북쪽으로 접근할지라도
　　시절이 태평해지면 넘쳐 흘러 동쪽으로 향할 수 있으리

와 같은 것이다. 한가롭게 노니는 것을 읊은 것은 문순공의
〈걸퇴후(乞退後)〉에 있는,

　　세상을 두루 돌아다닌 중은 한가롭게 앉아 있고
　　뭇 낭군을 두루 겪은 기생은 늙어서 물러나네

와 같은 것이다. 호탕하고도 평이한 것은 이 미수의 시,

　　숲 사이로 몇 채의 집 나타났다 사라지고
　　하늘 밖에는 어느 산인지 있다 없다 하네

와 같은 것이다. 맑고 경쾌한 것은 문순공의 〈북사루(北寺
樓)〉에 있는,

　　한가로운 구름은 눈깜짝할 사이에 천 가지 모양 이루고
　　흐르는 물은 언제나 똑같은 소리 내네

와 김 한림의 시,

　　다정한 변방 달은 찼다가 또한 기울어지고
　　대수롭잖은 산꽃은 떨어졌다 또한 피네

와 같은 것이다. 그윽하고도 넓은 것은 김 한림(翰林)의 시,

　　보슬비 떨어지는 황폐한 연못에서 개구리 개골개골
　　바람에 스치는 마른 나무에서 까치 깍깍하네

와, 문순공의 〈홍성사(興聖寺)〉에 있는,

　　눈 싫어하는 추위 타는 고사리는 구멍을 다투는 데 시끄럽고
　　바람 피하는 깊은 숲속 새는 나지막한 가지를 찾아드네

와 같은 것이다. 곱고 산뜻한 것은 김 한림의 시,

> 비 내리니 자줏빛 잔털은 들고사리에 나기 시작하고
> 바람 재촉하니 푸른 싹은 강가 매화나무에 오르기 시작한다

와, 문순공의 시,

> 비 개자 풀빛은 하늘과 연하여 푸르고
> 바람 따스해지자 매화 향기는 재 너머까지 풍기누나

와 같은 것인데, 이 두 연구는 뼈대는 한가지이나 앞의 연(聯)은 그 기상이 날아갈 듯 상쾌하고 활달하다. 정 사인(舍人)의 〈영남사루(嶺南寺樓)〉에 있는,

> 한 시내 밝은 달은 난간에 의지한 밤이요
> 만리의 맑은 바람은 발을 걷은 하늘일세

와, 문순공의 〈북산사(北山寺)〉에 있는,

> 벽에는 석양(夕陽)이 들었는데 날새 그림자 어른거리고
> 산에 가득한 가을달에 스산하게 원숭이 떠들어대네

와, 〈용담사(龍潭寺)〉에 있는,

> 수많은 버드나무 그림자 속에 남북으로 뻗은 길이요

한줄기 흘러가는 시냇물 소리 속에 두세 채의 집이로세

와 같은 것이니, 모두 뼈대는 한가지되 첫째 번 연의 만리의 맑은 바람〔萬里淸風〕이라고 한 말이 더욱 아름답다. 화려하고 고운 것은〔華豊色〕 외왕부(外王父)가 간의(諫議) 이순우(李純祐)에게 올린 시에 있는,

> 고필(誥筆)[4]은 따스하게 홍약(紅藥)의 이슬에 젖고
> 조의(朝衣)는 가볍게 자미(紫薇)[5] 바람에 나부끼네

와, 또한 기 상국(上國)께 올린 시에 있는,

> 옷에 가득한 꽃그림자는 더운 방으로 향하고
> 쪽 곧은 소나무 그늘은 서늘한 집으로 물러나네

라고 한 것과 이 미수의 시,

> 바람에 살랑거리니 패옥 소리는 자금(紫禁)[6]으로 전하고
> 해가 높이 오르니 꽃그림자 홍장(紅牆)으로 오르네

와 또,

> 햇빛은 꽃벽돌에 비치어 취한 걸음 맞이하고

---

4) 고필 : 교서(敎書)를 쓰는 붓.

달빛은 연꽃 모양의 촛불과 어우러져 회랑(回廊)을 비추네

와 〈외왕부〉에 있는,

　　화원(花院)에 비 개니 붉은 이슬 듣는 소리
　　균계(筠階)에 해 오르니 푸른 서리 마르네

와 같은 것이니 이 다섯 연은 모두 뼈대는 한가지이나 '옷에
가득한 꽃그림자〔滿衣花影〕'라고 한 어구(語句)의 격조(格
調)가 더욱 훌륭하다. 굳세고도 씩씩한 것은 황조의 〈문열공
(文列公)에게 올린 서정(西征)〉에 있는,

　　한 마디 고각(鼓角) 소리 청산이 찢어지고
　　만리 뻗혀 있는 정기(旌旗) 백일(白日)을 가리우네.
　　산하(山河)를 평정하여 성주(聖主)께 돌려 드리고
　　풍월(風月)을 씻어내어 시옹(詩翁)께 부쳐 주리
　　삼오산(三鼇山)[7] 우뚝하듯 충성이 장렬하고
　　오봉루(五鳳樓)[8] 높다랗듯 국수(國手)가 웅장코녀

---

5) 자미 : 북두(北斗)의 북쪽에 있는 별 이름. 이곳에는 천제(天帝)
가 있다고 해서 왕궁(王宮)의 뜻으로 씀.
6) 자금 : 북두의 북쪽에 있는 자미원(紫微垣)을 천제(天帝)가 있는
곳이라 하여 궁성(宮城)을 궁금(宮禁)이라 일컫고, 또 이것을 자금
(紫禁)이라고도 한다.
7) 삼오산 : 큰 해구(海龜)가 등에 지고 있다고 일컬어지는 발해 동
쪽에 있는 선인이 사는 산.

와 문순공의 〈점운진강공제반송(占韻晋康公第蟠松)〉에 있는,

　　온 세상이 한숨 속으로 다 들어오고
　　초목은 오히려 휘둘러 보는 앞에서 무성하다

와, 승제(承制) 최종번(崔宗蕃)의 〈등고망장안(登高望長安)〉
에 있는,

　　열 시냇물 뱀처럼 구불거려 평장동(平章洞)을 두르고
　　세 고개〔三峴〕 용이 트림하듯 학사가(學士家)에 서려 있네
　　(세상에서 일컫기를, 송경〔松京〕의 오택〔五宅〕은 모두 학사의 집으로
　　　삼현 속에 있다고 한다)

와 같은 것이니, 이 다섯 연은 모두 뼈대는 한가지이니 문열
공에게 올린 세 연이 가장 청초하고도 웅장하다. 장려(壯麗)
한 것으로는 사성(司成) 유충기(劉沖基)의 〈초입신도(初入新
都)〉에 있는,

　　바다로 문을 만드니 유리(琉璃)의 대궐이요
　　산이 절로 꽃을 피우니 금수(錦繡)의 도읍일레
　　(임진〔壬辰〕년에 해상〔海上〕의 화산〔花山〕에 이거〔移居〕했다)

---

8) 오봉루 : 양(梁)나라 태조가 낙양(洛陽)에 세운 누각 이름. 높이
가 백장(百丈)이나 되어 반공에 우뚝 솟아 다섯 마리의 봉새가 날아
왔다고 한다.

와, 한림 김신정(金莘鼎)의 〈신도야직(新都夜直)〉에 있는,

　한 줄기 강바람과 달은 금문(金門)[9]에서 멀고
　온 나라 태평하니 옥련(玉輦)[10]의 봄이로세

와 같은 것이니 이것은 모두 뼈대가 한가지인데 유충기의 것
이 더욱 넉넉하고 씩씩하다.

2

　의묘(毅廟)가 서도(西都)에 거동하였을 때에 학사 백광신
(白光臣)이 황주(黃州)의 관기(管記)로서 가요(歌謠)를 올린
시에,

　동선(洞仙)의 시냇물은 천년의 빛이요
　절령(岊嶺) 속 바람은 만학(萬壑)에 퍼지네

라고 하고, 진양공(晋陽公)의 손녀가 동궁(東宮)에서 출가하
여 생남한 후에 공이 종실(宗室)의 여러 왕과 잔치하여 팔동
악(八洞樂)을 베풀고 이를 관람하였을 때, (옛 서울의 제방(諸
坊)은 12동〔洞〕이라 불렀고, 각기 이악〔里樂〕이 있었는데 도읍을 옮

---

9) 금문 : 궁궐 문.
10) 옥련 : 옥으로 만든 임금이 타는 수레. 연(輦)을 높여서 하는 말.

기게 되자 모두 폐하였다. 진양공은 다시 팔동악을 만들었는데 그
악을 관람한 것이다) 동산동(東山洞)에서 올린 가요에,

> 동산곡(東山曲)은 거듭 사방으로 빛나고
> 중악성(中岳聲)은 만세 삼창(三唱)을 하네
> (견자산〔見子山〕은 중악〔中岳〕인데 그 동〔洞〕에서 또한 음악을 올렸다)

라고 했고, 화산동(花山洞)에서,

> 한 집안 고관이 온 나라에서 모여오고
> 팔동(八洞)의 생가(笙歌)는 만수(萬壽)를 비는 노래들일세

라고 했는데, 이 셋째 연구는 격조가 한가지이다.

3

　무릇 고사(故事)를 사용함에는 동일하지 않아서 부르는 이
름을 사용하기도 하고 언어와 행실을 사용하기도 한다. 대체
로 고사를 사용한 연구(聯句)는 새로운 뜻이 있기가 드물고
빌려 썼을 뿐이어서 새로운 뜻이 있을 것 같으면서도 그 실
상을 잃어버린 것과 같이 된다. 미수(眉叟)의 시 중에서,

> 늙어가자 도잠(陶潛)은 바야흐로 술을 끊었고
> 게으름이 많아져 두보는 머리를 빗지 않았네

라고 한 것은 옛날 사람의 이름을 사용한 것이며 또,

> 동굴 속의 진(秦)나라 박사(博士)가 되고자 한다면
> 어째서 무덤 위의 한(漢)나라 정서(征西)[11]가 되려 하는가

라고 한 것은 옛사람의 벼슬을 사용한 것이다. 또 황조(皇祖)
의 시에서,

> 빙청(氷廳)[12]에 거울을 걸어 놓으니
> 가난한 선비를 용납하고
> 상서(霜署)[13]에 강기(綱記)를 제시(提示)하니
> 사치한 고관들에게 충격을 주네

라고 한 것은 벼슬 이름을 빌려서 사용한 것이다. 또 문순공
의 시 중에서,

> 수레에서 떨어진 취한 사람은 다만 술 때문에 온전하며
> 물독을 잡은 어른이 어찌 기심(機心)이 있겠는가

라고 한 것은 옛사람의 말을 사용한 것이다. 또 황조의 시에서,

---

11) 정서 : 한(漢)나라 때의 벼슬 이름. 즉 서방을 정벌하는 대장군
(大將軍).
12) 빙청 : 당나라 때 사부(祠部)의 이칭(異稱). 맑고 서늘한 기운 때
문에 이렇게 불렀다.
13) 상서 : 어사대(御使臺)의 별칭.

하찮은 벼슬살이 한 평생에 누가 천하를 얻었겠나
천리 타향에 있는 그대가 내 마음을 알리라

라고 한 것은 옛사람의 말을 빌려서 사용한 것이다. (천하를
얻는다고 한 말은 하찮은 벼슬을 가리킨 것이 아니며, 고기의 마음
을 안다고 한 말은 그대와는 관계가 없는 것으로 이는 모두 빌려 사
용한 것이다) 문순공의 시에서,

세상 맛 얕고 깊음은 일찍이 손가락을 솥 속에 넣어
국물의 맛을 보는 것 같고
인생의 얻고 잃음은 이미 토끼올무를 잊어버림과 같네

라고 한 염지(染指)[14]는 옛사람의 일을 빌려 사용한 것이
고,(윗 시의 고기의 마음을 안다는 것과 빌려 사용한 말이 똑같다)
망제(忘蹄)[15]는 옛사람의 말을 빌려 사용한 것이다.
　시인(詩人)은 빌려 사용하는 것을 중히 여긴다. 그러나 그
빌려 사용함이 재치가 있지 아니하면 뜻은 어긋나고 말은 생
소해진다. 직강(直講) 윤우일(尹于一)과 직강 조문발(趙文
拔)이 함께 국학고예(國學考藝) 시험장에 있었다. 조문발이
시를 짓기를,

---

14) 염지 : 손가락을 독 속에 넣어 국물의 맛을 본다는 뜻으로 부정한
이득을 구한다는 뜻으로 변전(變轉)했다. 《좌전(左傳)》에 나온다.
15) 망제 : 토끼올무를 잊어버린다는 말. 《장자(莊子)》에 보면 득어
망전토망제(得魚忘筌兎忘蹄)라 했다.

비올 듯 갤 듯하니 하늘이 반만 웃는 것이요
바람도 달도 없으니 밤은 완전한 귀머거리일레

라고 했다. 윤우일이 이 시를 한참 동안 음미하더니,
　"이것은 사람이 말한 글자를 빌려 쓰는 것이 대단히 재치
있는 것이다"
라고 말한 것과 같다고 했다.

4

황조(皇祖)의 〈야월(夜月)〉에 있는,

이미 시원하게 해준 부채를 가을이라 상자 속에 간직하니
점점 차가운 갈구리〔寒鉤〕[16]가 나타나 새벽 발에 걸리네

라고 한 것은 물체를 묘사함이 정밀하고 미묘하다. 문순공이
이수(李需)의 영백(詠白)에 재삼 화답하여,

홀(笏) 빛은 아침에도 아니 물러가고
창 빛은 취하였다가 금세 깨어나네

라고 한 것은 또한 엉뚱하고 기묘할 정도로 뛰어난 시이다.

---

16) 한구 : 달(月)을 말함.

강일용(康日用)의 〈어시점운부설(御試占韻賦雪)〉에 이르기
를,

　　소리는 어옹(漁翁)의 도롱이를 좇아 위포(渭浦)[17]로 돌아가고
　　자취는 중의 지팡이를 따라 천태(天台)[18]로 들어가네

라고 했는데, 이것은 강운(强韻)을 단 것이 대단히 훌륭하다.
　내가 북조(北朝)에 들어가 옛 연(燕)나라 땅의 시골집 벽
위에 써 놓은 것을 보니,

　　봄도 오기 전에 비가 내리니 꽃 피는 것이 빠르고
　　가을이 간 뒤에도 서리가 내리지 않으니
　　잎 떨어지는 것이 더디네

라고 하고, 옆에 명백한 표현이라고 써 있었다. 이것은 사실
을 있는 그대로 적은 것과 두 말을 나란히 하여 대구(對句)를
만든 것이 단적(端的)하다는 말이다. 정여령(鄭與齡)이 문의
공(文懿公)의 위시(葦詩)에 화답하여 쓴 시에,

　　봄싹, 푸른 날에 하돈(河豚)[19]이 올라오고

---

17) 위포 : 강태공이 낚싯대를 드리우고 있었던 곳.
18) 천태 : 절강성(浙江省) 천태현(天台縣)에 있는 명산. 지개(智顗)
가 이 산에서 〈법화경(法華經)〉을 근본 교의(敎義)로 하고, 선정(禪
定)과 지혜의 조화를 종의(宗義)로 하여 한 종파(宗派)를 세움으로
써 천태종(天台宗)의 근본도량(根本道場)으로 알려졌다.
19) 하돈 : 복(伏)의 별명.

가을 잎 누럴 때에 변방의 기러기 찾아오네

라고 했다. 이것은 물상(物象)을 그려 읊음이 단적(端的)한 것이다. 사실을 있는 그대로 적는 것〔敍事〕은 물상을 그려 읊는 것〔賦物〕만 못한 것이다. 문의공이 정여령의 이 구절을 보고 이르기를,

　"내 시는 감히 이 시와 함께 판각(板刻)할 수 없다"
라고 하고, 마침내 자기의 시를 삭제했다고 세상에 전해온다. 그러나 이렇게 말한 것은 너무나 심할 뿐이다. 정여령의 시는 비록 명백하고 솔직한 표현〔端的〕일지라도 처음으로 시를 지은 사람의 시인 것이다. 각촉(刻燭)[20]하여 급하게 물건을 읊는 것을 급히 지은 자의 시체(詩體)라 부른다.

　옛적 어린이와 갓 성례(成禮)를 한 20여 세의 사람들이 하과회(夏課會)[21]에 나아가 운을 정하여 토란(土卵)에 대해 급히 지은 시에,

　　파종할 때에는 비둘기가 처음으로 알을 낳고
　　수확하는 날에는 기러기가 처음으로 찾아오네

라고 한 것은 또한 그와 같은 시체(詩體)이다. 또 앵도(櫻桃)

---

20) 각촉 : 초에 금을 그어 놓고 불을 붙여 촛불이 그 선까지 탈 때까지의 시간 안에 시를 짓게 하는 것.
21) 하과회 : 고려 때에 공부하는 사람들이 5, 6월에 절에 들어가 약 50일 동안 고문, 고시와 당송(唐宋)의 시를 공부하고 시와 부(賦)를 짓던 일.

에 대해 지은 시에,

> 여름 열매를 따오니 구슬이 천 알이요
> 봄 꽃을 얻으려 하니 가지마다 눈송이라

라고 했다. 이것은 또한 뼈대와 시체가 한가지인 것이다. 두 서생(書生)이 있어 교상(絞床)을 두고 읊었다. 한 사람은 이르기를,

> 아래는 엎어질까 이리저리 기둥 세웠고
> 중간은 빠질까 끈 얽기 많이 하였네

라 하고, 한 사람은 이르기를,

> 청삼(靑衫)[22] 그림자 속에는 나라 은혜 받은 것 적고
> 화각(畵角)[23] 소리 가운데는 뜻 얻음이 많도다.

라고 했다. 압전(壓顚)의 연구는 뜻은 교묘하고, 말이 자질구레하며 청삼(靑衫)의 말은 신진들이 급작스레 지은 것이 아니라, 곧 노련한 선비의 말이다. 시랑(侍郎) 이수(李需)는 사람들에게 주필로 초자(鞘子 : 나무꾼)를 읊으라는 청을 받고

---

22) 청삼 : 나라 제향(祭享) 때 입는 남빛옷. 조복(朝服) 안에 받쳐 입는 옷. 선비들의 모임을 말함.
23) 화각 : 뿔에 그림을 그려 만든 악기의 하나. 무인(武人)의 모임을 말함.

이르기를,

> 싼 가죽은 아직도 장군의 바탕[將軍質][24]이 있는데
> 칠한 칠은 오히려 국사(國士)의 위풍[25] 남았네.
> 대롱은 머물지 않을까 가운데 점점 좁았고
> 먼지 많이 낄까 아래 조금 트이었도다

라고 했다. 공관(恐管)이라고 한 연구는 압전이라고 한 연구(聯句)와 말 격식이 같다. 그 공(恐)·유(留)·오(惡) 세 글자는 더욱 생소하다. 그러나 시속(時俗)이 숭상하는 바이다. 과피(裹皮)·착칠(著漆)은 모두 보통 하는 말이다. 만일 과혁(裹革)·칠신(漆身)으로 고쳤더라면 이 연구는 훌륭했을 것이다.

---

24) 장군질 : 여기의 장군이란 마원(馬援), 마복파(馬伏波)라고 부름. 그는 일찍이 말하기를, '대장부가 마땅히 말가죽으로 시체를 싸야 할 것이거늘 어찌 아녀자의 손에 죽을 수 있으랴' 했다.
25) 여기의 국사란 진(晋)나라 때 지백(智伯)의 신하였던 예양(豫讓). 《사기》에 '지백은 나를 국사로 대접했다'고 한 말에서 유래함. 이 때 예양은 지백이 조양자(趙襄子)에게 죽자 그 원수를 갚기 위하여 몸에 옻칠을 하여 문둥이 행장을 꾸미고 조양자를 죽이려 하다가 마침내 그에게 잡혀 죽었다.

5

시평(詩評)에 이르기를,

"기운은 살아 있음을 숭상하고, 말은 익숙함을 바란다. 처음 배우는 데는 기운이 살아 있은 뒤에 장한 기운이 넘치고 장한 기운이 넘친 뒤에 늙은 기운이 호방해진다"
라고 했다. 문순공의 소년 시절의 주필은 모두 기운이 살아 있는 글귀였으므로 뭇사람들의 입에 오르내렸다. 그는 문 장로(長老)의 증시(贈詩)를 보고 차운하기를,

　　　잠 잘 오는 시간〔工夫〕은 깊숙한 거리에 비 올 적인데
　　　밤 차가운 소식은 한 병의 얼음이네

또,

　　　두어 편의 시구는 한가한 가운데 서두르고
　　　한 판의 바둑 소린 조용한 속에 울리네

또,

　　　한 골짝의 좋은 경치〔煙露〕는 중들의 부귀(富貴)인데
　　　두 봉우리 소나무, 달은 학새의 생애(生涯)이네
　　　(그 절이 두 봉우리를 대하였음)
　　　아침 저녁 새 소리는 문 밖 나무에서 들리고

고금(古今)의 사람 그림자는 길 옆 못에서 비치네

또,

솜돌의 대는 그늘에 지쳐 순이 자라지 못하는데
뜰 매화는 비에 젖어 열매 이제 살지네

또,

맛있는 술 만나니 얼굴은 두 볼 붉기 쉬운데
고운 여자 보니 눈[眼]은 한 번 흘기기 어려워라.
숲에 가득한 흰 눈[雪]은 원숭이가 뛰어 헤치고
한쪽 벽에 지는 해는 새가 불러 남았도다.
대뿌리는 땅을 갈라 용허리처럼 구불구불한데
파초 잎은 섬돌 위에 너풀거려 바람꼬리 길구나.
섬복연(蟾腹硯)[26] 차가우니 글씨 얼기 쉬운데
예제로(猊蹄爐)[27] 따뜻하니 자리 옮기기 귀찮구나.
바둑 구경 남은 흔적 구김살진 옷인데
술 줄인 기이한 공은 떠드는 소리 줄었다네

라고 한 따위이다. 반벽사양(半壁斜陽)은 말 격식이 맑고 시

---

26) 섬복연 : 벼루 이름. 벼루에 두꺼비 배 모양을 새겼다 해서 붙여
진 이름.
27) 예제로 : 화로 이름. 화로에 사자의 발굽을 그렸기 때문에 이렇
게 부른다.

원하여, 생주기공(省酒奇功)은 기운이 살고 말이 익숙하며, 고금인영(古今人影)은 말은 비록 밝았지만 뜻붙인 것은 새로우며, 한중박(閑中迫)의 연구는 말은 얕으나 뜻은 얕지 않다. 무의자(無衣子)가 태학생(太學生)이 되었을 적에 〈야행(野行)〉에 이르기를,

　　바구니 낀 뽕따는 여자는 봄볕을 담고
　　삿갓 쓴 고기잡이 늙은이는 빗소리를 이고 있네

라고 했다. 보궐 진화는 이르기를,

　　돌에 부딪힌 나무는 울퉁불퉁하고
　　못에 들어간 샘 줄기는 졸졸 흐르지 못하네

라고 했다. 비광(臂筐)의 구절은 기운과 말이 모두 살았으므로 시속의 숭상하는 것이었고, 촉석(觸石)의 연구는 기운은 비록 살았으나 말은 오히려 익숙하여 비록 시로(詩老)라도 또한 놀랄 만하다.

6

　대개 시(詩)란 기술(記述)하는 것이 아름답고 자연스럽게 되지만 모두 그 실상을 얻어야 한다. 혹은 동성명(同姓名)의 고사(故事)를 쓰는데 이는 정밀하고 해박하다고 이른다. 조

문정공은 최(崔)·금(琴)·두 상국(相國)의 창화시(唱和詩)
에 화운하기를,

> 귀한 계통으로는 매(鷹)를 제(題)한 이의 뒤이고
> 신선 근원〔仙源〕으론 잉어를 탄 이의 자손〔孫〕일세

라고 하여 동성의 고사를 썼다. 또,

> 골짜기 같으니 꾀꼬리 손을 놓고
> 나이 다르니 계수는 은혜를 나누었네〔桂分恩.〕[28]

라고 했다. 이것은 기술이 아름답고 실상도 얻었다. 최와 금
은 다같이 충숙공(忠肅公)의 문하(門下)로서 장원(壯元)했기
때문이다. 최 상국은 다시 화답하기를,

> 뜰의 난초는 옛 향기를 같이했고
> 문 앞 죽순은 새순을 어루만지네

라고 하여, 서술이 자연스럽고 실상도 얻었다. 또,

> 글을 지어 별의 읊조림 남아 있고
> 융사〔戎〕에 다다라 임금의 은혜 사랑하네

---

28) 계분은 : 두 사람이 다 급제한 은혜를 말함.

라고 하여, 동성(同姓)을 썼고 아울러서 실상도 얻었다. 이에
고원(誥院)의 손득지(孫得之)는 여기에 화답하여 바치기를,

　　잃은 것이 많으니, 이름은 득(得)을 저버렸고
　　아이가 적으니 성은 손(孫)이라 하기 부끄럽네

라고 했다. 이것은 동성명(同姓名)의 글자를 썼고 서술이 자
연스럽다.

7

　직강(直講) 하천단(河千旦)이 나를 방문해서 말하기를,
"강일용(康日用)이 해오라기〔鷺伸〕를 부(賦)하기를,

　　날아서 푸른 산 허리를 동강내고

라고 하고는 고심하여 읊어 보았지만, 그 다음 대구를 얻지
못하였소. 뒤에 미수가 대구를 채우기를,

　　자리잡아 높은 나무 위에 둥우리쳤네

라고 하여 이것이 《파한집(破閑集)》에 실려 있소. 대구를 이
어서 보충하는 것도 좋은 일이지만 좋은 글귀를 얻지 못할
바에야 그만 둘 것이지, 어찌해서 미수는 그렇게까지 자기

단점을 드러내었소. 그러니 그대는 그것을 삭제해버리시오”
라고 하는 것이었다.
　나는 대답하기를,
　“《파한집》에 실려 있는 글에 정 사인은 도문(都門)에 이르
렀다가 돌아오고, 황빈빈(黃彬彬)은 곡을 하며 누각을 내려
왔다고 한 것은 지나친 표현인 듯하오. 그러나 선각자의 말
을 감히 함부로 비난할 수는 없소. 더구나 점소교(占巢橋)란
말로 비할벽(飛割碧)에 대를 한 것은 익숙한 것인데 어찌 삭
제하겠소?”
라고 했다. 그러자 하 직강은 화를 내고 뛰어나가버렸다. 때
마침 자리에는 두서너 손이 있어 한참 동안 읊조리다가 말하
기를,
　“우리 제각기 대구를 채워 봅시다.”
라고 했다. 이어 한 사람은,

　　서서 푸른 풀잎을 주먹질하네

라고 했으며, 다른 한 사람은,

　　졸면서 붉은 여뀌[蓼] 줄기에 기대네

라고 했고, 또 누구는,

　　서서 맑은 소(沼)를 엿보네

라고 했고, 또 누구는,

　　소리치며 밝은 달 옆구리를 뚫네

라고 하고서는 제각기 자기 것이 낫다고 다투었다. 나는 농
담으로 말하기를,
　"강(康)이나 이(李) 두 노인이 어찌 자네들이 말한 이따위
글귀를 쓸 줄 몰랐겠나"
라고 하니 그들은 껄껄 웃고 헤어졌다.

8

　승선(承宣) 조백기(趙伯琪)는 문정공의 아들이다. 약관(弱
冠)에 급제했으며, 몇 년 뒤에 서대(犀帶)[29]를 찬 친의사(襯衣
使)[30]가 되어 청풍현(淸風縣)을 지나게 되었다. 그 고을 현감
인 정종후(井宗厚)가 기어와서 절하고 말하기를,
　"나는 춘부장과 동방(同榜)인데 불행하게 묻혀 지내다가
나이 70에 비로소 이 직을 맡았소"
라고 했다. 조 승선은 깜짝 놀라며 일어나서 자리를 피하며
두 번 절하고는 시를 지어서 그에게 주기를,

---

　29) 서대 : 친의사가 차는 띠. 무소뿔로 만들었다.
　30) 친의사 : 어사(御使)를 말함.

푸른 소매 문 밖엔 백발 늙은이
옛적에 아버지와 함께 급제했다네.
동방을 모두 재상 지위 올랐는데
가련하게도 70에 청풍현감이라네

라고 했다. 그때 승선의 나이 스물 남짓한데도 시구는 벌써
노련했다.

9

상국(相國) 최보순(崔保淳)이 성랑(省郎)으로 있을 때였
다. 청빈한 선비 황보관(皇甫瓘)이 가서 뵈었다. 상국은 그림
이 그려진 시 두루마리를 그에게 보였더니, 황보관은 즉석에
서 차운하여 그 옆에 잇달아 쓰기를,

푸른 수염 늙은이〔蒼髯叟〕[31] 구름 속에서 늙었는데
글씨가 사실을 전한다고 솔〔松〕이라 불렀네.
무한한 아들 손자 고을에 가득한데
대부(大夫)의 남긴 음덕 입을 자 누구인가

라고 했다. 상국은 놀라면서 말하기를,
"이 사람은 반드시 장원급제할 것이다"

---

31) 창염수 : 늙은 소나무를 말함.

라고 했는데, 뒤에 과연 그는 성균시(成均試)에서 부장원(副
壯元)을 했고, 얼마 뒤엔 금방(金榜)의 제일인이 되었다.

10

　기유(己酉) 중춘(仲春)에 일이 있어서 옛 서울에 도착해 보
니 다 폐허된 자리에서 외로운 오동나무 한 그루가 대관전
(大觀殿) 옛터에 나서 벌써 굵기가 한아름이었다.
　해가 지자 서쪽 산기슭에서 두견새〔子規〕가 슬피 울어 흘
러내리는 눈물을 금할 수 없었다. 새벽에 일어나 보니 벽에
두 줄의 절구가 붙어 있었다. 나는 중수도감서리(重修都監胥
吏)에게, 이것이 누구의 글이냐고 물었더니, 그는 바로 부사
(副使) 안진의 글이라고 했다. 그 글 하나에는,

　　일만 집 타던 심지 남은 것 하나 없는데
　　궁전 터에 서 있는 오동나무, 세월을 말해 주네.
　　만약 내가 늘그막에 다시 오게 된다면
　　훈풍가(薰風歌)³²⁾ 그 곡조는 네가 마땅히 들려 주리

라고 했고, 다른 하나에는,

　　뜻밖에 서울에 두견이 있어
　　밤새도록 달을 울려 서럽게 하네.

---

32) 훈풍가 : 순(舜) 임금이 지은 태평의 노래.

지난 일 생각하니 눈물이 주룩주룩

새벽엔 오동 곁에서 서리(黍離)[33]를 읊조리네

라고 했다. 이 시들은 비록 깨우칠 만한 글은 못 되지만 사물에 임해서 표현이 상세하여 구슬픈 맛이 난다.

11

나는 상락(上洛)에서 장서기(掌書記)로 있다가, 후에 그 곳 태수가 되어 다시 부임했다. 내가 거처하던 청사(廳舍)를 헐어버린 뒤, 난간이 작은 못가에 임해서 그것을 불로정(不老亭)이라고 이름을 붙이고 그 앞에 꽃과 대나무를 심었다.

임기가 차서 4년째인 정미년 봄에는 명을 받들고 나가 동남로(東南路)에 출진(出鎭)하고, 상락을 순력(巡歷)했는데, 목사(牧使)·군수(郡守)로부터 향교(鄕校)의 여러 선비들에 이르기까지 가시(歌詩)와 인계(引啓)를 바치는 데 나란히 나와서 길을 꽉 메웠다. 그때 나이가 일흔이나 여든 살 남짓한 네 노인이 '상원사로(尙原四老)'라고 부르며 짤막한 인(引) 및 절구시(絕句詩) 네 수를 바쳤다. 그 하나에는,

그 전에는 남수(藍袖)[34]이시다가, 오늘은 주반(朱幡)[35]이니

---

33) 서리 : 나라가 망한 감회를 탄식한 노래.
34) 남수 : 남색옷으로서, 생원(生員) 때 입는 옷을 말함.
35) 주반 : 붉은 깃발. 장군의 기를 가리킴.

정치의 으뜸 공(公)과 같은 이 옛적에도 못들었네.
푸른 풀이 난 원문(圓門)에 호랑이가 새끼를 낳았다고
지금까지 미담(美談)으로 전해진다네

라고 했으며, 그 둘에는,

불로정 가에 온갖 꽃 피어난 것은
일찍이 주목(州牧)이실 때 손수 가꾼 것일세.
떠나신 후 봄볕조차 오히려 쓸쓸해했더니
무정도 또한 당신 오시는 걸 기뻐하는구나

라고 했다. 나는 이것을 보고 말했다.
"호랑이가 새끼를 업고 강을 건너간 것을 옛사람들은 아름
답게 여겼으나, 이제 호랑이가 와서 새끼를 낳았으니, 좋은
정치라고 할 수 없다. 다만 취할 점이 있다면, 감옥을 텅 비
게 한 것일 따름이다."

12

예나 지금이나 경절(警絶)한 시구는 많지 않다. 초당(草堂)
은 〈강상(江上)〉에서,

공업(功業)을 생각하며, 자주 거울을 들여다보고
행장(行藏)을 돌이키면서 홀로 누각에 기대어 보도다

라고 했으며, 〈답답함[悶]〉에서는,

> 발(簾)을 말아서 올리면 단지 새하얀 물뿐이요
> 베갯머리에 기대어도 또한 시퍼런 산만 보이는구나

라고 했다. 진 보궐이
  "두자미의 시는 비록 오언시(五言詩)라도 기운이 상외(象
外)를 삼킬 듯하다"
고 말한 일이 있는데, 그것은 아마 이러한 시구를 두고 말한
것일 게다. 그러나 백수(白水)의 연구는 유(唯)·역(亦)의 두
글자를 쓴 것이 교묘하다고 하겠는데, 그 교묘함을 맛보려면
마땅히 답답한 가운데 처해서 씹어 보아야 할 것이다. 장원
(壯元) 최기정(崔基靜)의 〈사시사(四詩詞)〉에,

> 눈[雪]을 무릅쓰고 또한 원추리가 돋아나고
> 서리를 점치며 보리꽃이 피어난다

고 한 것은 그대로 초당(草堂)의 시어(詩語)를 따온 것이고,
오세재 선생의 자서(自敍)에,

> 골짜기엔 의로운 충정(忠情) 붉기만 하고
> 재주와 명성에 두 갈래 귀밑머리 희기만 하네

라고 한 것도, 몰래 초당의 시격(詩格)을 훔쳐온 것이다. 조
부께서 금규(金閨)[36]에 처음 들어가셨을 때, 〈봉사강남유제

(奉使江南留題)〉에,

> 구름낀 하늘은 처마 밑이 꼭두서니풀과 연이어 있고
> 들에 깔린 진펄 쑥 사이에는 끊겨 나간 뿌리가 널려 있도다

라고 한 것을 시인들은 두자미가 지은,

> 해와 달 또 빛나는 곳에 조롱(鳥籠) 속의 새요
> 하늘과 땅 사이에 물 위에 뜬 마름풀이로다

라고 한 시와 비교해도, 그 글귀를 매만진 정밀(精密)도와 공교(工巧)함이 흡사하다고 했다. 어떤 사람은 '이러한 구격(句格)을 오언(五言)으로 만들었다면 절묘할 터인데, 칠언(七言)이라 공교(工巧)하지 못하다' 고 했다.

미수의 《파한집》에서는,

"고금의 탁구하는 방법은 다만 두소릉(杜小陵)만이 그것을 터득했다. 그의 '해와 달이 빛나는 곳에 조롱 속의 새요' 라고 한 것을 읊조려 보면 과연 사탕수수를 씹는 것 같다"

고 하였으며, 진 보궐은

"'3년 나그네의 베개에는 뜰 안의 달이 비추이고, 만리 길 길손의 옷깃에는 풀나무 바람이 스치는구나' 라고 한 것보다는 초당이 '3년 피리 소리 가운데 관산(關山)에는 달이 뜨고

---

36) 금규 : 학사들을 모아 두는 곳. 강엄(江淹)의 〈별부(別賦)〉를 보면 금규지제언 난대지군영(金閨之諸彦 蘭臺之群英)이라 했다.

만국(萬國)의 전방(前方)에는 풀나무 스치는 바람이 부는구나'라고 한 것이 어기(語氣)가 가파르고 뜻이 깊어 더 낫다"고 했다. 사관(使館) 이윤보는 평생 두보의 시를 좋아하여, 때때로 '전장 속에 늙은 선비를 보았도다'라는 시구 하나를 읊으면서,

"이 어구는 자연스럽고도 힘차고 긴박하여, 보통 재주로는 이끌어낼 수가 없다"

고 상찬(賞讚)하곤 했다. 한림(翰林) 송창(宋昌)이 공부(工部)의,

"'구강(九江)은 봄풀 저편에 있고, 삼협(三峽)은 저물녘 돛 앞에 있도다'는 것은 말이 평이하고 뜻이 매끄러우니 혹시 이끌어낼 수가 있겠습니까?"

라고 물었는데 사관은 웃으며,

"그 말의 뜻은 탁 트이고도 원대하기 때문에 본디 자네들이 알 수 있는 것이 아니네. '옛 담장에는 오히려 대나무 빛이 남아 있는데 텅 빈 누각에는 솔바람소리 나는구나'와 같은 것은 공부의 심상한 어체에 속하는 것이다. 고금에 몇 사람이나 두보의 시체를 배웠어도 비슷한 사람이 없었고, 오직 설당(雪堂)만이 있을 뿐이다. 그의 '베갯머리에 기대니 지는 꽃 몇이나 남을까? 문을 닫으면 새로 돋은 대 스스로 천간(千竿)이로다'와 같은 것은 그 어격(語格)이 맑고 긴한 것은 같을지라도, 그 한가하고 고아(高雅)한 정취(情趣)는 한결 나았기 때문에 '의침폐문(欹枕閉門)'이라는 말까지 있게 된 것이다"

라고 했다. 사관(史館)이 일찍이 이 한림 문순공과 안화사(安和寺)에서 유숙하고 시를 남긴 일이 있었다. 한림의 시에,

　　홍취는 사라졌어도 늙은 나무는 남아 있고
　　예나 이제나 차가운 물 흐를 뿐이구나

라고 했는데, 사관은,
　"‘홀로 독(獨)’ 자를 ‘오히려 상(尙)’ 자로 바로 고치면 바로
초당의 글귀가 될 것입니다.”
라고 했다. 귀정사(歸正寺) 벽에,

　　새벽종 구름 밖까지 솟아 습기에 차 있고
　　정오(正午)의 절간 햇볕에 말라 있도다

라고 제(題)한 시를 보았는데, 이것은 공부(工部)의,

　　새벽종 구름밖까지 솟아 습기에 차 있고
　　경치 좋은 이 곳 석당(石堂)에는 아지랑이뿐이로다

라고 한 시구를 빼앗아온 것이다.
　새벽종에 대해서 ‘습기에 차 있다’고 말한 것은 기발하지
만, 절간에 대하여 ‘말라 있다’고 한 것은 공소(空疎)한 것이
다. 하지만, 그렇게 한 것은 다만 대구(對句)에 저촉되기 때
문이었다. ‘석당의 아지랑이’라는 시구도 ‘기운이 상외(象
外)를 삼킬 듯하다’라는 것과 같은 종류에 속하는 것이다.
　《보한집》은 단지 본조(本朝)의 시(詩)만을 실을 따름이다.
그런데 시를 말하면서 두시(杜詩)를 언급하지 않는다는 것은
유자(儒者)를 말하면서 공자(孔子)를 언급하지 않는 것과 같

으므로 편말(篇末)에 간단히 언급하는 바이다.

무릇 시의 매만짐을 공부(工部)처럼 한다면 교묘하기는 교묘하다고 하겠다. 그러나 저 솜씨가 선 자들은 매만짐에 수고를 하면 할수록 졸렬, 난삽(難澁)하기가 더욱 심해지고 부질없이 애만을 태울 뿐이니, 어찌 이렇게 하는 것이 각기 재주를 따라서 있는 그대로를 뱉어내어 갈고 깎아내어 흔적이 없는 것만 하겠는가?

오늘날의 단련(鍛鍊)을 일삼는 사람들은 모두 정숙공(貞肅公)을 스승으로 삼는데, 이 미수는 다음과 같이 말했다.

"장구(章句)의 방법은 이것을 벗어나지 않는다. 만약 옛사람이 본다고 해도 설고 딱딱하고 졸렬하다고는 말하지 않을지도 모르겠다."

13

글이란 호탕하고 씩씩한 것을 기(氣)로 삼고, 굳세고 밝은 것을 골(骨)로 삼으며, 정직하고 정밀한 것을 의(意)로 삼고, 풍부하고 넓은 것을 사(辭)로 삼고, 간결하고 힘찬 것을 체(體)로 삼는다.

재주인 경우에는 설고 떫거나, 쇠약하고 거칠어 깊지 못하면 병폐가 되지만, 시(詩)의 경우라면 신기하고 절묘하며, 뛰어나고 함축성이 있으며, 험하고 괴상하고 똑똑하며, 호탕하고 부귀스러우며, 웅장하고 아담한 것이 최상이고, 정밀하고 긴하며, 활달하고 청초하며, 표일하고 곧으며, 넓고 넓으며,

맑고 고운 것이 그 다음이며, 설고 졸하고 성글며, 어렵고 메
마르며, 속되고 잡스러우며, 쇠약하고 음란한 것은 병폐가
된다.

대개 시를 평하는 자들은 먼저 기골(氣骨)과 의격(意格)으
로써 하고 그 다음에 사어(辭語)와 성률(聲律)로 한다. 같은
시격 가운데도 그 운어(韻語)에 간혹 나은 연(聯)과 못한 연
이 있어서 겸해서 잘 지은 자는 아주 드물기 때문에 평하는
말도 또한 번잡하여 같지 않게 된다.

시격(詩格)에 구(句)가 노숙(老熟)하면서도 자(字)는 속되
지 않고, 이치는 깊으면서도 뜻은 번잡하지 않으며, 재주는 제
멋대로이면서도 기상은 노기(怒氣)를 띠지 않고, 말은 간결
하면서도 사실에는 어둡지 않다면 비로소 풍소(風騷)에 든다
했으니, 이 말은 가히 스승으로 여길만한 말이라고 하겠다.

14

'명(命)'이라고 쓴 것은 '필명(畢命)' [37]과 '경명(冏命)' [38]에
서 비롯되었는데, 진(秦)나라에서는 '명'을 '제(制)', '영

---

37) 필명 : 《서경(書經)》 주서(周書)의 편(篇) 이름. 지금 글에는 없
고 고분(古分)에 있다. 강왕(康王)이 필공(畢公)에서 명하여 성주(成
周)의 백성들 중에서 착한 자와 악한 자를 각각 나누어 살게 하여,
동주(東周)의 변경을 보호하려고 이 글을 지은 것이다. 그래서 글
이름을 필명(畢命)이라고 한다.
38) 경명 : 《서경(書經)》 주서(周書)의 편 이름. 목왕(穆王)이 백경
(伯冏)을 태복정(太僕正)에 임명했을 때 여기에 내린 조서(詔書)임.

(令)’을 ‘조(詔)’라고 고쳤으며, 한(漢)나라 때에는 그것을
그대로 따랐다.

《주관(周官)》의 육사(六辭)에 “셋째 ‘고(誥)’라 한다”라고
있는데, 〈춘추(春秋)〉가 나온 후 이 ‘고(誥)’는 없어졌다. 원
수(元狩)[39] 6년에 처음으로 ‘고(誥)’를 지어 대신(大臣)들에
게 고시(告示)하고 ‘교(敎)’라고 했는데 진(秦)의 제도였고,
공적을 기록하는 것을 ‘책(冊)’이라고 하여 봉(封)을 설치할
때 사용했다. 혹 ‘애책(哀冊)’[40]이라는 것이 있는 바, 그 문사
(文辭)는 반드시 간결하고 전실(典實)해야 했다.

위(魏)·진(晋)·제(齊)·양(梁) 때에는 임금의 말씀을 대
리하는 자가 글을 지을 때 과장하는 것을 숭상했다.

당(唐)이 일어난 후 원진(院積)은 번잡한 말을 없애고 옛
뜻을 취했으며, 제한(齊澣)은 옛날의 ‘모(謨)’·‘고(誥)’를
모범으로 삼았고, 상곤(常袞)은 ‘제서(除書)’[41]에 능했고, 양
염(楊炎)은 ‘덕음(德音)’[42]을 잘 지어, 모두 ‘제고(制誥)’[43]의
체(體)를 얻었다.

본조(本朝)의 ‘고(誥)’는 예스러워서 전칙(典則)이 있었는
데, 예종(睿宗) 때에 이르러서 일변하여 화려하게 쏠렸으며,
오늘날은 또 세 번 변하여 모두 말을 번거롭게 하고 부질없
이 아름답게만 하여, 심한 것은 광대의 희롱이나 넋두리와

---

39) 원수 : 한(漢)나라 무제(武帝) 때 연호.
40) 애책 : 임금이나 태자·대신이 죽었을 때 생전의 공덕을 찬양하
  는 운문(韻文).
41) 제서 : 임관(任官) 사령장.
42) 덕음 : 여기에서는 임금의 말을 글로 표현해 쓰는 글.
43) 제고 : 임금의 명령을 글로 쓴 것.

다름이 없다.

문의공(文懿公)은 〈예대 내외제 약우장(睿代內外制若于章)〉을 지어 본조의 제고(制誥)의 규식(規式)으로 했다.

당(唐)의 제도에서 내(內)는 한림, 외(外)는 중서(中書)를 가리키고, 우리 나라에서는 내는 성랑(省郎)을, 외는 고원(誥院)을 가리킨다.

15

한대(漢代)의 제도로서 제서(帝書)에는 '책(冊)'·'제(制)'·'조(詔)'·'계칙(誡勅)'의 네 가지가 있었고, 당대(唐代)의 '임금의 말씀'에는 '책서(冊書)'[44]·'제서(制書)'[45]·'칙서(勅書)'[46](오늘날의 비답(批答)·회조(回詔) 등의 여러 조(詔)가 모두 칙서임)'칙첩(勅牒)' 등 일곱 가지가 있었다.

대개 공(公)·상(相)을 배수, 제수하고 장수를 명하는 것을 '제(制)'라고 하여, 모두 백마(白麻)를 사용했다. 정관(貞觀)년[47] 중에 혹 황마(黃麻)를 사용하기도 했는데, 백관(百官)에게 선고(宣告)한다고 해서 이것을 '선마(宣麻)'라고 했다.(원화(元和) 초년에 쌍일(雙日)[48]에 기초(起草)하여, 칙일(隻

---

44) 책서 : 사령서(辭令書).

45) 제서 : 조칙(詔勅)의 하나. 제(制)는 임금의 말. 서(書)는 그 말을 쓴 것.

46) 칙서 : 임금의 칙명(勅命)을 적은 문서.

47) 정관 : 당나라 태종(太宗) 때 연호.

日)[49]에 백관이 선정전(宣政殿) 아래에 반열(班列)할 때, 사인(舍人)이 제(制)를 받들고 바른 걸음걸이로 와서, 선고(宣告)했다)

우리 나라는 1년 동안에 하는 제배(除拜)가 비록 많지만 이것을 한 마(麻)로 한다. 그러므로 제서(制書)의 수장(首章)과 말장(末章)은 모두 통틀어 의론하여 통행(通行)한다. 말장에는 '오희(於戱)' 혹은 '희(噫)' 자를 가지고 그 첫머리를 나타내고, 단지 가운데의 여러 장(章)에다가 제공(諸公)의 공덕을 기록하기 때문에 제각기 달라진다. 매장(每章)의 염률(簾律)과 수미(首尾) 이 장(二章)은 서로 어울리고, 편(編)을 나누어서 제공(諸公)의 고신(告身)[50]을 각각 한 통씩 만드는데 이것이 바로 '대관고(大觀誥)'[51]이다.

당대(唐代)의 고(誥)는 처음에는 종이를 사용하거나 혹은 비단을 사용했는데, 정관(貞觀) 후에는 능(綾)을 사용했으며, 교서(敎書)도 역시 통행하여 각각 그 편수(編首)에다가 덧붙였다. 종실(宗室)은 비록 대고(大誥)이지만, 조회(朝會)에서 선고(宣告)하지 않으므로 선마(宣麻)에 끼지는 않는다.

구제(舊制)에 추밀(樞密)·복야(僕射)의 팔좌(八座 : 위(魏)·주(隋)·당(唐)은 모두 상서(尚書) 여섯과 복야 둘을 8좌라고 했으나 지금은 상서 여섯과 좌(左)·우(右) 산기(散騎)를 8좌라고 한다)와 상장(上將)은 모두 소관고(小官誥)였다. 요즈음은 추밀사가 비로소 선마(宣麻)에 끼었고, 승관고(僧官誥)[52]는 경

---

48) 쌍일 : 짝수가 되는 날.
49) 척일 : 홀수가 되는 날.
50) 고신 : 임명장(任命狀).
51) 대관고 : 4품 이상 벼슬의 사령(辭令).

상(卿相)에 비하면 대소(大小)에 각각 차이가 있다.

문의공이 엮은 중서(中書)·문하(門下)·총성(摠省)·이조(吏曹)·병조(兵曹) 및 행원(行員)의 성명(姓名)·초압(草押)의 규식(規式)은 영문(令文)과 같지 않으며, 중서에 간직된 송(宋) 및 요(遼)·금(金) 세 나라의 고(誥)의 규식도 또한 각각 다르므로, 마땅히 판본(板本)의 영문(令文)을 따라야 할 것이다.

16

원정(元正)·동지(冬至)·팔관(八關)[53] 및 임금의 절일(節日)에 양계(兩界)의 병마사(兵馬使)와 여러 목(牧)의 도호부(都護府)에서 하표(賀表)를 올리면, 중서(中書)에 내려 보내어 그 고하(高下)를 매겨서 방(榜)을 만들어 붙인다.

옛날에 상주 목사(尙州牧使)가 올린 〈팔관표(八關表)〉에,

"섭(葉)에서 한(漢)의 궁전으로 날아가려고 하지만, 두 마리의 오리가 없음을 부끄럽게 여기고, 순(舜)임금의 조정에서 소악(紹樂)을 듣고 온갖 짐승과 같아지기를 바랍니다"

라고 한 것을 그 당시 사람들은 잘 지은 글이라고 생각했으나, 어떤 이는 두 마리의 오리는 현령(縣令)의 고사(故事)인데 그것을 목사(牧使)에 대하여 쓴 것은 전혀 잘못이라고 했다.

---

52) 승관고 : 승직(僧職)에 대한 사령.
53) 팔관 : 국가 제전(祭典). 국가의 평안과 발전을 기원하는 날.

천도(遷都) 후, 신축(辛丑)년의 〈팔관표〉에,

"의관(衣冠)이 잘 되어 새 서울이 옛 서울보다 오히려 낫고, 소관(蕭管)[54]이 울려퍼지니 오늘의 음악이 옛 음악과 다름이 없습니다"

라고 했고, 〈동지표(冬至表)〉에는,

"목덕(木德)[55]이 성대(盛大)할 때에 다시 송도(松都)의 제왕(帝王)의 터를 늘리었고, 초인(草仁)[56]이 성하니 이미 화산(花山)의 왕기(王氣)가 틔었습니다"

라고 했는데, 일시에 방(榜)이 나올 때, 두 표(表)가 모두 첫째였다. 또 〈원정표(元正表)〉에,

"기형(璣衡)[57]이 도수(度數)를 바꾸니 기쁨이 낙수(洛水)의 새 서울에 엉기었고, 옥백(玉帛)이 조정으로 달음질치니 예(禮)가 도산(塗山)[58]의 옛 모임보다 성대합니다. 또 임금의 바람[風]이 화기(和氣)를 펴니 동쪽의 나라 농상(農桑)의 봄이 일찍이 오고, 거룩한 햇볕이 먼 곳까지 비치니 북녘 몽고(蒙古)의 병란(兵亂)의 눈[雪]도 녹아버렸습니다"

라고 했고, 〈절일표(節日表)〉에는,

"비단 같은 강물이 성곽(城郭)을 둘렸으니 제왕(帝王) 만

---

54) 소관 : 퉁수 따위의 악기.
55) 목덕 : 나무의 덕. 왕자(王者)의 덕을 오행으로 상징한 것 중의 하나.
56) 초인 : 주관(周官)의 이름으로서 메마른 땅을 비옥하게 만드는 일을 맡음.
57) 기형 : 선기옥형(璿璣玉衡)의 약어. 천체(天體)를 모방하여 만든 기계.
58) 도산 : 우(禹)임금이 도산씨(塗山氏)를 얻은 곳.

세(萬歲)의 서울이요, 금수(錦繡) 같은 봉우리에 궁전을 열어
또다시 천추(千秋)의 절일(節日)을 노래하고 불도다"
라고 했는데, 방이 나오자 두 표(表)가 으뜸을 차지했다.

17

선숙공(宣肅公) 최종준(崔宗竣)은 천성이 깨끗하고 곧았
다. 약관(弱冠)에 벼슬자리에 오른 후 한 번도 법을 어긴 일
이 없었고, 시중(侍中)으로 있으면서 총재(冢宰) 노릇을 15
년 동안이나 했으나 문간과 뜰 안이 깨끗했다.

나이가 들어 바야흐로 은퇴할 것을 청하니, 임금은 궤장
(几杖)[59]을 내리고, 조회(朝會)에 나오지 않은 채 그 전과 다
름없이 정사를 돕도록 했다. 상주 목사의 〈하동지장(賀冬至
狀)〉에,

"부귀하면서도 소탈하고, 담박하면서도 강직 · 명철(明哲)
하여, 문간과 뜰 안에는 먼지와 티끌이 끼어들지 않고, 종들
도 오히려 얼음과 구슬처럼 맑게 되었습니다. 청렴한 위엄은
노하지 않으나 사람들은 모두 바라만 보아도 두려워하며, 꽃
같은 태도는 본받을 바가 많기도 하여 자연 그대로 꾸밈이
없습니다. 끝내 한 가지 절조에 이르러서는 다섯 임금을 돕
고 아울렀습니다. 벼슬자리에 오른 이래로 유사(有司)가 탄
핵한 적이 없었고, 사대(四代)에 걸쳐 평온함이 서로 이었으

---

59) 궤장 : 안석과 지팡이.

니, 오늘의 선관(蟬冠)[60]보다 높은 것이 없습니다. 10년 총재
라는 말도 들은 일이 드물거니와 하물며 평생의 구장(鳩杖)[61]
을 내린 일임에랴……"
라고 했다. 공(公)은 특명으로 글을 지어 답했다.

"염정무사(簾正無私)하여 충정(忠貞)을 스스로 허락하였습
니다. 자포(紫袍)의 남기신 사랑을 이었으며(목사(牧使)는 일
찍이 서기(書記)가 되어 이 상주(尙州)에 부임하였다) 영각(令
閣)[62]은 황각(黃閣)의 옛 발자국을 찾았습니다.(정숙공의 일을
말한 것.)

소문에는 정치를 잘한다는 소리요, 아울러 글월의 값을 귀
중하게 여기어 친구에게도 보내지 않는다고 하였습니다. 하
온대 외팔이 안부를 물으시니, 상락(上洛)에 향기로운 매화
(梅花)는 목사를 따라 녹야당로(綠野堂老)에게 이르렀는데,
중서(中書)의 붉은 작약(芍藥)은 주인이 없어 자미사인(紫薇
舍人)을 기다리오니, 마땅히 비단 같은 글월 지으시는 공을
거두시어 바로 윤음(綸音)을 엮는 지위에 오르소서"
라고 했다. 대개 재상이 하장(賀狀)에 대답할 때에는 짤막한
편지로서 글이 불과 한두 줄에 지나지 않는 것이 통례인데,
이제 이 답장은 지극히 보통과 달랐으므로 다른 주(州)의 목
사들도 귀기울여 듣고 모두 영광(榮光)으로 생각했다.

---

60) 선관 : 매미 깃으로 만든 관(冠). 귀현(貴縣)한 사람만이 쓴다.
61) 구장 : 머리에 비둘기 모양의 장식을 붙인 노인의 지팡이. 8, 90
살의 노인에게 나라에서 하사했다.
62) 영각 : 장수가 있는 곳.

18

정당(政堂) 김창(金敞)은 금방(金榜) 세 번째로서 진양공(晉陽公) 문하의 상객(上客)이 되어 날마다 어진 사람을 추천하여 나라를 돕는 것을 임무로 삼았다. 그는 얼마 안 되어 재상에 배수되고 여러 해에 걸쳐서 과거를 관장(管掌)했다.

같은 해에 진사(進士) 한유선(韓愉善)도 문하에서 등제(登第)했다. 이 해 동지(冬至)에, 상주목사의 하장(賀狀)에,

"백포(白布)로 성균관(成均館)에 이름을 올리니, 방(榜)과 방, 지금의 문생을 어찌하겠습니까? 청삼(靑衫)으로 진양(晉陽)의 손이 되니, 공(公)과 공(公), 때를 같이하여 나라의 재상이 되었습니다"

라고 했다. 오늘날 여러 주(州)의 목사들의 하표장(賀表狀)에는 구본(舊本)을 흉내낸 것이 많은데, 이 상주목사의 표장(表狀) 한두 장(章)도 호로(葫蘆)[63]를 그린 것이 없이 모두 즉사(卽事)한 것으로서, 다만 말이 원숙(圓熟)하지 못할 뿐이다.

19

예부터 사륙문(四六文)의 귀감(龜鑑)[64]은 한유(韓愈)나 유

---

63) 호로 : 호리병박.
64) 귀감 : 본보기. 모범(模範).

종원(柳宗院)이 아니면 송기(宋祁)였다. 삼현(三賢)에 미치지 못할 사람은 문열공(文烈公) 김부식(金富軾)을 모범으로 해도 좋을 것이다.

문순공은 빼어난 기운과 호화로운 재주로서 글을 구사하는 것이 반드시 넓고도 잘했다. 전(牋)·표(表)에 이르러서도 반드시 말을 간결하게 하고 글을 짧게 했는데 염률(簾律)[65]에도 어김이 없었다.

요즈음 몽고(蒙古) 황제가 조서(詔書)로 우리 나라를 견책(譴責)하여 조목마다 그 뜻이 곡진했다. 공(公)이 표를 지을 때, 한두 장(章)으로 답장을 쓸 수는 없었기 때문에 간혹 그 말을 흩어서 썼으나 그래도 염률이 남아 있었다. 그 후의 몽고표(蒙古表)를 짓는 자들은 으레 그 말을 흩어 써서, 심지어는 관직에서 물러나가는 자들도 점차 그것을 본받아서, 더욱 불법(不法)하게 되었다.

무릇 전(牋)·표(表)는 '사륙염대(四六簾大)'에 한하는 것이므로 겸손하고 단속하여 지나치지 않아야 하며, 말은 간략하지만 뜻은 다하는 것을 낫게 여긴다.

수(隋)·당(唐) 이전에는 말을 마음대로 하여 염률이 없었으나, 당나라 이후로는 '대려(對儷)'도 있고 염률도 있으므로, 대려를 지은 것이 터무니없이 길면 오히려 예의가 아니었는데, 하물며 그 말을 흩어 써서 염률도 없음에랴? 이것은 불공(不恭)한 것이다.

나는 어려서 일찍이 정숙공(貞肅公)의 〈장옥부(場屋賦)〉를

---

65) 염률 : 염(簾)을 보는 율시(律詩).

칭송하고 한 번 흉내라도 내기를 바랐다. 등제(登第)한 후에
는 임종(林宗)이 정지상(鄭知常)을 비호하여 지은 사륙문(四
六文)을 사모하여 몰래 '호랑이를 그리려'고 했으나, 이제 그
전에 지은 것을 돌이켜 살펴보니, 모두 설고 떫고 허황하여
'도리어 개를 닮아 버렸다.' 그래서 그 당시 삼현(三賢) 및
문열공을 두고 '고니[鵠]를 그리지 않은 것을 한스럽게 여긴
다. 그렇게 했다면 비록 진짜를 그리지는 못했어도 거의 따
오기[鶩]와 비슷할 수는 있었을 것이다."

20

정미(丁未)년에, 나라에서는 오랑캐의 침입에 대비, 방어
하기 위하여 삼품관(三品官)으로 진무사(鎭撫使)를 삼아서
세 곳으로 나누어 파견했다.

그때 장원(壯元) 김지대(金之岱)는 형부시랑(刑部侍郎)으
로서, 동남로 안렴사겸 부행(東南路按廉使兼副行)이 되었다.
섣달 초하루 아침에 진무사를 장하(狀賀)했다.

계인(鷄人)[66]이 새벽을 알리니 창문에 바른 닭까지 떠들썩하
고, 봉조(鳳詔)[67]가 봄을 펴니 순지(荀池)에 목욕하는 봉황새까지

---

66) 계인 : 주관(周官)의 이름. 춘관(春官)의 소속으로서 궁중을 호
위하고, 제사지내는 날 새벽을 보호하는 일을 맡음.
67) 봉조 : 천자의 조서(詔書). 나무로 만든 봉황의 입에 조서를 물
려서 가지고 간 고사(故事)에서 나온 말.

재촉하는도다. 삼가 생각하건대, 패도(覇道)와 왕도(王道)의 책략을 가슴에 품고 천지(天地)에 통달한 자를 선비〔儒〕라고 합니다. 문화(文和)·문헌(文憲)의 한 가문이 착한 행실을 쌓았으니, 반드시 기쁜 일이 있을 것이요, 사업(司業)·사성(司成)이 여섯 달 만에 승진한 것도 일찍이 어려울 게 없었습니다. 아침에 선석(選席)하는 저울추〔錘〕와 저울대〔衡〕를 미처 거두지도 않았는데, 저녁에는 문득 군문(軍門)의 부절(符節)과 부월(斧鉞)을 내려 주셨습니다. 외적을 제압한 위명(威名)은 두 해 만에 물고기와 새들까지도 잘 알며 변방을 안녕케 한 공업(功業)에는 온 나라가 생황(笙簧)불고 노래하며 태평(太平)에 취했습니다

라고 했다. 이틀이 지나 제서(除書)가 도착하여 진무사를 우복야(右僕射)로 삼았다. 이에 김 장원은 또 긴 글로 치하했다.

새로 내리는 조서의 먹물에 젖은 글이 천리까지오니, 전번 글의 '복용하는 봉황새'의 말이 사흘 만에 증명되었습니다. 삼가 생각하옵건대, 재명(才名)은 세상을 뒤덮고 덕행(德行)은 뭇사람들에서 뛰어나 황각(黃閣), 사대(四代)에 아비도 재상이요, 아들도 재상이요, 홍전(紅牋)[68] 칠세(七世)에 조부(祖父)도 문장(文章)이요, 손자도 문장입니다. 일찍이 청반(淸班)에 올라 요직을 역임하였고 벽수(璧水)[69]에서 경전(經典)을 담론하면 여러 노선생도 말에 끼지 못했고, 옥당(玉堂)[70]에서 붓을 휘두르면 옛날 사

---

68) 홍전 : 시(詩) 같은 것을 쓰는 색종이. 모두 문장에 능하다는 말.
69) 벽수 : 반궁(泮宮), 즉 성균관.
70) 옥당 : 홍문관(弘文館)의 별칭.

인들도 따르기 어렵습니다. 정치를 잘한다는 명성이 아직 상락(上洛)에 남아 있는데, 서원(西垣)에는 부판(簿判)이 또한 전해졌습니다. 양제(兩制)의 영광을 떠나지 않았는데, 문득 구경(九卿)[71]의 열에 올랐습니다. 저울대를 들고 선비를 뽑으면 봄에 복사꽃, 오얏이 핀 대문을 여는 것 같고, 큰 도끼[鉞]를 의지하여 전장에 임하면 여름에 연꽃으로 된 장막을 여는 것 같습니다. 천자는 이미 남쪽을 돌아봄을 잊어버리셨고, 우리 나라 백성들은 다투어 중흥(中興)으로 달음질치고 있습니다. 과연 비린내, 노린내가 원근에 가득 차서 세 곳이 다 시끄러운데, 담소(談笑)하며 지휘하여 진정시키니 국경이 홀로 온전해졌습니다. 제 자신도 이미 홀로 그대를 어질다고 여기고 있었는데, 전하께서도 차서를 띄워 상을 주셨습니다. 근반(芹泮)[72]에서 여러 차례 올리니 얼음 같이 깨끗한 행실은 달이 바뀌는 점차로 맑아졌고, 백대(栢臺)[73]를 찾아드니 서리 같은 법도 바람이 불 듯 더욱 매워졌습니다. (한 해 동안에 좨주[祭酒], 사성[司成], 지대[知臺], 복야[僕射]로 여러 번 옮겼다) 오직 중대한 자리에는 마땅히 덕 있는 이를 먼저 밀어야 하는 법, 하물며 뛰어난 인재는 반드시 품계(品階)를 좇아야 할 필요가 없겠습니까. 그러므로 광록대부(光祿大夫)에 좨주하는 동시에 그대로 한림학사를 겸했사오니, 어찌 다만 현명하신 전하의 잘 임용하시는 것만을 경하할 따름이겠습니까. 또한 우리 도(道)가 크게 실행되는 것을 기쁘게 여기는 바입니다.

---

71) 구경 : 9명의 대신. 시대에 따라 그 이름이 다르다.
72) 근반 : 성균관.
73) 백대 : 어사대(御史臺).

라고 했다. 이 글은 비록 아름다운 점을 추장(推奬)하는 것이 사실보다 지나친 곳이 있지만, 그 말을 쓰는 것이나 일을 서술하는 것이나 모두 정확하고 상세하다. 다만 '만국이 생황을 불고 노래한다'는 대구(對句)가 과장되어 우스울 뿐이다.

21

세상에서는 사륙문(四六文)[74]의 시와 문(文)을 별개로 생각해서 누구는 시에 능하고 누구는 문에 능하고 누구는 사륙문에 뛰어났지만, 이 모두를 겸해서 잘하지는 못한다고 한다.

그러나 이것은 문장의 방 안에는 들어가 보지도 않고서 각각 문간에서 한 편 구석만 엿보고 하는 말들이다. 원래 대가(大家)에게는 못하는 일이란 없는 법이다. 그런데 어찌 따로 잘하고 못하는 것이 있단 말인가.

더구나 이 사륙체(四六體)란 따로 문(文)에서 생겨난 것이 아니다. 대개 위·진(魏晉) 사이에 저술하는 자가 어른에게 글을 올릴 때에 그것을 읽어보기 쉽게 하기 위해서 구절을 나누어 넉 자씩을 나란히 하고 여섯 자씩 짝을 지어서 사륙체를 만들고 이것으로 전(牋)·표(表)·계(啓)·장(章)을[75]

---

74) 사륙문 : 위진(魏晉) 남북조(南北朝) 시대부터 당나라 때까지 유행되어 오던 중국 문학상의 문체의 하나. 넉 자·여섯 자로 글귀가 떨어지며 형식을 중요시하고 내용이 성글어서 당나라 때부터는 이것을 반대하는 복고문(復古文) 운동이 일어났었다.
75) 오늘날의 서간문체를 말함. 옛날에는 글을 받는 사람의 신분에 따라 그 명칭이 각각 달랐다.

삼았으니, 이것은 역시 글에 대를 채우기 위한 것이었다.

뒤에 가서는 이것이 변해서 염각(簾角)과 음률(音律)[76]이 있는 부(賦)로 변해서 과거(科擧)보는 장소에서 쓰게 되었으니, 이것은 주장(奏章)[77]을 대신 짓는 재주를 시험해 보려는 것이었다. 그러나 왕의 말을 대신해서 짓는 글이라면 비록 산만한 말로 하고 대구가 없더라도 상관이 없다. 그런데 지금 사람들은 이 사륙문을 별도로 일가(一家)를 삼아 옛사람의 말 중에서, 많으면 7, 8자에서 혹은 10여 자까지 따다가 쓰고 요행히 그 대구가 잘 맞게 되면 스스로 잘 되었다고 생각한다.

그러나 자기가 창작해낸 말은 하나도 없으니 더구나 어찌 새로운 뜻이 있다고 하겠는가. 미수[78]의,

　　임종비(林宗庇) 곤륜강상(崑崙崗上)

이라고 한 대구를 《파한집》[79]에 실었지만 나는 이것을 취하지 않는다. 급제(及第) 유화(柳和)가 남쪽 섬으로 귀양갔을 때 서울에 있는 친구들에게 부친 글에,

---

76) 음률 : 중국 문장, 특히 운문에 나타난 외형률(外形律)을 뜻함. 형식을 중시하는 시부사곡(詩賦詞曲), 특히 사륙문에서는 이 염각의 음률을 따졌다.

77) 주장 : 임금께 올리는 글.

78) 미수 : 이인로의 자. 고려 명종 때 학자로, 《파한집》의 저자.

79) 파한집 : 이인로가 지은 문집. 패관문학(稗官文學)에 속하는 설화문학집.

바람은 우레 치는 연못에 불어오고
빗발은 소나무 서 있는 강 위로 내리치는데
범선(帆船)은 처음으로 점점 불어오는 물에 배부르고
눈〔雪〕은 남관(藍關)[80]에 들이치고
구름은 진령(秦嶺)[81]을 가로지르는데
말〔馬〕은 앞으로 나가지 않고 집은 어디 있는가

라고 했다. 이것을 보고 겨우 붓을 잡는 어린아이들까지도 이 체를 좋아해서 본받았기 때문에 말이 산만해지고 정밀하거나 실리가 없게 되며, 근본 뜻과는 동떨어져서 진실하지 못하게 되었다.

더구나 한림에 들어가서는 부처나 천신(天神)을 글로 쓰는데도 으레 번잡한 글귀뿐 아니라, 혹은 부처나 신(神)의 인과응보(因果應報)라든지, 국가의 재앙이나 상서로운 일, 또는 오랑캐의 침입에 대한 일들을 억측으로 의논해서 일을 과장하여 떠벌려 포현해서 자기의 재주를 자랑했으니, 이것은 부처님을 속이고 사람을 업신여기는 소행이다.

옛사람들의 문장이 반드시 간략했던 것이 어찌 그 재주가 모자라서 떠벌리지 못한 것이었겠느냐. 대개 부허(浮虛)한 것을 버리고 진실한 것을 취해서 실마리를 그대로 표현했을 뿐이었던 것이니 글을 쓰는 사람들은 삼가야 할 일이다.

---

80) 남관 : 관(關)이름. 남전관(藍田關)의 약칭. 진나라 요관(嶢關)이니 지금의 남전현(藍田縣)에 있다. 한유(韓愈)의 시에 운황진령가하재 설옹람관마불전(雲橫秦嶺家何在, 雪擁藍關馬不前)이라 했다.
81) 진령 : 섬서성(陝西省)에 있는 산 이름.

22

일찍이 《문열공집(文烈公集)》을 읽다가 대각국사(大覺國師)[82]의 비문(碑文)을 본 일이 있다.

대각국사는 왕자(王子)로서 출가(出家)하여 송나라에 가서 불도를 묻고, 현수(賢首)·달마(達磨)·천태(天台)·자은(慈恩)·남산(南山) 등 오종법문(五宗法門)[83]을 배워 얻었다.

사상(泗上)[84]에 이르러 승가탑(僧伽塔)과 천축사(天竺寺)를 예방하고, 또 관음상(觀音像)을 뵈오니 모두가 광명(光明)한 빛을 내고 있었다.

북쪽 요(遼)나라의 천우제(天佑帝)가 그의 이름을 듣고 대장경 제종소초(大藏經諸宗疏抄) 6천9백여 권을 보냈다.

연경법사(燕京法師) 운서 고창국(高昌國)과 사리시라바디(闍梨尸羅縛底)도 역시 모두 책서(策書)와 법복(法服)을 보내어 문안했고, 요(遼)나라 사람으로서 초빙된 이는 누구나 모두 대각국사를 만나보기를 청했다.

---

82) 대각국사 : 고려 스님. 우리 나라 천태종(天台宗)의 중흥조(中興祖)인 의천(義天)의 시호(諡號).

83) 오종법문 : 오종(五宗)이란 선종(禪宗)의 오가(五家). 즉 위앙종(潙仰宗)·임제종(臨濟宗)·조동종(曹洞宗)·운문종(雲門宗)·법안종(法眼宗). 법문(法門)이란 법은 교법, 문은 출입한다는 뜻으로 부처님의 교법을 중생(衆生)으로 하여금 나고 죽는 고통의 세계를 벗어나서 이상경(理想境)인 열반(涅槃)에 들게 하는 문이므로 이렇게 이름.

84) 사상 : 중국 사수(泗水) 근처의 땅.

우리 나라 사신이 요나라에 가면 반드시 대각국사의 안부를 물었고, 일본 사람도 국사(國師)의 비지(碑誌)를 구했으니, 그가 다른 나라 사람들에게까지 존경을 받은 것이 대개 이와 같았다.

국사는 남는 시간에는 경사백가서(經史百家書)를 연구하여 모두 그 근본 뜻을 찾아냈다. 붓만 들면 금세 문장을 이루었는데, 그 문장은 평범하고 담박하면서도 맛이 있었다. 이제 그의 몇 편 시를 들어 그 맛을 보니 문열공이 평범하고 담박하다고 한 말을 믿을 만하다. 비래방장(飛來方丈)[85]에 이르러 보덕성사(普德聖師)[86]를 예방하고 말하기를,

"열반경(涅槃經) 같은 가르침이, 우리 국사로부터 전수(傳授)되니, 두 성사(聖師)가 경(經)을 전하던 날이(원효(元曉)와 의상(義相)이 열반경(涅槃經)과 유마경(維摩經)을 받았다) 바로 높은 중 홀로 걷던 때였다. 인연 따라 남쪽과 북쪽에 맡기고 도(道)에 있어서는 맞고 따르지 말라. 아깝다, 비방(飛房)이 가버린 뒤에, 동명(東明)의 옛나라 위태로워라"
라고 했다. (국사는 본래 고구려 반룡사〔盤龍寺〕의 중이었다. 비래방장〔飛來方丈〕이 백제 고대산(孤大山)으로 옮겨간 뒤에 신인〔神人〕이 고구려 마령〔馬嶺〕에 나타나서 사람에게 말하기를, 너희 나라는 패망할 날이 가까웠다고 했다) 그가 〈금석암(錦石菴)〉이라 제

(題)한 시에는,

　　오래 된 이끼 무늬 비단과 같고
　　구슬 같은 돌들은 병풍처럼 벌여 있네.
　　때때로 고승이 여기 의지하고 있으니
　　같이 졸면서 성품 신령스러움 기르는 듯하네

라고 했다. 또 〈용암원(龍岩院)〉이라 제(題)한 시에는,

　　쇠잔한 꽃 밟으면서 산에 올라
　　이리저리 구경하노라 돌아갈 생각 잊었네.
　　후일에 만일 내 마음 말하라 하면
　　높이 연하(烟霞)[87] 속에 누워 세상 일 잊었다 하소

라고 했다.

23

　무애지국사(無㝵智國師) 계응(戒膺)[88]은 도(道)를 강론하는 일 이외에 문장에도 뛰어났었다. 예왕(睿王)이 그를 대궐에 머물러 있기를 청했다. 이 때 국사는 시를 지어,

---

87) 연하 : 고요한 산수(山水)의 경치 좋은 것을 말함.
88) 계응 : 대각국사의 맏상좌. 호는 태백산인.

전하의 엄하신 분부 사양할 길이 없으니

바위 원숭이와 소나무의 학이 강동(江東)을 이별함일세.

여러 해 만에 다행히 물고기가 낚싯밥 문 것 면했더니

하루 아침에 갑자기 장에 갇힌 새 신세 되었네.

무한한 나그네 설움 궁중 달만 비쳐 오고

때때로 꿈속에 돌아가는 곳 옛 마을 바람 속일세.

어느 날에나 임금 은혜 보답하고

밥그릇 들고 석장(錫杖)[89]짚고 다시 돌아가서

독골 산봉우리 대할거나

라고 했다. 국사는 이 시를 읊고 곧 태백산(太白山)으로 들어가 여생을 마치려 했다. 그 뒤에 임금은 다시 사신을 보내서 불렀으나 여러 번 조서(詔書)를 내렸는데도 받지 않았다.

24

대감국사(大鑑國師) 탄연(坦然)[90]은 필적(筆跡)이 정밀하고 묘하며, 시격(詩格)이 높고 담박하여 가는 곳마다 여러 가지

---

89) 석장 : 승려가 짚는 지팡이. 지팡이의 상부는 주석이고 그 중간은 나무, 하부는 뿔로 만드는데, 머리는 탑모양이고 큰 고리를 끼웠으며 그 고리에 작은 고리 여러 개를 달아서 길 갈 때에 땅에 굴려 소리를 내어 짐승이나 벌레 따위를 일깨운다. 또 남의 집에 가서 밥이나 곡식을 빌 때 자기가 온 것을 그 집에 알리기 위해서 흔드는 것. 우리 나라에서는 육환장(六環杖)이라고 한다.

제목으로 읊은 시가 많다. 그의 〈삼각산 문수암(三角山文殊庵)〉에,

　　한 방은 어이 쓸쓸한가

　　만 가지 인연 모두 적막하네.

　　길은 돌 틈으로 뚫려 통하고

　　샘물은 구름 밑으로 숨어 떨어지네.

　　흰 달은 처마 기둥에 걸려 있고

　　서늘한 바람 숲 골짜기를 움직이네.

　　그 누가 저 상인(上人)을 따라

　　맑게 앉아 참 즐거움 배우리

라고 했다. 그는 또 사위의송(四威儀頌)[91]을 지어 송(宋)나라의 개심선사(介諶先史)[92]에게 보냈더니 선사는 이것을 보고 기이하게 여겨 곧 의발(衣鉢)[93]을 멀리서 보내 왔다.

　안신거사(安信居士)가 비금산(毗琴山) 백운암(白雲庵)에

---

90) 탄연 : 고려 스님. 8세때부터 글과 시와 글씨에 능하고 15세에 명경생(明經生)이 되었으며, 19세에 경북산(京北山) 안적사에 가서 중이 되어 광명사 혜소국사(慧炤國師)에게 심요(心要)를 받음. 그는 특히 필법이 묘하고 시격(詩格)이 높았다. 대감(大鑑)은 그의 시호.
91) 대감국사 탄연이 지은 글. 사위의(四威儀)란 행(行)·주(住)·좌(坐)·와(臥)의 일상생활에 있어서 온갖 동작하는 4종의 구별이 부처님의 제계(制戒)에 꼭 들어맞는 행동을 말한다.
92) 개심선사 : 중국 송나라 때 스님.
93) 의발 : 스님네의 3종의 옷과 바리때. 이것은 원래 승려의 사용품이었던 것을 뒤에는 교법(敎法)의 대명사가 되어 스승이 제자에게 법을 전하는 것을 의발(衣鉢)을 전한다고 한다.

있을 때 국사가 일찍이 찾아가서 그곳 현판에 글을 써 주었
었다. 뒷 사람이 이 시판(詩板)을 훔쳐가려고 하여, 가지고
산 밑에까지 내려갔으나 마침 이 소식을 현풍(玄風) 관리가
듣고 빼앗아다가 관부(官府)에 두었다는데 그 글씨가 지금까
지 있는지 알 수가 없다.

25

　구산(龜山)의 담수 선사(禪師)가 곽여 처사(處士)와 김부
철(金富轍), 홍관(洪瓘)의 두 학사(學士) 등과 함께 글로 모
이는 사귐을 가졌다.
　그 때 예왕(睿王)이 서도(西都)에 행차했는데 곽(郭)·김
(金)·홍(洪)의 세 사람은 모두 임금을 따랐으나 오직 담수(曇
秀)만이 가지 못하게 되었다. 이에 담수가 시를 지어 보냈다.

　　　청운(靑雲)[94]의 뜻 품은 두 학사(學士)요
　　　흰 해 아래 한 선옹(仙翁)일세.
　　　다같이 시 짓고 돌아다니면서
　　　소매 맞잡고 임금을 따라가네.
　　　대동강(大同江) 버들에는 비가 내리고
　　　장락궁(長樂宮) 모란꽃엔 바람이 부네.

---

94) 청운 : 높은 이상이나 벼슬을 가리키는 말. 청운(靑雲)의 뜻이라
면 훌륭한 사람이 되고자 하는 마음.

그들은 응당 아름다운 시 많이 지었으리니
그 글귀를 역마(驛馬)편에 부쳐 주었으면.

26

승(僧) 무이(無已)는 자호(自號)를 대혼자(大昏子)라고 한
다. 그는 지리산(智異山)에 숨어 살았는데 30여 년 동안 장삼
하나를 입은 채 이것을 벗지 않고 항상 겨울이나 여름에는 산
에 들어가 나오지 않고, 배를 움켜쥐어 허리띠를 졸라맸다.

봄과 가을에는 배를 두드리면서 산을 유람하여 하루에 3, 4
두의 식사를 했다. 한 곳에 앉으면 반드시 그 자리에서 열흘
이 넘도록 앉아 있고, 그곳을 떠날 때에는 큰 목소리로 산게
(山偈)[95]를 읊었다.

산 사면에는 암자가 70여 개가 있었는데 한 암자에서 하루
를 자는 때에는 한 게(偈)를 남겼다. 그의 〈무주암(無住庵)〉
에 보면,

이곳에는 본래 무주암(無住庵)이 없었는데
누가 이 집을 세워 놓았는가.

---

95) 산게 : 게(偈)는 9부교(部敎)의 하나이며, 12부경(部經)의 하나
로서 이것을 게(偈)라고만 쓰기도 한다. 노래라는 뜻을 가진 어근
(語根)에서 생긴 명사(名詞)로서 가요(歌謠) · 성가(聖歌) 등의 뜻으
로 쓴다. 여기에서 산게(山偈)라고 한 것은 산을 두고 지은 시나 노
래를 말함.

오직 이 무이(無已) 같은 자는
가거나 있거나 무슨 관계 있으리

라고 했다. 이 말은 소활하고 평이한 것 같지만 그 속뜻은 높고
도 깊은 것이었으니 그는 과연 한습(寒拾)같은 사람이었던가.

27

고려(高麗) 초년에 이름을 알 수 없는 선비가 지리산에 숨
어 살고 있었다. 그는 행동이 높고 깨끗하여 세상 인간들의
일은 간섭하지 않았다. 임금이 이 소식을 듣고 청해 가려 했
지만 그는 사양하여 말하기를,
"밖에 있는 신하는 아는 것이 없사오니 전하의 명령을 쉽
게 받을 수가 없습니다"
라 하고, 방문을 닫고 나오지 않았다. 문틈으로 들여다보니
벽 위에 한 구의 시를 써놓았다. 그 시는,

한 가닥 임금의 말씀 이 골짜기에 전해져 오니
비로소 내 이름 속세에 떨어짐을 알겠네

라고 하는 내용이었다. 그를 쫓아 들어갔지만 북쪽 문으로
도망해 가버렸으니 참으로 은자(隱者)라 하겠다.

28

참정(參政) 정국검(鄭國儉)이 남원(南原)으로 부임했을 때 일찍이 봄나들이로 이웃 고을에 가다가 원천동(原川洞)을 지나게 되었다.

동구 좌우의 절벽 위에 송림사(松林寺) 중 정사(正思)가 큰 글씨로 절구(絶句) 한 수를 써 붙였다. 그 시에는,

고불암(古佛岩) 앞 흐르는 물은
슬피 울다가 다시 목메어 흐르네.
응당 인간 사는 곳에 이르러
영영 운산(雲山)[96]과 헤어진 것 한스러워함일세

라고 했다. 그 이튿날 노유(老儒) 양적중(梁積中)과 함께 그를 찾아가서 산수를 즐길 벗을 맺었다. 그는 뒤에 매양 인물을 논할 때는 정사(正思)를 가리켜 시짓는 중 가운데 용이라고 했다.

회암사(檜巖寺)[97]에 원경국사(圓鏡國師)[98]의 필적이 나아

---

96) 운산 : 구름과 산이라는 말로 산 속의 경치를 이름.

있어 남루(南樓)의 동쪽과 서쪽 벽, 또 객실(客室)의 서쪽 조
그만 다락에 붙어 있다. 절 중이 말하기를,

"대정(大定) 갑오(甲午)년에 서도(西都)에 반란이 일어났
을 때 대금(大金)의 사신이 우리 나라에 왔는데 서북쪽 길이
막힌 것을 조심하여 춘주(春州) 길로 해서 안내하여 돌려 보
냈다. 일행이 모두 회암사에 들어와서 부처님에게 예불(禮
佛)이 끝난 다음, 모여서 그 글씨를 보는데 그 중에 한 사람
은, 이것은 귀인(貴人)의 필체라 하고, 또 한 사람은. 이것은
산인(山人)의 필체라고 했는데 그 글씨에는 나물 냄새가 아
직도 남아 있었다. 이때 승통(僧統) 종려(宗呂)가 그 옆에 있
다가 사실을 말해 주자 두 사람은 모두 자기가 맞았다고 해
서 기뻐했다."

그는 말하면서 그때 남긴 시를 말해 주었다.

왕자(王子)의 씩씩한 모습 아직도 남아 있고
산의 중 나물 먹던 흔적 오히려 남아 있네.
전장(顚張)과 취소(醉素)도 모두 온전한 기골 없으니
당시에 머리 깎고 중된 것 한스러워.

---

97) 회암사 : 경기도 양주군 회천면 회암리 천보산에 있는 절. 처음
고려 때 지공(指空)이 세웠고, 뒤에 나옹(懶翁)이 중건했다. 그 뒤에
폐했던 것을 이조 순조(純祖) 때 경산 각사의 스님네가 모여서 중수
하고 옛 터의 오른쪽에 작은 절을 짓고 회암사라 했다.
98) 원경국사 : 고려 스님. 왕족. 명필로 유명함.

30

의왕(毅王)은 노래와 여색(女色)을 가까이하고 놀기를 좋
아했다. 충숙공(忠肅公) 문극겸(文克謙)이 이때 정언(正言)
으로 있어 소(疏)를 올려 간절히 이를 간했으나 왕은 좇지 않
았다.

경인(庚寅)년 가을에 무신(武臣)들이 난을 일으켜 임금이
가마를 타고 남쪽으로 파천했다. 계사(癸巳)년 겨울에는 정
산현(定山縣) 유구역(維鳩驛)에 새로 공관(公舘)을 짓고 공
인(工人)을 청해다가 벽에 채색을 했다.

공인은 당시의 묘한 솜씨를 가진 사람으로서 성(姓)은 박
(朴)이라고 하지만 이름은 알 수가 없다. (이것은 지금 그 역리
[驛吏]가 사실을 낱낱이 말해 준 것이다.)

침실의 서쪽 벽 사이에 그림 한 폭이 있는데 한 흰옷 입은
사람이 삿갓을 쓰고 말을 탄 이가 산길을 끼고 말고삐를 그
대로 둔 채 천천히 말을 몰아가는 모습이다. 그 모습이 너무
도 쓸쓸해서 그를 따라가는 동복(童僕)들도 서로 붙잡고 비
틀거리는 것이다. 사람들은 이것을 보고 모두 무슨 그림인지
알지 못했었다.

그 뒤에 송광사(松廣寺)[99]의 무의자(無衣子)라는 중이 임오
(壬午)년 가을에 도를 닦는 중 천여 명을 서원(西原)으로 인

---

99) 송광사 : 전라북도 완주군 소량면 대흥리 종남산에 있는 절. 신
라 때 보조(普照)가 창건함.

솔해 가라는 명령을 받고, 이 역(驛)에 이르러 자다가 이 그림을 보고 탄식하면서 말했다.

"이것은 간쟁(諫諍)하는 신하가 국가를 떠나는 그림이다."

계속하여 그는 벽에 시를 쓰기를,

벽 위 이 그림 누가 그렸는가
간하던 신하 국가를 떠나서 일이 어이 되겠는가.
산승(山僧)도 한번 보고 오히려 슬퍼하는데
더구나 일을 맡은 사대부(士大夫)이랴

라고 했다. 아아! 화공(畵工)은 그 전 일에 감응하는 것이 있어 이 그림을 그렸고, 선사는 옛 그림의 뜻을 알아서 이 시를 남겼으니 이는 옛날 풍아(風雅)한 군자(君子)와 다름이 없다 하겠다. 그 뒤에 이곳을 지나가던 두 손이 있어 그 시를 차운(次韻)해서 벽에 썼다.

곡진한 말 전에는 일찍이 그리지 않았으니
일 그릇되면 후회한들 돌이킬 수 없으리.
그 누가 이 간하는 신하 그려 놓고 갔는가
온 벽에 맑은 바람 이 게으른 사람 격동시키네.

또 한 사람이 그 시를 차운해서 쓰기를,

흰옷, 누런 띠 띤 간하는 신하의 그림
이것은 굴원(屈原)의 그림인가, 미자(微子)의 그림인가.

임금의 잘못 바로잡지 못한 채 나라를 떠나니
모름지기 추호라도 공부함을 허비하지 말 것일세

라고 했다.

31

혜문선사(惠文禪師)[100]의 〈천수사(天壽寺)〉[101]에 말하기를,

문 밖에 길은 먼데 사람은 남과 북으로 가고
바윗가에 소나무 늙었는데 달빛은 예나 지금이나 다름없네

라고 했다. 또 그의 〈천룡사(天龍寺)〉[102]에는,

땅이 풀리자 꽃은 새 뜻 품고
얼음 녹자 물소리는 옛날과 같네

라고 했다. 또 〈노끈으로 만든 신〉을 읊은 시에,

---

100) 혜문선사 : 고려 스님. 가지산에서 중이 되어 30여 세에 불선(不選)에 급제, 나중에 대선사(大禪師)가 되었다. 성품이 곧고 시에 능했으며, 이름난 선비들과의 교제가 많았다.
101) 천수사 : 경기도 개성에 있던 절. 고려 숙종(肅宗) 2년에 창건.
102) 천룡사 : 전라북도 전주시 동쪽에 있던 절.

가운데가 푸르니 퍼런 밭두둑 같고

갓은 희어서 눈성〔雪城〕이 둘린 듯

이라고 했다. 이 '바윗가에 소나무 늙었는데 달빛은 예나 지
금이나 다름없네' 한 구절은 정사인이 지은, '돌 머리에 소나
무 늙었는데 한 조각 달일세' 한 것을 훔쳐다 쓴 것이나, 이
것은 숙련된 도둑이라서 사람이 잡을 길이 없는 것이다.

32

　개태사(開泰寺)[103]의 승통(僧統)을 이은 수진(守眞)은 배운
것이 많고 아는 것이 정밀했는데 대장경(大藏經) 번역의 정
오(正誤)를 가려내라는 칙명(勅命)을 받았다. 그는 마치 자기
가 본래부터 친히 번역한 것처럼 자세하게 골라냈다.
　이에 직강(直講) 하천단(河千旦)이 시를 지어 보내면서 시
와 함께 개자(芥子)씨 한 포대를 보내 주었다. 도사(道師)는
그 시를 차운(次韻)해서 글을 화답했다.

개자(芥子)는 우리 종(宗)에서 가장 소중히 여기는 것

수미산(須彌山)[104]이나 큰 바다도 모두 삼킬 만하네.

그대가 은혜롭게 나에게 보낸 뜻 알겠으니

---

103) 개태사 : 충청남도 논산군 연산면 천호리 천호산에 있던 절.
고려 태조가 후백제와 싸워서 이기고 창건한 절. 오랫동안 폐사되
었던 것을 근래에 새로 짓고 도광사(道光寺)라고 이름을 고쳤다.

일로 실천하고 깊은 이치 설명하여

부처님 은혜 보답하라 함일세.

이것은 참으로 노숙(老宿)의 말이었는데 지금은 오교(五
敎)의 도승통(道僧統)이 되었다.

33

지식(知識)이 어렸을 적에 처음에는 남성(南省)[105]의 아원
(亞元)[106]으로 금규(金閨)에 적(籍)을 두었었으나 곧 탈속(脫
俗)해서 송광사(松廣寺)의 수진(修眞)이 되었다.

진양공(晋陽公)이 지주사(知奏事)가 되었을 때, 당시 사신
으로 강남(江南)에 가던 자의 편에 글을 보내어 차(茶)와 향
(香)과 능엄경(楞嚴經)[107]을 보내 왔었다. 사신이 장차 돌아갈
때 진양공에게 회답을 써달라고 청하자 법사는 말하기를,

"내가 세속과 인연을 끊었는데 어찌 글을 써서 왕복한단
말이냐?"

라고 했다. 그러나 사신이 몹시 조르고, 또 시를 지어 주므로
법사는 즉시 이 시를 차운(次韻)해서 읊었다.

---

104) 수미산 : 불교에서 말하는 4주세계의 중앙으로서 금륜(金輪)
위에 우뚝 솟은 높은 산.
105) 남성 : 예부(禮部)의 이칭(異稱). 춘대(春臺)라고도 한다.
106) 아원 : 상서(尙書)의 다음 자리.
107) 능엄경 : 불경의 이름.

파리한 학은 고요히 소나무 끝의 달을 돋우고

한가한 구름 가볍게 고개 위의 바람을 좇네.

그 속에 사는 마음 천 리 사이에 모두 같은데

다시 무슨 말로 내 뜻을 뒤집으리.

이렇게 시만 읊고 종시 편지로 답장은 하지 않았다. 이는
참으로 세상 인연을 떠난 도인(道人)이다. 그 높고 맑은 인품
은 지금 사람들이 산림(山林)으로서 명교(名敎)를 얻는 지름
길로 여기는 자와 같겠느냐.

34

수선사(修禪寺)[108]의 탁연법사(卓然法師)[109]는 재상의 아들
이다. 필법이 뛰어나 갑진(甲辰)년 봄에 서울로부터 강남으
로 돌아왔다. 도중에 계룡산(鷄龍山) 밑에 한 촌락을 지날 때
까치 한 마리가 나무에 앉았는데 몸집이 희고 가슴이 붉고
꼬리가 검었다.

주민(住民) 장복(長福)이라는 사람이 말하기를,

"이 까치가 여기 날아와서 산 지 7년이나 됩니다. 그 까치
새끼가 매년 올빼미에게 잡혀 먹히므로 호소하듯 지저귀기

---

108) 수선사 : 전라남도 승주군 조계산에 있는 절. 송광사의 옛 이름.

109) 탁연 : 고려 스님. 고려 고종 때 조계산에서 중이 되었는데 필
법이 아주 뛰어나 명필로 유명함. 상주목사 최자가 백련사를 중창
하자 그 현판을 썼다.

를 그치지 아니하여 슬픔이 원인이 되어 1년 후에는 머리가
희어지고 2년에는 온 머리가 희게 되었습니다. 3년째는 전신
이 희어지더니 금년 들어 다행히 그 액운을 면했는지 꼬리가
점점 검어졌답니다"
라고 했다. 법사가 이상히 여겨 같은 절의 천영사(天英師)[110]
에게 말하자 그가 말하기를,
  "이는 소위 새의 머리를 한 사람이라는 것이다"
라 하고, 시를 읊어,

　　원통한 기운 머리에 쌓여 눈고개를 이루고
　　피 흔적 가슴에 배어 붉은 밭을 이루었다.
　　그가 만일 다른 집 아들을 걱정하지 않았다면
　　온 세상에 서릿발 같은 머리털이 하루 아침에 검어지리라

라고 했다. 천영사는 진양공에게 묶인 바 되었다가 세속의
인연을 끊고 관작을 버렸다. 선사의 이때 나이 30여 세였다.

35

　　권 학사(學士)가 마침 중국에 들어가서 갑과(甲科)에 뽑히
니 천자가 가상히 여기고 곧 화관(華貫)[111]을 제수하고 양구

---

110) 천영사 : 고려 스님. 각진국사를 따라 출가함. 조계종 제5세 법
주(法主).
111) 화관 : 높은 벼슬.

(楊球)로 하여금 관고(官誥)를 쓰도록 했다. 또 옥자루가 달린 금방울을 하사했다.

다음 해에 고향에 돌아가고자 청하니 황제가 이를 허락했다. 돌아가려는데 관상 보는 사람이 말하기를,

"그대가 재주는 높으나 운명이 기박하여 나이가 40을 넘지 못하고 지위가 4품을 오르지 못할 것이니 마땅히 대승경(大乘經)[112]을 외어 운수와 관록을 높이라"

라고 했다. 학사는 마음속으로 그러리라 하여 약 3일간에 법화경[113]을 암송(暗誦)했다. 황제가 그를 불러 앞에서 외워보라 하자 한 자의 착오도 없었다. 황제는 가상히 여겨 관음상(觀音像) 한 폭과 법화서탑(法華書塔) 한 폭을 하사했다.

학사에게는 2남 1녀가 있었는데 그 딸이 나의 조모이다. 관음상은 우리 종가에 전해지고, 장자 권공(權公) 돈례(敦禮)가 관고(官誥)를 전하며, 차자는 불도(佛徒)가 되어 서탑(書塔)을 전했으나 죽은 뒤에는 이것이 외방 사람에게로 흘러서 어디에 있는지 알 길이 없다.

내가 상락(上洛)을 지키고 있을 때 새로 미면사(米麵社)[114]를 수축하고 만덕산(萬德山) 중을 초청하여 회의를 열 때, 어느 날 저녁에 노승이 서탑을 가지고 와서 문간에서 사실을 말하기를,

---

112) 대승경 : 성불(成佛)하는 큰 이상에 이르는 도법을 밝힌 경전(經典)의 총칭.
113) 법화경 : 묘법연화경(妙法蓮華經)의 약칭. 대승경의 대표적 경전..
114) 미면사 : 미면암(米麵庵). 경상북도 문경군 대승사에서 남쪽으로 10리쯤 되는 곳에 있는 절.

"나는 권 학사의 내손으로 사군과도 인척이 된다. 내가 이 탑을 전하여 간직한 지 오래다. 듣자니 그대가 절을 창건한다 하기로 와서 이를 헌납하는 바이다"
라고 했다. 때마침 중들이 영재(鈴齋)에 모여 만덕사 주지(住持) 천인(天因)도 그 중에 있었는데 이 말을 듣고 놀라움을 금치 못하고 감탄을 마지 않다가 시를 읊어 찬양하기를,

석가여래가 옛적 영취산(靈鷲山)에서
연화묘법(蓮華妙法)을 세 번이나 강설하셨네.
이때 보탑(寶塔)이 땅에서 솟아나오니
옛 부처님 얼마나 찬탄하시었던가.
어느 누가 붓을 대어 삼매경(三昧境)[115] 속에
탑(塔)의 모양 정밀하게 그려냈는가.
금언(金言) 6만 9천 글자는
글자마다 개미가 움직이는 듯,
계곡 한 폭은 반 길 높이, 마치 높이 솟은
수미산을 바라보는 듯.
그대여 어디에서 이 그림을 얻었는가
남쪽 나라 몇 해를 헤매다녔나.
대답하되 학사가 서송(西宋)에 가서
3일간 열심히 법화경 외고
황제의 책상 앞에 외워드리니
낭낭히 흐르는 물소리 같네.

---

115) 삼매경 : 마음을 한 가지 일에 집중하는 일심불란의 경지(境地).

뜻깊은 의미가 다보탑(多寶塔) 같아

황제가 사랑하여 이 탑을 주어 그 어짊 기리셨네.

학사가 세상을 떠나신 뒤로, 절에 두어 둔 채 전한 이 없네.

아아! 사군(使君)의 우연한 이룸이여!

이 일이 만약 황당하다면, 그 누가 평론하여 가름하랴.

나무 밑에 구슬 찾던 양자(羊子)였었고

옹기 속에 그림 찾던 영선(永禪)이었지.

어찌 지금 사람이 옛사람 일을 알랴

숙원(宿願) 이루기 전에 속세의 괴로움 남아 있네.

이 법도를 두터이 믿을 것이니

원컨대 절을 세워 원만한 공 세우도록.

하늘도 기쁜 마음 발하고

신령도 옛 물건을 바치리라.

본래 외부 물건이요 내 소유가 아니지만

스스로 참 주인이 되어 권리를 갖게 되니

얻으면 즐거우며 잃으면 슬플 건가

눈에 보이는 모든 것 변하는 바람과 연기 같네.

보아라, 그대는 이 탑이 별계의 속물이거니

천지가 회전해도 일찍이 옮기지 않았네

라고 했다. 천인사(天因師)[116]는 17세에 진사과(進士科)에 급
제하여 현관(賢關)에 들어갔었고, 그 해 겨울 과거에서 으뜸

---

116) 천인사 : 고려 스님. 어려서부터 영리하여 글을 잘하고, 17세
에 진사에 합격했으나 과거에 낙제, 만덕산 원묘국사(圓妙國師)를
찾아가 중이 되었다.

을 차지하였다. 곧 속세를 떠나 만덕사에 들어와 삭발하고 도행(道行)이 날로 진보되어 일가(一家)의 법을 이룩하였다.

36

직강(直講) 윤우일(尹于一)이 말하기를,

"승려의 시격에는 세 가지가 있다. 말이 경론(經論)을 섭렵한 게송체(偈頌體)[117]를 일러 두탕흔(豆湯痕)[118]이라 하며, 생소한 말을 쓰기 좋아하는 시체를 사수적(捨水滴 ; 절에서 식사를 한 후 식기를 닦은 물의 방울)이라 하며, 말씨가 처량하고 가냘프면 소순기(蔬笋氣)[119]라고 한다"
고 했다.

서백사(西伯寺)에 승통(僧統)을 이은 시의(時義)는 사관(史館) 윤보(允甫)의 친동생이다. 형이 그가 시에 능하여 일찍이 귀정사(歸正寺)[120]에 머무르는 것을 허락한 적이 있다.

절에 질그릇이 있었는데 한융태수(安戎太守)가 질그릇으로 구워낸 술동이를 구한다는 말을 듣고, 법사는 시를 지어 부치기를,

---

117) 게송체 : 게송이란 경론 가운데 구절. 즉 글로써 부처님의 공덕을 찬미하거나 교리를 기록한 것이니 게송체라면 그러한 문체를 말함. 이 글은 글자 수와 글귀의 수가 규정이 있어 3자 내지 8자를 1구로 하고 4구를 1게송으로 한다.
118) 두탕흔 : 팥죽의 흔적.
119) 소순기 : 절에서 먹는 채소 위주의 식사 기분.
120) 귀정사 : 전라북도 남원군 산동면 대성리 만행산에 있는 절.

이 두 물건 몸이 구워낸 질그릇이니

아버지는 흙이요 어머니는 불이네.

태어나서 누룩과 친했고 그릇에 일은 무엇이나 다 하니

견고하여 가죽 술병처럼 미끄럽지 않네.

배가 차면 서 있고 배고프면 누워 있으니

속은 텅 비고 배는 불룩하여 성현의 모양일세.

평생에 벗할 것은 도사(陶寫)[121]가 마땅하니

비단자리 위에서 호걸 선비 받들지.

어찌하여 한사코 나를 따르려 하는가

산승(山僧)은 한 바가지 물이면 생계 넉넉하니

쓸데없이 너를 빌려 무엇하랴.

하물며 이제 금주일(禁酒日)이 다가오니

너의 배를 채울 것도 없구나.

설사 차 끓인 물을 너에게 주려 해도

네가 습관이 아니되어 넘어가지 아니할까 두렵도다.

너는 이 세상에 오직 입과 배뿐이니

나에게서 떨어지지 않음을 소중히 여기느냐.

듣자니 융성태수 만호후(萬戶侯)는

침 흘리며 신화주(新化酒)[122] 마신다네.

과연 술 마시고 그 은혜로 주린 백성 위로하고

공사 후에 많은 손과 옥술잔 기울이리라.

---

121) 도사 : 즐거워하고 근심을 잊는 것.《진서(晋書)》〈왕희지전(王
羲之傳)〉에 보면, 연재상유 자연지차 수정뢰사죽도사(年在桑楡 自然
至此 須正賴絲竹陶寫)라 했다.
122) 신화주 : 시로 만든 술.

아아! 그대는 다행히 태평천하에 태어나서
현명한 태수에게 가게 되어
무한정 취하지 않는 술 마시고
태평가(太平歌)를 영원토록 즐기리라

라고 했다. 이 시는 비록 윤공(尹公)이 보더라도 반드시 세
격조의 희롱함은 없으리라.

37

진 보궐(補闕)이 왕사(王事)로 인하여 치악산(雉岳山) 서
쪽을 지날 때 소나무가 우거지고 수석(水石)이 그윽히 아름
다운 곳을 보고, 마음이 끌려 동네 속으로 들어가자, 초가 두
세 집이 은은히 비치는 수풀 속에 서 있었다.

한 노승이 어린아이를 데리고 시냇가 바위 위에 앉아 있었
다. 보궐이 말에서 내려 말을 걸자 말씨가 범속(凡俗)하지 않
았다. 드디어 같이 앉아 있다가 한 개의 종이 부채에 구부러
진 소나무를 그린 것을 발견했다. 보궐이 부채를 들고 그 뒷
편에 시를 쓰기를,

노승은 오래도록 푸른 수염을 가진 늙은이[소나무]와
벗삼았는데
어찌 또다시 정말 부채 속으로 들어가지 아니하는가

라고 하자, 노승은 즉석에서 화답하여 읊기를,

> 봄바람이 아미령(峨眉嶺)[123]에 불지 않으니
> 땅에 엎드린 교룡(蛟龍)은 푸르게 부채를 만들었네

라고 했다. 보궐이 놀라 탄복하자 그는 또 10운을 읊어 주었는데 말 뜻이 모두 청아, 절묘하였으나 이는 누구인지 알 수가 없다.

38

삼중공공(三重空空)은 성품이 깔끔하지 아니하고 시주(詩酒)를 좋아했으며, 거처는 서울을 떠나지 아니했다. 또 비록 나이가 늙었으나 어린아이들과 놀기를 좋아했다. 술이 거나하면 화초를 조롱하며 스스로 호방하다고 여겼다. 일찍이 포천(布川)을 지날 때 돌미륵[石彌勒]을 보고 찬미하는 시를 남겼으니,

> 금빛 높고 높은 육장신(六丈身)이여!
> 청산에 몇몇 해나 홀로 서 있는가.
> 내가 와서 고개 숙여 인사하는데 너는 어이 한마디 말이 없는가

---

123) 아미령 : 중국 사천성 가장 서쪽에 있는 아미산 고개를 말함. 고래로 보현보살의 신령한 도장(道場)으로 알려졌고, 산정에는 광상사 등 70여의 당사(堂舍)가 있다.

수억 겁 그 옛날같이 배우던 바로 옛 친구인데

라고 했다. 후에 장원(壯元) 유석(庾碩)이 중도안렴사(中道按
廉使)로 이곳을 지날 때 이 시를 보고, 미륵을 대신하여 희롱
삼아 쓰기를,

> 허리 위는 승려의 모습이요, 밑은 속인의 몸뚱이라
> 장안 도리(桃李)는 눈길이 봄빛에 흐려 있네.
> 옛날 옛적에 같이 수도했단 말 하지를 마라.
> 우리들에게는 일찍이 파계인(破戒人)이 없었네

라고 했다. 공공(空空)이 이 말을 듣고 조롱의 시를 지어 상
국(相國) 최공(崔公)에게 올리기를,

> 전에 포천원(布川院)을 지날 때
> 한가히 시 한 수를 남겼더니.
> 미륵이 있다는 요란한 말로
> 공연한 희롱의 시 사람 의심하게 하네

라고 했다. 최공(崔公)은 이 시를 보고 몹시 웃었다. (풍속에
요란한 말을 다담〔多談〕이라고 한다)

---

124) 수좌 : 선종의 승당에서 한 대중의 우두머리되는 이. 우리 나
라에서는 선원에서 참선(參禪)하는 스님네를 수좌라 한다.

화엄사(華嚴寺) 월수좌(月首座)[124]는 하는 일 외에 문장에도 깊이 알아 초해 놓은 글이 사림(士林) 사이에 전하며 일찍이 《해동고승전(海東高僧傳)》[125]을 지은 일도 있다. 어느 때 동관(東觀) 이윤보(李允甫)가 말하기를,

"묵행자(默行者)[126]가 있는데 성명은 알지 못하지만 나이가 50이 되고 어떤 때는 삭발했다가 어떤 때는 더벅머리를 하고 불경도 외우지 않고 예불(禮佛)도 아니하고 종일 편안히 앉아서 명상을 하는 듯하다. 기다리는 사람이 있어도 귀천을 불구하고 거들떠보지도 아니한다. 이름을 물어도 대답도 아니하고 어디에서 왔느냐고 해도 말하지 아니했다. 그러므로 묵행자라고 이름을 붙였다"

라고 했다. 내가 마침 구성(龜城)에 갔을 때에 도인(道人) 존순(存純)이 나에게 묵행자에 대하여 말하기를,

"일찍이 겨울철에도 깔개방석 하나만을 펴고 장삼 한 벌만을 입고 있었으나 옷 속에 이나 서캐가 있지는 아니하였다. 얼음 같은 냉방에 앉았어도 추운 기를 나타내지 아니했다. 불도를 배우려는 후진들이 책을 끼고 와서 물으면 자세하게 설명하여 주지 않는 것이 없었다. 바야흐로 큰 추위를 만나 혹시 얼어죽을까 하여 그가 외출했을 때를 기다려서 방 심부

---

125) 해동고승전 : 고구려 · 신라에 불교를 전한 순도(順道) 등 수십 인의 전기를 기록한 책.
126) 묵행자 : 아무 소문 없이 도를 닦은 자를 이름.

름하는 아이를 시켜 급히 나무를 태워 온돌을 덥게 했다. 묵행자는 돌아와서 이것을 보고 기쁘거나 성낸 기색도 없이 가만히 밖으로 나가 돌을 주워다가 아궁이를 메우고 재받이 틈바귀를 맥질을 하고는 들어와서 좌선(坐禪)을 처음과 같이 했다. 이 후부터 다시는 방을 덥히려 하지 않았다. 일찍이 재(齋)를 올릴 때 채식을 했으나 간장은 먹지 않았다. 또 오후에 식사하는 것도 꺼리지 않고 다행히 혹 얻어먹게 되면 7, 8일에 이르도록 식사를 아니했다. 그는 스스로 말하기를 '무릇 명산(名山)에 성적(聖蹟)이 있는 데는 가보지 아니한 곳이 없다'고 했다. 내가 가서 만나보았으나 한 마디도 말을 나누지는 못했다."

을축년 겨울 10월에 굴암사(窟巖寺)[127]에 유람할 때 중이 말하기를,

"요즈음 묵행자가 와서 전암(鸇峀)에 올라보고 좋아한 나머지 석굴을 다듬어 한 암자를 만들고 몸소 돌을 져다가 계단을 쌓아서 새로 돌길을 만들었다. 산 아래에서부터 석굴까지는 3백여 층계나 되었으나 한 개의 돌도 움직이는 것이 없었다. 때마침 재를 올린다는 북소리가 울리어 내려와서 식사하도록 알렸으나 10여 일이 되어도 산에서 내려오지 않았다. 올라가서 살펴보니 조각돌 위에 칠언송(七言頌)을 적어 놓았다. 이것은 묵행자의 소작인데 그 말씨가 자못 신선의 일을 섭렵한 듯했다"

라고 했다. 경오년에 오랑캐와 국경을 틈타서 다시 구성(龜

城)에 들렸는데 지금 묵행자가 어디에 있느냐고 물으니 성
사람들이 이르기를,

"얼마 전에 봉주(奉州) 삼각산(三角山) 문암(門巖)에 가서
살고 있습니다. 작년 여름 굴암사에 살 때 중에게 일러 말하
기를 '도깨비가 북방으로부터 와서 이 성에 모이기 때문에
산을 내려와 성으로 들어간다'고 말하고 성 위를 타고 순행
하여 성을 나왔는데 사람들이 모두 이를 보았습니다. 후에
도깨비불이 낮에는 없다가 밤에는 나타나 그 색깔이 푸르고
작고 큰 것이 고르지 않았습니다. 이것이 혹은 인가에 들어
오고 혹은 정원에 있는 나무에 붙으며, 혹은 공중에 날아다
녀서 사람들이 그릇을 두드려 울려서 떠드는 바람에 밤새 잠
을 잘 수 없었습니다. 이같이 수일이 지난 뒤에 비로소 멈추
었습니다"
라고 했다. 이때 나의 아내가 이 성에서 머물고 있었기에 사
실을 물었더니 과연 그러했다고 말했다. 후에 익분(益芬)이
라는 중이 나에게 와서 말하기를,

"요즈음 삼각산에 가서 묵행자를 만났는데 아무 병도 없이
잘 있습니다. 근방에 사는 촌민들은 묵행자가 떠나갈까 겁내
서 서로 거처하는 초가집을 잘 고치고 조석으로 식사를 대접
하여 보호하고 있습니다"
라고 했다. 떠날 때에 묵행자는 익분에게 이르기를,

"대개 수행을 하는 사람은 춥고 고생스러운 것으로써 그
마음을 바꿔서는 안 된다. 오늘날의 수행은 반드시 높은 누
각이나 큰 불전(佛殿)을 지어서 승도(僧徒)들을 보호하고, 좋
은 음식이나 가는 모시옷을 그 몸에 공급하기 위하여 공경사

대부(公卿士大夫)의 집안에 출입하면서 달래기를 절을 지어
서 이익을 보는 것이 복을 많이 받는 일이라 하여 평민을 괴
롭게 하나니, 어디에 그것이 수행자가 할 일이겠는가. 그대
도 이를 힘써 소홀히 말라"
고 하니 익분도 탄복했다. 동관(東觀)의 말이 이와 같았으므
로 전기(傳記)를 만들어 승사(僧史)의 빠진 데에 보충하는 바
이다.

40

　칠양사(漆陽寺) 중 자림(子林)은 어리석기가 말로 표현하
기 어려웠다. 어느 날 서울에 놀러왔다가 임진강(臨津江)을
건너 돌아갈 때 강 중류에 한 하얀 얼굴을 한 어린 중이 다른
배를 타고서 먼저 건너는 것을 보고 마음속으로 기뻐했다.
　배가 나란히 내려가다가 각도가 서로 맞지 않자 앞 배와의
거리가 멀리 떨어졌음을 깨닫지 못하고 몸을 날려 뛰어서 강
속으로 빠졌다. 같이 가던 사람이 돌아와서 죽었다고 보고하
자 문인(門人)들이 재를 베풀고 명복을 빌었다.
　삼칠일이 지난 뒤에 어느 날 저녁 홀연히 자림이 돌아왔다.
문인들은 괴이하게 여겨 까닭을 물으니 자림은 말하기를,
　"물에 빠져 밑으로 가라앉았다가 다시 떠올랐는데 마침 지
나는 배가 있어 배 위 사람들이 구해주어 살았다. 뭍에 나와
서 어린 중이 간 곳을 물어 삼각산 계성사(啓聖寺)에 이르렀
다. 절로 들어가서 만나보고 너무나 기뻐서 차마 그대로 돌

아올 수 없기에 20일을 머무르다 왔다"
고 하니 듣는 이가 몹시 웃었다 한다.

또 달밤에 두꺼비가 나오니 여러 중이 모여서 이를 구경했
다. 자림이 뒤에 와서 묻기를,

"여기는 이같은 벌레는 없다. 요즈음 송나라에서 온 상인
에게서 산 것인데 기르려고 내놓았을 뿐이니 비록 두꺼비와
비슷하나 두꺼비는 아니니 법사(法師)가 사서 키우면서 완상
하실 수 있을는지 모르겠다"
고 한다. 자림이 은그릇을 주고 이것을 바꾸니 종자(從者)가

"이것은 두꺼비입니다. 무엇하려 하십니까?"
한다. 자림은 말하기를,

"망령된 말로 내 일을 막지 말라"
하고 곧 쑥대로 이를 묶어 가지고 갔다. 시랑(侍郎) 정자직
(鄭子直)이 이를 듣고 시를 지어 읊었다.

풍속, 습관이 해마다 간교해지니
하늘이 바보를 인간에 보냈네.
두꺼비 사고물에 뛰어듦은 참기 어려운 우스운 일이나
친구 사랑하고 재물을 가벼이 함은 그 뜻 또한 가관이네.

41

인주(麟州)에 백련(白蓮)이라는 기생이 있었다. 정숙공(貞
肅公)이 일찍이 사신으로 이곳을 지나다가 백련을 사랑하게

되었다. 이별한 뒤에 시를 붙여 읊기를,

　　북쪽으로 나는 한 조각 구름아
　　너는 응당 대화봉(大華峰)을 지날 것이지.
　　봉우리 위에서 옥정련(玉井蓮)[128] 만나거든
　　그리움에 지쳐 파리해진 나의 모습 전해다오

라고 했다. 후에 병마사(兵馬使)가 되었을 때 기생이 그 시를
바치니 공이 또 한 절구를 지어 읊었다.

　　성 남쪽과 성 북쪽 푸르름이여!
　　이는 마치 무산(巫山)의 12봉인가.[129]
　　백발이 되어 춘우몽(春雨夢) 이루지 못하는데
　　옥 같은 얼굴은 도무지 봄 기운을 변하지 않네

　이 미수가 용만 사군(使君)이 기생 백련을 사모한 것을 희
롱하여 읊기를,

　　따스한 바람, 교태스런 뻐꾸기
　　나그네는 길가에 있고 울긋불긋 꽃들은 아름다움 다투고 있네.
　　사군(使君)은 어찌하여 요란한 봄빛을 싫어하고

---

128) 옥정련 : 옥같이 맑은 샘 속에 돋아난 연꽃, 즉 백련(白蓮)을
말한 것임.
129) 무산십이봉 : 무산(巫山)의 열두 봉우리. 무산(巫山)은 산 이름
이기도 하지만 남녀의 정사(情事)를 말한다.

홀로 가을 못의 백련을 사랑하는가

라고 했다. 이 미수의 시는 화려하지만 정숙공의 시가 맑은
것만 같지 못하다.

42

승안(承安) 3년 무오(戊午)에 사천감(司天監) 이인보(李寅
甫)가 경주도제고사(慶州道祭告使)로서 산천의 제사를 마친
뒤에 돌아오려는데 부석사(浮石寺)[130]에 이르자 중 하나가 마
중나와 객실로 맞아들였다.

집 안에는 아무도 없고 쓸쓸한데 홀연 웬 여자가 복도에서
잠깐 보였다. 사천감은 근방 주목(州牧)이 기생을 보냈거니
생각하고 의심하지 아니했다. 그러나 조금 있다가 너울너울
춤을 추며 나와서 뜰 아래에서 인사를 드리는데 몸맵시가 전
연 창기와는 달랐다. 인사를 마친 후에 스스로 층계길을 올
라가 방으로 들어갔다. 자세히 살펴보니 화식(火食)하는 사
람은 아니었다.

사천감은 비록 괴이히 여겼으나 자색(姿色)이 뛰어난지라,
차마 거절하지 못하고 이에 옷을 입고 문 밖에 나가 두루 살
펴 보니, 오직 한 곳에 오래된 우물이 괴상하여 다시 놀라서

---

130) 부석사 : 부석사가 여럿 있으나 여기에서는 경상북도 영주군
부석면 북지리 봉황산에 있는 절을 말한다. 신라 문무왕(文武王) 때 의
상(義相)이 왕명으로 창건했다.

앉아 있었다. 시간이 오래 지나자 한 어린 중이 주인의 명령
이라고 와서 알리기를,

"대감께서는 원로에 피로하실 것이니 청컨대 욕실에 드시
면 감히 다탕(茶湯)으로 모시겠습니다"
라고 하여 부득이 들어가니 강제로 여자를 시중들게 하였다.

재삼 완강히 사양하다가 문 밖에 나와서 천감은 주인과 은
근한 환담을 나누게 되고 밤늦게야 파하여 돌아왔다. 이윽고
아까 보던 그 여자가 다시 오므로 천감은 다소 농을 걸게 되
었다.

여자가 말하기를,

"대감께서 이미 저를 의심치 아니 하시고, 첩의 거처가 여
기서 멀지 않은 곳에 있사오니, 높은 의리를 사모하여 이렇
게 왔을 뿐이옵니다"
라고 하고, 그 응대하는 것이 지혜롭고 영리하여 몹시 다정
스러웠다.

드디어 동침하여 즐거운 뜻을 다했다. 3일간을 그곳에 머
물고 난 후에 나와서 우정(郵亭)에 이르러 자는데 먼저 그 여
자가 슬그머니 들어왔다. 천감이 말하기를,

"내 이미 떠났는데 어찌하여 또 왔느냐?"
라고 하니, 여자가 말하기를,

"배에 당신의 숨결이 하나 남아 있습니다. 다시 또 하나를
더 붙여 주기를 바라고 이렇게 찾아온 것뿐입니다"
라고 하면서 여전히 동침하고 새벽녘에 고별하니 운우(雲雨)
의 정이[131] 더욱 깊어갔다.

흥주(興州)에 가서 자려 하니 여자가 또 다시 들어왔다. 천

감은 스스로 생각하기를, '만약 옛 정으로 이를 만나면 후환
이 있을 것이다' 하여 드디어 그를 대하고도 거들떠보지 아
니했다. 이에 여자가 눈을 부릅뜨고 한참 바라본 후에 화가
잔뜩 나서 얼굴빛을 달리하면서 말하기를,

"잘되었습니다. 후에는 다시 뵙지 않겠습니다"
하고, 곧장 문을 나가며 회호리바람이 땅을 휩쓸어 청사(廳
事) 사이에 있는 사립문 한 짝을 부수고 나무가지를 부러뜨
리면서 가버렸는데, 그 자리가 마치 도끼로 자른 듯했다.

간략히 말하자면 이 천감이 이미 그것이 사람이 아닌 것을
알고도 어찌하여 더불어 즐거움을 누렸는가. 꿀 같은 정을
다하여 사람과 신물(神物)이 만나서 더구나 뱃속에 숨결이
남도록 되었으니 괴탄하기 그지없음을 어찌하리오.

한자(韓子)는 귀신을 이렇게 단정했다.

"형태와 소리가 없는 것을 귀신이라 한다. 사람이 하늘에
거역하고 백성에게 어그러지고 만물에 맞지 않고 윤리(倫理)
에 어그러지면 물건에 감동된다. 이에 귀신이 형태로 나타나
고 소리에 의탁함으로써 응하게 되는 것이니 모두가 백성이
스스로 하는 짓이다. 그러한즉 귀신에게 현혹됨은 오히려 자
신이 속는 것이다."

---

131) 운우지정 : 남녀간의 육체적 사랑.

43

변산(邊山)에 한 늙은 중이 있었는데 스스로 말하기를,
"과거에 고창현(高敞縣) 사람이 연등회(燃燈會)[132]를 베푼
다는 소문을 듣고 가서 참관한 적이 있었다.

어느 한 소년이 보통 사람과는 달라서 좌우 사람에게 물어
도 모두 누구의 아들인지 모른다고 말했다. 대회가 끝나 돌
아가자 그의 뒤를 밟아 따라가 산기슭에 이르니 소년이 말했
다. '나를 따르지 마십시오. 우리 집은 누추하여 사람을 재울
수 없습니다.' 법사는 말했다. '해가 저물었는데 앞으로 어디
에 가서 안정하겠느냐?' 소년이 말하기를 '이미 같이 오셨으
니 집이 누추하다고 거절할 수는 없습니다' 고 하니, 길에 늙
은 할머니가 마중을 나왔다가 말하기를, '야, 이놈아! 만약
너의 두 형이 보면 법사는 그 밥이 될 것이 아니냐?' 라고 했
다.

법사는 이렇게 되자 거기가 호랑이 굴임을 알았다. 나가려
하자 할머니가 말하기를 '두 아들이 이미 돌아왔으니 만약
억지로 가다가는 반드시 위험할 것입니다' 라고 하고서 붙들
어 끌고 안으로 들어갔다.

소년이 말하기를 '나는 무서워 죽겠으니, 청컨대 법사를
어머니 뒤에 갑춰두소서' 하니 이윽고 두 호랑이가 토끼 한

---

132) 연등회 : 왕궁이나 서울, 시골 할것 없이 매년 정월 보름날에
이틀 밤을 등불 켰던 것을 성종 때 폐지하였고, 현종 1년부터 다시
행했다. 그 후부터는 매년 2월 보름에 연등회를 베푼다.

마리를 잡아가지고 들어왔다.

할머니는 그들이 오래 머물러 있지 않게 하려고 말하기를 '나와 너희들이 토기 한 마리를 가지고 나누어 먹으면 그것이 어찌 요기나 되겠느냐? 속히 멀리 나가서 다시 먹을 것을 구해 오너라' 하니, 호랑이가 사람의 말소리를 내어 대답하기를 '어머니께서는 먹을 것이 있사온데 무엇을 다시 구하라 하십니까?' 라 하고 곧 나갔다.

한참만에 다시 돌아와 말하기를 '우리는 절의 주지(住持)가 빌었던 곳에서 각각 먹을 것을 얻었으니, 누이동생도 따라올려면 와라, 어찌 배고픔을 참고 스스로 고생을 할 수 있겠느냐?' 라 하고 다시 나갔다.

조금 있다가 와서 부르는 자가있어 말하기를 '그대의 자녀가 고을과 마을 사이에서 홍청대며 놀았기 때문에 절의 주지의 명으로 벌하라 하니 내일 아침에 마땅히 고창현에 있는 우리 함정(陷穽) 속으로 들어가 빠져 죽어야 한다' 라고 했다.

그러자 소년이 나서서 '주지의 명령이라 피할 수 없습니다. 이제 다행히 법사를 만난 것도 운명입니다. 막 내가 우리 가운데로 들어가면 여러 사람이 와서 나를 막을 것이니 그때에 참지 못하고 성을 낼까 두렵습니다. 법사께서는 마땅히 오셔서 여러 사람들에게 고하여 차라리 물리치시고 말하기를, 내가 혼자서 이를 죽여 넘어뜨릴 수 있다고 하고 짧은 창을 가지고 앞으로 나오십시오. 그때에 내가 한 말씀 드리고 죽으면 법사의 은혜겠습니다' 고 했다.

다음날 아침 고을에 이르러 우리 속에 호랑이가 나타났다는 소문을 듣고 법사가 가서 그 말과 같이 여러 사람을 물리치고 짧은 창을 가지고 곧장 앞으로 나아가니 호랑이가 말하기를 '나는 어느 마을 어느 집으로 가서 다시 생(生)을 받아 남자가 될 것입니다. 나이 11, 12세 때가 되면 법사를 찾아가 오리니 머리를 삭발하여 나를 제도하여 주십시오'라 하고 곧 창끝을 대고 스스로 그 가슴을 찔러 죽어 넘어졌다.

15년이 지난 뒤에 법사가 우연히 굴의 입구에 나갔다가 한 동자(童子)를 만났더니 길 옆에서 인사를 했다. 그에게 누구냐고 물으니 '나는 곧 어느 마을의 아이입니다'라고 하여 법사는 전에 우리 속의 호랑이의 말이 생각나서 머리를 깎고 어린 중이 되게 하였는데 아주 영리하고 사랑스러웠다. 그런데 홀연 자취를 감추어 간 곳을 모르다가 후에 들으니 일엄사(日嚴寺)의 법사가 비방주문(秘方呪文)을 연수하여 지닌 법력(法力)을 가함으로써 날로 사람을 감복(感服)케 했고, 그래서 명을 받아 경기도내에 있는 절로 부임했다고 하여 법사가 가서 알아보니 바로 그 전의 어린 중이었다"
는 것이다. 이 이야기는 몹시 괴이하고 허탄하지만 세상에서는 미래를 예언한 기록에 호승(虎僧)의 이야기가 있다고 한다. 그런데 오직 일엄사(日嚴寺)의 법사만이 그에 해당한다면 이것 또한 믿기 어렵다.

44

광화현(光化縣) 북쪽에 순채(蓴菜)가 나는 연못이 있었다. 그런데 순채를 따는 사람들이 왕왕 피해를 당했다. 이름을 금동(金同)이라고 부르는 어느 한 백성이 낫을 쥐고 뛰어들어가 연못 밑에 이르러 그것을 더듬어 찾았다. 한 방 같은 곳에 들어가니 전연 물이 없고, 대개 집같이 밝아 모래나 돌을 헤아릴 수 있었다.

활 모양의 한 흙무더기가 풍성히 쌓여 있는 것을 보고 이것을 헤쳐보니 주먹만한 큰 조개가 있었다. 이것을 따가지고 나와서 연못가의 논에 버려 두고 또다시 따러 들어가니 홀연 언덕 위에서 금속이 맞부딪쳐서 나는 요란한 소리가 들려 뛰쳐 나와보니 우렛소리가 나며 비가 갑자기 내렸다. 드디어 두려워서 낫을 휘두르며 달아났다.

진사(進士) 양국원(梁國院)이 친히 그 사람을 만나 그 말을 듣고 이야기를 전했다. 여러 사람들이 모두 이상하게 여겼으나 어느 한 서생(書生)이 말석에서 웃으면서 절구(絶句)를 지어 양 진사(進士)에게 주었다. 그 시에 말하기를,

교룡(蛟龍)의 굴혈(窟穴)은 창해(蒼海)에 있는데
순채 연못에도 있는지 없는지는 알지 못하겠도다.
이미 밑을 더듬고서 해를 제거하려 했다면
무슨 일로 평지에서 두려워 돌아갔는지?

라고 했다. 이 서생은 지조와 절개가 있어 허망하거나 괴이한 일에 현혹되지 아니했다. 후에 무슨 관직에 이르렀는지 알지 못한다.

　서백사(西伯寺)의 승통(僧統)인 시의(時義)가 학생으로 있을 때 진사(進士) 박인후(朴仁厚) 및 두세 친구와 더불어 봉령사(奉靈寺)[133]에 우거(寓居)했는데 밤에 술을 마시며 각각 한 구씩 지어 한 편의 시를 이룰 때에 홀연 창밖에서 소리쳐 말하기를,

　"밤도 깊었는데 그만하시지 술손님들아!"
라고 했다. 그 소리가 엄숙해서 방안의 한 자리에 있던 모든 사람들이 마치 손으로 모발(毛髮)을 움켜쥐고 위로 올리듯 머리끝이 섰다.

　또 이식(李植)이라고 하는 어느 한 선비가 불갑사(佛岬寺)에 가다가 길에서 한 늙은이를 만났는데 모습이 장대하고 훌륭했다. 몇 리를 동행하여 시를 읊으며 서로 즐거워했다. 나란히 곁에 이르러 서로 헤어져서 산으로 들어가게 될 즈음에 시를 읊어 말했다.

　소나무에 부는 바람은 영원하고
　쓸쓸함은 끝나는 때가 없구나!
　그 밑에 복령(茯苓 : 소나무 뿌리에 기생하는 버섯류. 약재로 쓴다)
　은 천고에 여전하되
　왕래하는 나무꾼 일찍이 알지를 못하누나!

---

133) 봉령사 : 경기도 개성에 있던 절.

그 시를 음미해 본 일이 있는데 뜻은 비록 맑고 고우나 한적하여 외로움에는 미치지 못했으니, 그대 역시 세속의 말로 표현한 것이다.

또 이름은 잊었지만 법천사(法泉寺)[134]의 중이 밤에 누상(樓上)에서 동파(東坡)의 시를 읽고 있는데 홀연 어떤 사람이 문을 두드리기에 열고 보니 갓을 쓴 한 사람과 머리를 풀어 헤친 한 사람이 마치 옛날부터 서로 아는 사이같이 악수를 하고 누각에 올라왔다. 갓 쓴 사람이 읊되,

새로 돋은 달은 한 눈썹 같으나 높아서 볼 수 있고

라고 하자 중이 대답을 못하고 오래 머뭇거리니, 머리를 풀어 헤친 사람이,
"왜 말을 못하는가?"
라고 하고는,

옛날 친구는 천 리나 떨어져 멀어서 기약하기 어렵도다

라고 하며 주거니 받거니 하다가 얼마 안 되어 홀연 간 곳이 없었다. 서백(西伯)은 화엄종(華嚴宗)[135]의 종장(宗匠)[136]이라

---

134) 법천사 : 여기에서는 경기도 개성에 있는 절을 일컫는다.
135) 화엄종 : 〈화엄경(華嚴經)〉을 근본 경전으로 하여 세운 종파.
136) 종장 : 종사(宗師)가 법을 잘 말하여 후배들을 지도 양성하는 것이 마치 훌륭한 장인(匠人)이 재료를 마음대로 다루어 좋은 물건을 만들어내는 것과 같다는 데서 하는 말.

이 일을 말한 것이 자세하나, 법사는 본래 세상 일에 통하지
않거나 신괴(神怪)한 사람이 아니다.

46

　급제(及第) 유공기(柳公器) 자원(子源)은 5세에 연구(聯句)
를 이해했다. 진양공(晋陽公)이 불러서 화로[爐]자(字)를 부
르니 즉석에서 읊기를,

　　화로에는 봉황 같은 숯불이 쌓여
　　공후의 집안이 따뜻하도다

라고 했다. 공이 가상히 여겨 비단을 상으로 내리고 소원을
물으니 말하기를,
　"아버지에게 벼슬을 내려 주시기 바랍니다."
　이에 즉시 포주(浦州)의 원님으로 임명했다. 후에 선종(禪
宗)에 투신하여 머리를 깎고 중이 되었다. 법명(法名)은 여수
(汝髓)였는데 일찍 세상을 떠났다.

47

　동인홍(動人紅)은 팽원(彭原) 창기(倡妓)로서, 문구를 잘
알았다. 어느 한 병마(兵馬)가 길을 갈라서 태수(太守)와 더불

어 장기를 두는데 술이 너무 취하여 어찌할 줄 모르니까 시를
읊되,

> 박주(博州)에서 도호(都護)는 천 잔의 술을 마시고
> 취하여 동서를 분간 못하도다

라고 하니, 동인홍이 곁에 있다가 읊기를,

> 태수가 진영(陣營)을 나누어 한판의 장기를 두니
> 몽롱하여 생사조차 모르도다

라고 했다. 일찍이 한 서생(書生)을 따라 한퇴지(韓退之)의
문장을 배우고자 하니 서생이 말하기를,
 "시를 짓지 아니하면 가르쳐 주지 않겠다"
고 했다. 드디어 팔운(八韻)을 지어 말하기를,

> 술을 사려 비단치마를 벗고, 그대 부르려 옥 같은 손 흔든다

라고 했다. 또 조거자(趙擧子)에게 주기를,
 "마땅히 진유(溱洧)[137]에서 만나서 어째서 작약(芍藥)을 주
셨는지?"
라고 했다. 자서(自叙)하여 이르기를,
 "창녀와 양가녀(良家女)는 그 마음 간격이 얼마나 되나?

---

137) 진유 : 정(鄭) 당의 두 큰 물, 진수(溱水)와 유수(洧水).

가련하구나, 백주(栢舟)[138]의 절개, 스스로 만세하노니 죽어
도 그녀를 따르지는 않겠다"
라고 했다. 자서의 뜻은 정렬(貞烈)을 말하는 듯하다.

48

　학사(學士) 송국첨(宋國瞻)이 찰원(察院)이 되었을 때 서
북방 융막(戎幕)의 보좌관으로 나갔다. 용성(龍城) 관기(官
妓)의 집 이름은 우줄(于咄)인데 매양 손님이 오면 총애를 받
곤 하였으며 잔치에 술 마시는 자리에서는 노래를 잘 화답하
여 모두가 즐겁게 했다. 송 학사가 유독 그에게 가까이 하여
놀지 아니하니 기생이 시를 지어 올렸다.

　　넓은 철판 심장 일찍부터 견고함 알았으니
　　아예 본래부터 같이 잠자려 아니했네.
　　다만 하룻밤 시주(詩酒) 자리를 마련하여
　　풍월 읊고 즐겁게 꽃다운 인연 맺었으면.

---

138) 백주 : 여기에서는 《시경(詩經)》〈용풍(鄘風)〉의 편 이름. 공강
　　(共姜)이 재가(再嫁)를 권고받았으나 이것을 거절하고 자기 스스로
　　맹세하여 지은 글.

49

당(唐)나라 이조(李肇)의 국사보(國史補) 서문에,

"귀신이 장막이나 발 쳐놓은 곳에 가까이 나타났다는 말은 모두 잘라 버린다"

라고 했다.

구양공(歐陽公)이 〈귀전록(歸田錄)〉을 지을 때 이조의 말을 본받았다. 이는 고금 유자(儒者)들의 찬술(撰述)의 상식이 되었다. 이제 이 글이 감히 문장으로서 나라의 빛나는 것을 돕지도 못하고, 또 성조(盛朝)의 바진일〔遺事〕들을 골라 모아서 기록하지도 못하고, 다만 매만지기와 전각(篆刻)의 나머지로 쓰여진 작품(作品)들을 모아서 웃음거리 자료로 제공하는 바이다. 그러므로 책 끝에 몇 가지 음란하고 괴이한 일을 기록하여 새로 나오는 애써 공부하려는 이들에게 오락 겸 휴식거리로 한 것이다. 비록 방종(放縱)하는 내용 속에도 또한 몇 글자 속에는 감계(鑑戒)의 내용이 들어 있으니 읽는 사람은 자세히 알아야 할 것이다.

연 보

‧

1188년   고려 명유(名儒)인 문헌공 충(沖)의 6대손이며, 우복
         야 민(敏)의 아들로 출생. 본관은 해주(海州). 자는 수
         (樹)덕(德). 호는 동산수(東山叟).1212년 문과에 급
         제. 그 후 상주사록(尙州司錄)이 되었는데, 치적이 훌
         륭하여 국자감 학유에 이르렀다. 그러나 10년간은 관
         문이 트이지 않다가 〈우미인초가(虞美人草歌)〉‧〈수
         정배시(水精盃詩)〉로써 이규보에게 알려져 이것이 출
         세의 계기가 되었다. 그 후 고종 때 정언을 거쳐 상주
         목사가 되어 선정을 베풀었고, 내직으로 전중소감(殿
         中少監)‧보문각대제(寶文閣待制)를 역임하였다.
1233년   최린(崔璘)‧권술(權述)과 함께 금나라로 문안사행을
         갔다. 한때 충청‧전라 안찰사가 되었고, 그 뒤 국자
         감대사성‧지어사대사 및 승지를 지냈다.
1250년   추밀부사가 되어 2월에 중서사인(中書舍人) 홍진(洪
         縉)과 함께 몽고에 들어갔다.
1256년   11월에 중서평장사(中書平章事)가 되었고, 다시 문하
         시랑‧판이부사를 역임하였다.
1258년 유정‧김준 등이 최의(崔竩)를 죽여서 4대째 내려오던
         최씨정권이 무너졌으나, 수상으로서 난국을 잘 타개
         하였다.1259년 몽고가 침입하자 추밀원사 김보정과
         함께 강도(江都)는 땅이 넓고 사람이 적어 지키기 어
         렵다고 하면서 항복할 것을 주장하였다
1260년   고려 원종 1년에 사망함

□ **주해자 소개**

1927년 전라남도 장성에서 출생.
명지대학교 대학원에서 박사 학위를 취득하였다.
이후 명지대학교 국어국문학과 교수,
국민대학교 총장 직무대행을 역임했으며
현재 한국수필 문학회 회장직을 맡고 있다.
저 서 《한국 가사문학 연구》《한국 고시가의 연구》
　　　《한국의 명시조》
수필집《눈을 들어 하늘을 보니》
역 서《파란집》《송화유고》 등이 있다.

보 한 집　　　　　　　　　　　　값 6,000원

2001년　4월 25일　초판　1쇄　인쇄
2001년　4월 30일　초판　1쇄　발행

옮긴이　이　　상　　보
펴낸이　윤　　형　　두
펴낸데　범　　우　　사

등 록　1966. 8. 3.　제 10 - 39호
121-130　서울시 마포구 구수동 21-1호
전 화　717-2121 · 2122/FAX 717-0429

＊ 파본은 교환해 드립니다.　　　교정 · 편집/김길빈 · 김미옥
ISBN 89-08-03240-1 04810　　　인터넷 http://www.bumwoosa.co.kr
　　89-08-03202-9 (세트)　　　천리안 · 하이텔 ID : BUMWOOSA

범우학술·평론·예술

독서의 기술 모티머 J./민병덕 옮김
한자 디자인 한편집센터 엮음
한국 정치론 장을병
여론 선전론 이상철
전환기의 한국정치 장을병
사뮤엘슨 경제학 해설 김유송
현대 화학의 세계 일본화학회 엮음
신저작권법 축조개설 허희성
방송저널리즘 신현응
독서와 출판문화론 이정춘·이종국 편저
잡지출판론 안춘근
인쇄커뮤니케이션 입문 오경호 편저
출판물 유통론 윤형두
통합적 마케팅 커뮤니케이션 김광수(외) 옮김
'83~'97 출판학 연구 한국출판학회
자아커뮤니케이션 최창섭
현대신문방송보도론 팽원순
국제출판개발론 미노와/안춘근 옮김
민족문학의 모색 윤병로
변혁운동과 문학 임헌영
조선사회경제사 백남운
한국정치의 이해 장을병
조선경제사 탐구 전석담(외)
한국전적인쇄사 천혜봉
한국서지학원론 안춘근
현대매스커뮤니케이션의 제문제 이강수
한국상고사연구 김정학
중국현대문학발전사 황수기
광복전후사의 재인식 I, II 이현희
한국의 고지도 이 찬
하나되는 한국사 고준환
조선후기의 활자와 책 윤병태
신한국사의 탐구 김용덕
독립운동사의 제문제 윤병석(외)
한국현실 한국사회학 한완상

아동문학교육론 B. 화이트헤드
한국의 청동기문화 국립중앙박물관
겸재정선 진경산수화 최완수
한국 서지의 전개과정 안춘근
독일 현대작가와 문학이론 박환덕(외)
정도 600년 서울지도 허영환
신선사상과 도교 도광순(한국도교학회)
언론학 원론 한국언론학회 편
한국방송사 이범경
카프카문학연구 박환덕
한국민족운동사 김창수
비교텔레콤論 질힐/금동호 옮김
북한산 역사지리 김윤우
한국회화소사 이동주
출판학원론 범우사 편집부
한국과거제도사 연구 조좌호
독문학과 현대성 정규화교수간행위원회편
겸제진경산수 최완수
한국미술사대요 김용준
한국목활자본 천혜봉
한국금속활자본 천혜봉
한국기독교 청년운동사 전택부
한시로 엮은 한국사 기행 심경호
출판물 판매기술 윤형두
우루과이라운드와 한국의 미래 허신행
기사 취재에서 작성까지 김숙현
세계의 문자 세계문자연구회/김승일 옮김
불조직지심체요절 백운선사/박문열 옮김
임시정부와 이시영 이은우
매스미디어와 여성 김선남
눈으로 보는 책의 역사 안춘근·윤형두 편저
현대노어학 개론 조남신
교양 언론학 강좌 최창섭(외)
통합 데이타베이스 마케팅 시스템 김정수
문화간 커뮤니케이션의 이해 최윤희·김숙현

범우사 서울시 마포구 구수동 21-1
전화 717-2121 FAX 717-0429